Best Time

白 马 时 光

知更鸟女孩

— 4 —

末日风暴

[美] 查克·温迪格 著　　吴超 译

百花洲文艺出版社
BAIHUAZHOU LITERATURE AND ART PRESS

图书在版编目（CIP）数据

知更鸟女孩.4,末日风暴/（美）查克·温迪格著；吴超译.— 南昌：百花洲文艺出版社,2017.12
ISBN 978-7-5500-2529-5

Ⅰ.①知… Ⅱ.①查… ②吴… Ⅲ.①长篇小说—美国—现代 Ⅳ.① I712.45

中国版本图书馆 CIP 数据核字（2017）第 291290 号

江西省版权局著作权合同登记号：14-2017-0526
Thunderbird by Chuck Wendig.
Copyright © 2017 by Chuck Wendig.
Published by arrangement with Dunow, Carlson & Lerner Literary Agency, through The Grayhawk Agency.
Simplified Chinese Edition Copyright © 2017 by Beijing White Horse Time Culture Development Co., Ltd.
All Rights Reserved.

知更鸟女孩 4 末日风暴
Zhigengniao Nühai 4 Mori Fengbao

〔美〕查克·温迪格 著　　吴超 译

出 版 人	姚雪雪
出 品 人	李国靖
特约监制	王 瑜
责任编辑	杨 旭
特约策划	高 蕙 王 婷
特约编辑	王 婷
封面设计	陈 飞
版式设计	王雨晨
封面绘图	so.pinenut
出版发行	百花洲文艺出版社
社　　址	南昌市红谷滩世贸路 898 号博能中心 I 期 A 座 20 楼　邮 编 330038
经　　销	全国新华书店
印　　刷	北京中科印刷有限公司
开　　本	880mm×1230mm　1/32
印　　张	10.75
字　　数	280 千字
版　　次	2018 年 2 月第 1 版第 1 次印刷
书　　号	ISBN 978-7-5500-2529-5
定　　价	42.00 元

赣版权登字　05-2017-488
版权所有，侵权必究
发行电话　0791-86895108　　　　网　址　http://www.bhzwy.com
图书若有印装错误，影响阅读，可向承印厂联系调换。

致所有米莉安的粉丝，在你们这些满嘴脏话的歹徒之辈和离经叛道之人的帮助之下，我才得以完成此书。

第一部分

命运三女神

——诺娜、得客玛、墨尔塔

1 半途而废者

米莉安，奔跑。

她双脚重重踏在柏油路上。前方高低起伏，遍布红色岩石的大地仿佛被当间劈了一刀，而这条老60号高速公路无疑就是这一刀留下的笔直清晰的印迹。巨大的云团像泰迪熊肚子里的填充物，四分五裂地挂在天上。高速公路一侧密密匝匝长满了多瘤的绿色灌木，形成一道天然的植物墙，它们丛生的枝节好似一双双瘦骨嶙峋的手伸向公路，势要把任何从这里经过的路人抓住并撕个粉碎。视线越过灌木带，是亚利桑那州一望无垠的不知名旷野：通电的铁丝网——俗称电篱笆——里面什么都没有。嶙峋的巨石和远处连绵的山巅犹如残缺不全的牙齿，看着就叫人难受。

奔跑，此刻她只想着这一件事。汗水顺着头发流进眼睛。**该死的染发剂，该死的定型发胶，该死的防晒霜**。她使劲眨着眼睛，把充满各种化学物质刺得她两眼生疼的东西随着汗水挤出眼眶。**别管这些。只管跑**。她目视前方，心无旁骛，勇往直前。不然还能怎样呢？

这时，她踩到了什么东西——石头，或路上的坑？她也不知道。

她没工夫追究这个，因为她已经不可阻挡地向前跌去。惊慌之余，她本能地伸出双手撑住身体，才没有一头磕死在地上。然而路面上不知哪儿来那么多该死的碎石，一阵钻心的疼痛像电流一样从手掌沿胳膊逆流而上，她可怜的双手疼得直想抽筋。

她直起腰，跪在地上，开始要死要活地咳嗽起来。

这一阵咳绝非两三秒就完事儿。她弓着身子呼哧呼哧倒了半天的气，结果越咳越厉害。起初是干咳，那声音好似碾碎一堆枯枝败叶，而嗓子里如同着了火；后来，或许她的肺发现实在咳不出什么水分，干脆决定把自个儿贡献出来，于是喉咙里渐渐变得湿答答黏糊糊的了。

这会儿她真想来支烟，嘴唇噙住过滤嘴，深深地吸上一大口。她的整个身体都需要烟，对尼古丁的渴望犹如一大拨饥饿的蝗虫席卷全身。她的眼泪流了出来，肩膀不由自主地抖动。她笑一阵，哭一阵，最终还得咳一阵。

她的心跳快得像蜂鸟，手掌上擦伤的皮肤火辣辣的，伴随着阵阵悸动。

身后传来脚步声。

声音很大，靴子重重地踏着路面而来。

此刻，豆大的汗珠滚滚而下，一颗颗掉在路上摔成八瓣儿。

"热，"她喘着粗气说，"真他妈热，热得像地狱。我感觉自己就像裹在魔鬼潮湿的阴囊里。"

"人们说这叫干热。"

路易斯像一匹强健的挽马大步走到她跟前。

米莉安抬头看着他。他背对太阳，因而就像一个黑色的庞然大物在对她说话。哦，路易斯，她心里说。这时路易斯转了个身，她的眼睛也适应了光线。她又看到了交叉贴在他眼窝上的黑色电工胶带，他苍白的脸，肉嘟嘟的嘴唇，舌头舔着参差不齐的牙齿。而当他移动时，她听到了羽毛的簌簌声，和鸟喙的吧嗒声。

不，他不是路易斯，而是那无处不在的入侵者，那个只有她能看到的同伴——她幻想出的人物，一个幽灵，一个与她形影不离的同路人。

"你知道还有什么是干热的吗？"她问，"火。"

"现在才4月。"

"可如今的气温差不多快90度了，我真该12月再来。"

入侵者以凌人的气势站在她旁边，活像一个举着斧头准备行刑的刽子手，而她则是跪着的罪人。

"我们到这儿来干什么了，米莉安？"

她坐在脚跟上，身体后仰，面朝天空，闭上双眼，伸手去拿挂在腰间的水瓶。她用牙咬开瓶盖（即便这时她还在想着：要是能来支烟该多好啊，我能把它像吃瘦吉姆肉肠一样吞进肚子。天啊，只要能抽上一口，我连老虎屁股都敢去摸），大口大口地喝起来。水从嘴里溢出，顺着下巴、脖子直流而下。

天空中，几只秃鹫仿佛在围着无形的轴心盘旋。

"哪来的我们？"她说着用手背擦了擦嘴，"只有我自己。至于你，谁知道你是什么东西？我就当你是魔鬼吧，看不见的、让人恶心的魔鬼。你不在这儿，而在这儿。"她捣了捣自己的太阳穴，随后又仰脖灌了一通。

"如果我在你那儿，就说明我还是和你在一起的，那我们仍然是我们。"他说。他胸膛里发出一阵低沉含混的笑，"米莉安，你干吗要跑啊？或者，你为什么不慢慢跑呢？"

"慢慢跑？慢跑是有钱的浑蛋才干的事。我这不是跑，是逃。懂吗，白痴？"她不屑地哼了一声，又剧烈地咳嗽一阵，"我之所以这样，是因为我需要变得更好、更快、更强，总之这些。"

"那你在逃避什么呢？"

你啊，她心想，可嘴上却说："真有意思。凡是看见我跑的人总会问我同样的问题。呵呵，有什么东西在追你吗？有啊，死神，死神在追我。它也在追赶每一个人，所以我在逃避死神，逃避我正在减速的生命之钟，逃避收割者的大镰刀。"

"逃避死神可不像你的做派。"

"此一时彼一时嘛。"

又是几声恶心病态的笑，"哦，知道了。你在逃避我们，逃避你自己，逃避你的天赋。"

"这不是天赋。"她说完，终于决定站起身来。灼热的太阳当头照着，像一只铁拳要把她砸在地上，"你心知肚明。当然，你也不在乎。"但她心里保留了一些没有言明的想法：哼，等我找到那个女人，你就该消失了，到时候我看你还怎么侵入我的大脑。米莉安知道她的名字：玛丽·史迪奇，人称"玛丽剪刀"。据说——如果属实的话——她能帮助米莉安消除这种所谓的"天赋"。她太需要这样的帮助了，因为她担心自己终有一天会被它彻底吞噬。

"还没有结束。"入侵者说。站起身时，她看到这个冒牌路易斯的双眼变成了两个黑色的发着亮光的圆圈——乌鸦的眼睛，且周围布满皱缩的灰色皮肤，油乎乎的羽毛像缝合的线一样从皮肤下冒出来，"你的路还长着呢，小姑娘。"

她舔了舔嘴唇上的汗，向他吐了一口。入侵者不避不让，连眼睛都没眨一下。相反，他伸手指了指。

米莉安循着他弯曲的手指望去。

高速公路远处，她看到一辆汽车闪耀的反光。那是她的车，依然停在她停的位置。一辆铁锈红色的、破破烂烂的皮卡车。那确实是堆破烂儿，买它的时候，老鼠甚至已经在它的发动机舱里安了家，它们把发动机上的皮带和线路咬得乱七八糟。

可就在这时，又一辆车进入了视野。

这辆车来自相反的方向。阳光笼罩着它，使它看起来就像陷进一片岩浆的湖里，因此很难分辨出是什么车。不过，米莉安能看到车尾冒出的黑烟，也能听到发动机的巨响。她还看到什么东西滚过路面——轮毂罩？——撞在了她的福特皮卡车轮上，停了下来。接着，那辆车停在了与她的皮卡车相对公路的另一侧。

随后，一切静止了下来。

"什么情况？"她问，"那会是谁？"

她扭头寻找入侵者，可他已经无影无踪。

但他的声音传了过来。

"去看看。"

该死。

2　尚未完成

奔跑，这仿佛成了米莉安无法逃避的宿命。她显然是一个不惧惩罚的人。她以为，在她和那两辆车之间的四分之一英里算不了什么，应该是抬腿就到的事儿。然而仅仅走出三步，她就感觉自己的双脚犹如陷进了水泥，两条小腿像脆弱的香肠，似乎只要再动一动就立刻会被生生扯断。可她顾不了这些，仍旧咬牙向前奔去。她告诉自己，她必须这么做。

前方，皮卡车和那辆轿车在视野中渐渐清晰起来。骄阳如火，公路上热气蒸腾。她这一侧的路上，停着她的皮卡车——一辆1980年产的福特F-250。樱桃红色的车漆已经被铁锈侵蚀殆尽。路的另一侧，停着一辆斯巴鲁傲虎旅行车。它同样破旧不堪，说不定有十年以上，也许更久。

她听到发动机叮叮咣咣的声音，也闻到一股刺鼻的臭味儿，像烧焦了的风扇皮带，或煮开了的防冻液。

现在她离两辆车只有一百码左右了。斯巴鲁旅行车司机一侧的车门忽然打开。一名黑人女性从车里钻出来。这女人长得颇为粗犷，且不修边幅，动作却格外敏捷，就像穴居人用石头磨成的斧头，粗糙但锋利。和米莉安一样，这也是一个幸存者。

米莉安逐渐放慢脚步，由奔跑变成慢跑，继而走了起来。那个女人指着她喝道："别过来！"

女人把手伸到后面，大概是牛仔裤腰带的位置，而后微微转身，好让米莉安看清楚。那是一把手枪，插在皮带里。但她没有把枪拔出来。也许暂时还没有必要。

米莉安举起双手，步子又放缓了些。"嘿，朋友，放松点。那辆皮卡是我的，这里什么事都没有。我现在过去，上车就走。"如今她们之间只剩下五十码的距离，也许更近。

女人看了看米莉安，又看了看那辆皮卡，最后视线重新回到米莉安身上。

然而斯巴鲁旅行车里却有了动静。

米莉安此时才恍然大悟。因为她看到了一张小小的脸庞，一双圆溜溜的大眼睛正趴在仪表板上向外窥望。那是个男孩儿，年纪不大，也就十来岁的样子。他穿着一件蓝色的T恤，胸前有片红色——她认出是超人的标志。但她只能看到上半身。也就是说，站在眼前的这位女士是个保护自己孩子的妈妈。应该可以这样理解吧？

米莉安本想问问对方出了什么事，但直觉阻止了她。别多管闲事，免得自找麻烦。这是个圈套。是入侵者将她置于此种境地，尽管她并不知道他有没有这个能力，但她不在乎。她只想离开这儿，躲得远远的。撒哟娜拉，疯女人。说不定这个疯女人也想躲她躲得远远的。米莉安的样子一定狼狈极了，腋下汗湿得一塌糊涂，嘴唇干裂，半粉半黑的头发一绺绺贴在额头上。可这时她忽然莫名其妙地开了口，她发现自己的大脑已经管不住这张嘴，那些话就像从笼子里飞出来的金丝雀。她说："你需要帮助吗？"

"你有手机吗？"女人问。

"呃……我有。你想让我给谁打电话吗？"

女人身体前倾，一副要扑上来的架势，"我想让你把它交出来。我想要你的手机。"

米莉安眉梢微微上扬，"呵，门儿都没有。"

"除了手机，我还要你的车钥匙。"

"我可以替你打个电话，也可以开车送你一程。"

"哼，我知道你要把我送到哪儿去。你休想夺走我的孩子。"这时，手枪登场了。那是一把小巧的点38口径左轮手枪，短小但不可一世的枪管正对着米莉安。女人扳下了击锤，"把钥匙和手机全扔过来。"

"如果扔过去，手机会摔坏的。"

女人一愣，好像忽然意识到的确是自己考虑不周。好好的一件毛衣，难道就要坏在一根小小的倒刺手里？

"好吧，"女人恼羞成怒，大声吼道，"好吧。你……你可以过来，把它们递给我。不许耍花招，否则我对你不客气。"她说着像示威一样向前伸了伸枪口。这女人看上去不像会杀人的样子，但她情绪激动，显然已被逼到了绝境。米莉安知道，绝望中的人可什么事都做得出来。兔子急了不是还咬人吗？

米莉安不紧不慢地走过去。尽管烈日当头，她周身却泛起一阵寒意。她克制着没有让自己打冷战。而对于眼下的处境她感到迷惑——这个女人遇到了什么事要铤而走险？她试着忽视这一切，但她小心为自己打造的保护壳已经出现了裂缝，这使米莉安有种不堪一击的柔弱感。她把手伸进衣袋，掏出那部小小的一次性手机和皮卡车钥匙。她拿在手中掂了掂，发出叮叮当当的声响，仿佛在逗引一只小猫。

还剩三十码。

二十码。

"快点，快点。"女人不耐烦地催促道。

米莉安很清楚她当然不会如此轻易地交出手机和钥匙。

可她知道的也仅此而已。接下来该怎么办？她心里没谱。

只剩十码了。米莉安故意走得更慢了些，好争取一点时间。"你没必要这么做。我们可以交个朋友的。"**女士，倘若你真要抢我的车和手机，那我可能就只好拿你去喂狼了。**"我不知道你把我当成了什么人，更不知道你为什么会认为我要夺走你的儿子——"

女人晃晃手里的枪，"你们这些人不要再缠着我们了。"

五码。米莉安伸手递上钥匙和手机。

两分钟前，米莉安还浑身难受。然而此刻，她全身上下的每一个细胞都苏醒过来，不酸了，也不疼了，它们就像一下子喝饱了肾上腺素。女人伸出另一只手来接——

米莉安将钥匙丢了出去。力度不大，即便砸到也不会太疼，但由于她把它丢向女人的脸，这就足以干扰对方的注意力。她的预料没有错，论抢劫，这个女人还是菜鸟。虽然已经不顾一切，但她完全没能力应对这样的突发状况。果然，枪口离开了目标。女人惊叫一声："啊！"

米莉安趁机抓住她握枪的手，猛地反向一扭——

3 鹬蚌相争

两人扭打在一起，左轮手枪被推来抢去。钥匙环"当啷"一声落在地上。那个古怪女人的手机同样飞了出去。它在半空连续翻了几个滚，终于跌在柏油路上，外壳应声破裂。格雷西冲对手肋部挥出一拳，可这个疯狂的白人婊子弯腰躲了过去。她的拳头扑了空，手却被对方死死抓住，并像另一只手那样被反扭过去。但格雷西怎肯轻易罢休。这一次，她绝不束手就擒，更不会让儿子再次落入对方之手。每个人都是敌人，她必须尽力挣脱，于是她抬起膝盖，朝那女人腰上猛顶过去。她本能地收紧手指，却无意间扣动了左轮手枪的扳机。只听"砰"的一声，这一枪打向了天空。枪口飘出袅袅青烟，硫黄的刺鼻气味弥漫开来。旅行车内，亚伯吓得尖叫不止。他拍打着仪表板，泪水流了满脸。

这时，又一声枪响。

那古怪女人蹒跚着退到一旁。鲜血在她白色的V领T恤上不断扩大着面积，很快便超过了腋下的汗迹。她咳出一大口血，随即轰然倒下。格雷西吓得大叫，她震惊地看着手中的枪，想不通为何枪口明明对着天空，但却一枪打死了这个和自己扭打在一起的女人——

犹疑间，再度响起的枪声像打雷一样划过天空，格雷西的脑袋猛地歪向一侧。她所有的念头、恐惧和对儿子的爱都随着她的鲜血、脑浆以及全部使她活着的东西从一侧太阳穴上飞喷出去。

4 拯救

一如既往，灵视画面在她们皮肤接触的一刹那便一幕幕闪现在眼前。而因为在时间上如此接近，倒让米莉安有些难以相信。它和以往的幻象有所不同，虽然一样似曾相识，但这次格外令她胆战心惊——因为这一次是以她和眼前这个女人的死为终结的。

而这一切即将发生在三十秒钟之后。

恐慌的感觉令她窒息，周围的一切仿佛都慢了下来。那个女人——拜灵视的天赋所赐，现在米莉安知道她叫格雷西——向她挥出一拳，而她就像重播一段影片一样按照预定的姿势躲开，并抓住对方的手腕猛地撞上她们身旁的斯巴鲁旅行车。

车内，小孩儿开始哭喊。

米莉安不知道该如何阻止事态的发展。

她的这个天赋——这能力，这来历不明的责任——是有其特定规则的。

而规则之一便是：阻止一个死亡事件，势必会引起另一个死亡事件。

想阻止这场谋杀？那首先要干掉杀手。这样才能不亏不欠，保持平衡。这时，她心中忽然闪过一个荒唐而又可怕的念头：

也许我可以先一步动手，干掉眼前这个女人。

杀了格雷西，打破循环，置身事外。

想到这里她已经在努力挣脱对方，也许此刻趴在地上是最好的选择，但格雷西抬起了她注定要抬起的膝盖，硬生生顶在米莉安的腹部——哎哟——她疼得差点背过气去。

一时间，她只觉得天旋地转，就像一个小孩子坐在办公椅上疯狂地旋转，格雷西毫不意外地扣动了扳机。

"砰。"

子弹呼啸着离膛而去。飞向天空，飞向云层，飞向众神和秃鹫——

秃鹫。

恐惧势不可当。她不想这么做，上次这么做时，她进入了一只饥饿的塘鹅的脑袋——不是一只，而是好大一群生着剪刀嘴的浑蛋——救了她的妈妈，并把那个对她纠缠不休的阿什利撕了个粉碎。那件事她始终耿耿于怀，至今还经常做噩梦。

可现在她别无选择。即便她试图抗拒，但也无法阻挡本能的反应。她知道，自己身上的每一个细胞都渴望生存下去，它们大声疾呼，汇成一曲荡气回肠的大合唱：*救救我们，救救我们，做你该做的事*。她闭上眼睛，脑海中充斥着吸尘器一般嗡嗡嗡的声音。她就像坐上了一部高速电梯，呼啸着朝摩天大楼的顶层冲去。接下来她只知道，她不再是米莉安。她甚至已经离开了地面——她在天上，围着一个看不见的轴心盘旋，乘着亚利桑那沙漠中的热气流翱翔于天际。

5　大回旋

看那只黑色的秃鹫。

作为鸟类，它可谓硕大无比。米莉安附身的那只黑秃鹫，就体型而言，在鸟群中当属佼佼者。它展翼可达五英尺，像收割者宽大的斗篷，体重接近十磅。其他秃鹫也在天空盘旋，米莉安发现她同时也进入了它们的大脑。她的思想犹如支离破碎的镜子，分布于天空。盘旋，盘旋。

在人们眼中，秃鹫是食腐鸟。从某个方面来说，人类虽然继承了这个世界，但却称不上出色的清洁工：比如一头小鹿在公路上被疾驰而过的汽车意外撞死，不会有人把它被碾成肉饼的尸体从路上清理下去，换成犰狳或旱獭亦是同样的结果；又比如从窗户里丢出的垃圾，它们可能久久留在原地无人问津，也可能会被清扫起来，送到数英里之外的大垃圾场。然而秃鹫就很乐意充当人类不屑一顾的清洁工角色，用有力的喙和强壮的胃消灭一切剩下的东西，哪怕人类的遗骸它们也毫不拒绝。因此在西藏的天葬台或索罗亚斯德教教徒举行神秘仪式的无声塔上都能看到秃鹫的身影。它们吃掉人的肉身，以此释放死者的灵魂（当然，秃鹫并不在乎灵魂，它们只在乎吃）。

实际上，秃鹫的脑袋上之所以不长羽毛，就是为了方便吞吃食物。它们的头皮像阴囊一样松弛且布满皱褶，因而可以轻松地把脑袋伸进、伸出人或动物的尸体，嘴巴、眼睛，全方位、无死角地啄食任何附着在骨骼上的腐肉。

可倘若把秃鹫仅仅当作一种食腐鸟来看，那就大错特错了。

秃鹫是食肉猛禽。

牧场主们想必深有体会。刚刚出生的小牛，瘦骨嶙峋，浑身裹着像鼻涕一样的黏液，但成群的秃鹫（没错，秃鹫具有很强的社会性）却已经虎视眈眈，把它当成可口的目标，随时准备飞扑下来。

它们会以最快的速度置它于死地。它们会啄瞎它的双眼，扯烂它的鼻子，拽出它的舌头。它们会用铁钩一样的喙不停地啄、撕、扯，直到牛犊陷入休克，而后它们便能舒舒服服地享用美餐了。

这种战术在许多小动物或新生动物身上屡试不爽。

秃鹫钟情腐肉，但也同样喜欢杀生。

与土耳其秃鹰不同，黑秃鹫靠视觉发现猎物，倘若这里是片林地，它们或许还发现不了下面那个身穿沙漠作战服的人——可它们终究发现了，因为它们视力超强。他在移动。视野中出现一道耀眼的反光，那是步枪上的螺栓。

远远地，米莉安心想：还有十秒。

秃鹫的脖子里好似系了一根看不见的绳索，猛然将它拉向地面，而紧随着这一只，其他秃鹫纷纷俯冲而下。它们的翅膀一律向后，形成锋利的V字形——长长的脖子和光秃秃的脑袋伸向前方，利爪向下。

风声呼啸。

一只秃鹫，随后变成三只，接着又成了七只。

七只大鸟，九秒钟。

八秒。

七秒。

那是一个肩膀宽阔而又大腹便便的男人，他邋遢的小胡子与他的整体面貌格格不入，仿佛是从别人脸上切下又生生贴过来的。他的飞行员墨镜在阳光下一闪——他一定是听到了秃鹫扑扇翅膀的声音。

他仰起头，惊讶得张大了嘴巴。步枪"吧嗒"一声倒在他身下那块平坦的石头上，他慌忙缩身，伸手去掏别在腰间的手枪——

米莉安像一个遥远的旁观者，但冷酷的提醒再次如约而至。她所做的这件事有其难以改变的法则，而法则之一便是：命运是有弹性的。即便你将它弯曲拉伸，它也总会想方设法恢复到原来的样子。这个人放下了手中的步枪，但不代表他不会再捡起来，继续执行命运的安排。他仍有可能杀掉米莉安，杀掉格雷西。

甚至，那个孩子。

因此，他必须死。

他后退一步，举起手枪。

秃鹫有着独特的防御机制。米莉安以前不知道，但现在却有了切身体会。她片刻之间对这种猛禽的了解已然超出她的预期，这要感谢意识被她栖居的这只秃鹫。秃鹫以腐肉为食，它们有着坚硬的喙、粗大的食管和发达的嗉囊，更别提它们那极端强悍的肠胃，因此它们才敢于把各种腐败变质的食物吞入口中。由此可想而知，它们的肚子里装满了各种各样对其他动物足以致命的有毒细菌。

关键是，它们能随心所欲地反刍。

总之一句话：呕吐物就是秃鹫的武器。

喏，七只秃鹫不约而同地开始了。它们张开鸟嘴，鼓动嗉囊，一团团尚未完全消化、热烘烘且裹着黏液的呕吐物从喉咙里汹涌而出，直喷在那人的脸上。手枪响了，但子弹不知飞去了何方。

第一只秃鹫——显然是鸟群的首领——像火车头一样猛地撞向那人胸口。利爪刺穿了作战服的纽扣，他一个跟跄翻倒在地，磕在石头上，头破血流。另一只秃鹫的钩状喙啄烂了他的鼻子。更多的秃鹫落在他身上，利爪和喙疯狂撕扯着衣服，寻找最里面的皮肉。

男子被这支肢解大军摁在地上毫无还手之力，他的身体抽搐着，双脚又蹬又踢，步枪从石头上滑落，手枪也掉在地上。转眼间，他已遍体鳞伤。死神乘着充满腐臭气息的翅膀，降临在他身上。

6　重返黑暗

　　她紧闭双眼，下巴缓缓蠕动，舌头紧贴上颌。她能尝到腐烂的呕吐物的味道，尝到充满腥味的温暖的鲜血和柔软人肉的味道。这时，她的眼睛就像布谷鸟钟上的小门一样豁然睁开。她双膝一软跪了下去，幸亏双手及时撑住了地面。

　　毫不意外，她恶心得吐了起来。

　　她吐出来的大部分只是水，还有部分格兰诺拉燕麦卷的残渣。她原以为会吐出半根人类的手指，或者飞行员墨镜。

　　米莉安摸索着水瓶。瓶里的水所剩不多，但聊胜于无。她灌了一大口，腮帮一起一伏地漱了好几圈，嗖嗖嗖，嗖嗖嗖，最后才吐了出来。

　　抬起头，她看见斯巴鲁依旧停在原地，而她的皮卡车却没了踪影。它没有消失，而是被开走了。瞧，它就在公路的远处，已经开出去大约半英里，朝着另一个方向。它那破旧的引擎一如既往发出烦人的嘎嘎声。

　　或者说，它的确没了，因为它已经不再属于米莉安。

　　"去他妈的！"她咬牙切齿地骂道。她把最后一口水倒进嘴里，这次，她咽了下去。

米莉安嘟囔着站起身。自然，她的钥匙已经被斯巴鲁的那个女车主拿去了，不然怎么开得走车呢？看样子还有手机，尽管已经摔坏。**至少在车被抢走之前，那个笨蛋杀手没有一枪打死我，**她心里说。

可那又怎样呢？即便她躲过了枪杀，能躲过去这毒辣的太阳吗？恐怕过不了多久，她便会热死在这荒郊野外。

她走向那辆斯巴鲁。车门没锁，她从杯座上找到一个已经快空了的瓶子，里面还剩一点点水，虽然少得可怜，且被蒸得热烘烘，但总比没有强。

车里没什么好看的。脏，乱，到处是灰尘，仪表板上裂了一个缝。她四处寻找车钥匙，但一无所获。

好好想想，米莉安，好好想想。

生存才是她该关心的头等大事——下一步她将何去何从？——可她唯一能想到的只有徘徊在嘴巴里的恶臭味儿，还有那个横尸于沙漠中的狙击手，他想杀……

该死的，他想杀谁来着？

杀那个女人对吧？不是米莉安。可她精神的指甲盖儿下不由得生出一丝怀疑：**万一他的目标是我，而不是她呢？**

谁想要那女人和她孩子的命？

这他妈到底是怎么回事？

她把手指捏得噼啪作响。好吧，现在她有两个选择：一、赶快离开这里。她知道大约两英里外有个破旧的加油站。但她还知道离公路不远的野地里躺着一个死人，一个本打算用步枪干掉她的杀手，那人身上也许带着手机。

就这么办。

米莉安向沙漠中走去。

活人墓地

　　她的妈妈看上去柔软虚弱，仿佛正在融化。她正一点一点失去生命的迹象。他们说，这叫持续性植物人状态，这也是伊芙琳·布莱克被送到这里的原因。她和其他"活死人"一起，两到三人一个房间。在这里，你听不到人类语言的交流，更多的只是机器的声音：哔哔哔，嘀嘀嘀，嘟嘟嘟，就像一群机器人护工在议论它们每天照料的这些半死不活的病人的八卦。

　　米莉安上一次见她的妈妈时，那可怜的女人比现在要强一些。她大部分时间仍然昏迷，但偶尔也会苏醒过来。她的意识就像一头不甘失败的海豚，铆足劲地要冲出水面，摆脱大海的束缚，跃上半空的那一刹，她会激动地大笑，喋喋不休地胡言乱语一通，而后，扑通，再次跌入深深的黑暗。短暂的清醒，仅此而已。

　　然而现在的情况已经进一步恶化。伊芙琳完全陷入昏睡状态。她一定无数次尝试跃出意识的水面。可惜当米莉安不在的时候，她越沉越深。咕嘟，咕嘟，咕嘟。一串泡泡。

　　河水上涨了。

此情此景，很容易触动心弦。卑鄙的回忆像在操场后面抓住她的恶霸，挥舞着拳头，准备胖揍她一顿。

米莉安浑身一颤。

"我去了科罗拉多，"她对伊芙琳说，"我找到了……呃，找到了向前的方法。管用了一段时间，可是……"她鼓起腮帮，吹出一口气。她忽然感到失落，垂头丧气地说，"我都不知道你能不能听见我说话。你能听见吗？我来不来，你恐怕都不会在乎吧？"

哔哔哔，嘀嘀嘀，嘟嘟嘟。

她妈妈像一具微微开始融化的蜡像。

"我准备继续上路，"米莉安说，"这次要去亚利桑那。你这里一切都安排妥当了，所以……"伊芙琳的储蓄足够应付这里的开支，而且米莉安甚至认为还能从中匀出一部分做她的路费。有律师在，一切都很简单。毕竟她妈妈还没有入土。米莉安有种奇怪的感觉，她在给死人做监护人，给幽灵当会计。没有人提出异议。唯一棘手的问题是如何对付杰克舅舅。现在她还不缺钱。妈妈的钱她甚至可以带走一部分。可等将来钱用光时，她就得去找她的舅舅一趟，设法卖掉他暂时住着的她妈妈的房子。可怜的家伙。

米莉安叹了口气，站起身来。

她妈妈忽然伸手抓住了她的手腕。米莉安觉得那不像手，更像一把大力钳。

房间里暗了下来。窗口，晚冬苍白的日光已经悄然离去，冥冥薄暮不知不觉爬上窗台。

她妈妈挣扎着抬起脑袋——她的脖子真长——骨头发出吓人的嘎吱声，就像用力拧一片气泡包装膜。

"你这个软骨头！"她妈妈骂道。这女人声音粗哑，听了就叫人心烦，"从来都是丢下我不管，滚得要多远有多远。没良心的死丫头。你躲不掉的，亲爱的米莉安。你就是你。该是什么就是什么。"她的手抓得更紧了。米莉安试着挣脱，可她的手腕仿佛被一块巨石压住一样动弹不得。这时，伊芙琳的下巴远远离开上颌，她张大的嘴巴好似裂开的扫帚把儿。一只颜色黄得像脓液一样的蝎子跳到她褐色的舌头上。她再次提高了音调，这一次，她的声音听起来更干，更嘶哑，喉咙里像塞了一团沙子，"末日风暴就要来了，我的女儿，你逃不掉的——"

"有什么情况吗？"

一个护士的声音。那是个大块头，姜黄色的头发，胡子的颜色更黄。米莉安低下头，她妈妈已经恢复了原状：平躺在床，双眼盯着虚无，嘴巴合成一条线，中间处微微开启，好似正在经历短短的惊喜一刻。

"没有，"米莉安说，她的声音也很干，"很好，一切正常。"

7　死人的口袋

现场狼藉一片，尸体已经面目全非。他死在一块几英尺高的岩石上，仍保持着坐姿，浑身上下皮开肉绽，鲜血淋漓，被撕开的躯体中混杂着衣服的碎片。秃鹫们依然聚集在尸体上，像一群正在审议案情的法官。看着尸体，米莉安有些于心不忍，刚想着要驱散那些秃鹫，它们已经心领神会般让开了。

它们并未飞走，而只是自觉跳到一旁，像卫兵一样围成一个圈，扭头望着她。给我让个地方，她想。给它们的同伴让个地方。

黑色的眼睛注视着她，坚硬的喙碰撞有声。其中一只秃鹫的嘴上还挂着一串肉，它仰起脖子，咕噜，咕噜，咕噜，把肉吞了下去，那样子就像深夜街头的瘾君子把玉米片袋子中的最后一点碎屑倒进口中。

尽管酷热难当，米莉安仍忍不住打了个寒战。

她回头看了一眼，斯巴鲁停在身后三百码开外。她一阵头痛，像喝醉了一般感到天旋地转。

脚下躺着一支步枪。她虽不懂枪，却也看得出这并非军用步枪，而更像一把猎枪。木质枪托，带瞄准镜。她弯腰扫了一眼，看见枪管上刻着"雷明顿700"的字样。

离步枪不远的地方是一把手枪。黑色枪身，小巧方正。步枪太显眼又笨重，不过手枪嘛，倒是可以考虑。"嘿，白捡一把枪。"她对秃鹫们说。大鸟们一动不动，看着她把枪捡起，塞进了后兜，"你们要吗？"

它们当然不需要。

现在，该处理尸体了。

被太阳炙烤了一天的石头热气蒸腾，把尸体的气味带到了空气中。不是腐臭，毕竟人刚刚死掉，而更像卡卡圈坊里新出锅的热甜甜圈，只不过里面掺了鲜血和肚肠。腥膻和油腻的气味直冲鼻孔，连嘴巴里都泛出了味道，好像她真的尝到了一样。

她又开始反胃了，但她竭力压制了下去，换用嘴呼吸。

米莉安踮脚来到尸体旁，可斟酌之后又掉头去捡那支步枪，至少它是件趁手的工具。她用枪管又是戳又是挑（她十二分小心，生怕把尸体弄得支离破碎。那家伙已经死得透透的，但米莉安不想溅一身血肉）。她首先敲了敲死者一侧的裤兜，枪管碰到了一个硬邦邦的东西。也许是钱包，或别的什么。

她捏住鼻子，向前伸手的同时，却把上身极力往后缩。裤兜里装着两样她最期待的东西：一个湿漉漉的钱包和一部手机。钱包很破，棕色皮革。手机也不怎样，巧克力大小，多半是充话费送的，和米莉安那部被格雷西抢走的一次性手机差不了多少。

东西到手，米莉安连忙跳得远远的，打开了钱包。

亚利桑那州驾照。死者名叫史蒂文·麦卡德尔。钱包里有四十块钱和一张万事达信用卡，这两样她都塞进了自己口袋。"别怪我，谁让你想害人在先呢。"她忽然有种怀旧的感觉，就像你不经意间想起自己童年时的圣诞节，或勾起大学时的某些记忆，只不过洗劫死人的钱财对她来说已经像遥远的旧时光。那是她过去常干的事——无意间发现某个人即将死去，便鬼使神差地出现在死亡现场，顺手牵羊拿走他们的钱和卡。她感觉自己在玷污"怀旧"这个词。管他呢，钱总是好东西。

她打开手机，却看到密码提示。

妈的！她想把尸体从石头上蹭下去，可这时她看到死者的后兜里露出半截东西，看上去有点像手帕，黄得犹如金翅雀。她弯下腰，拇指和食指像镊子一样伸了过去。

那东西看着像手帕，实际上却不是。它是长方形的，像一面小旗。

她仔细端详，那确实是一面小旗。面料上粗糙地绣了一幅画：一棵像嶙峋瘦骨一般的枯树，树枝上装点了许多简简单单的五角星。树的上方有一道闪电，似乎下一秒就会把树劈成两半。

树下有四个字：

末日风暴。

什么意思？米莉安不知道。她把手帕卷起来，塞进自己的短裤裤兜（呃，是跑步短裤）。这时她忽然想，这家伙很可能是军人，或者是军迷。她想起了知更鸟杀手——考尔德克特家族和他们的强奸犯族长卡尔·基纳。那些杀手都喜欢燕子文身。她走到尸体另一侧，发现秃鹫已经做了她想做的事。死者的衣袖被撕了下来，但胳膊还算完整。

那里，她看到了一个蝎子文身。

一只颜色黄得像脓液一样的蝎子跳到伊芙琳·布莱克褐色的舌头上。她再次提高了音调，这一次，她的声音听起来更干、更嘶哑，喉咙里就像塞了一团沙子，"末日风暴就要来了，我的女儿，你逃不掉的……"

米莉安在他身上的其他口袋拍了拍。钥匙？没有。这表示他要么是徒步走到这里的，要么是有人把他送到这里的。可这两种情况都说不通。他怎么知道那个疯女人会出现在这里？这个史蒂文·麦卡德尔凭什么知道该把狙击点设在这儿？她绞尽脑汁，却百思不得其解。这背后有太多的疑团，而她知道的又太少。

她小心地爬下岩石。此时此刻，即便在亚利桑那州毒辣的太阳下，一切也都感觉冰冷起来。米莉安就像深秋挂在枝头的最后一片树叶，浑身瑟瑟发抖。

手机响了。

铃声伴随着振动，腰上顿时传来一阵酥麻的感觉，起初她以为是只大黄蜂，吓得急忙晃晃屁股。反应过来之后，她才好笑地从后兜里掏出手机，低头看了眼。

没有来电显示。

她深吸了一口气，心想去他妈的，按下了接听键。

手机里传出一个男人的声音，语调深沉，缓慢，还有点鼻音。

"搞定了吗？"

米莉安不出声。

男子又说："该死的，史蒂文，我在问你话呢！事情办妥了吗？孩子弄到手没有？"这时他似乎意识到了什么，接着问道，"你是哪位？"

"我是你妈！"米莉安说。

对方挂掉了电话。

米莉安皱了皱眉，不屑地哼了一声，"这样跟妈妈说话可没礼貌，蠢货。"

8　徒步前进

　　米莉安又上路了。徒步，这似乎是她的专长。她沿着缎带一般的高速公路一步一步向西走了数英里，大致走出了圣卡洛斯印第安保护区。她的每一步都异常痛苦，头顶烈日，她感觉自己就像微波炉里的热狗。运动鞋每一次踏在柏油路上，她身上就仿佛被抽掉了一些东西。

　　前方影影绰绰，她渴望能是一片绿洲，可她深知那是痴心妄想。加油站。确切地说是一间破破烂烂的雪佛龙加油站，招牌上只剩一颗螺丝钉，在微风中轻轻晃动。加油泵像一群悲伤的老头儿垂头丧气地聚集在弯曲的棚顶下乘凉。站里停着一辆拖车，浑身凹痕，可这是她能看到的唯一车辆。

　　她走进店里。地板上遍布裂缝，很多地方高高翘起，红色的尘土和碎石到处都是。屋里摆满了架子，最里面有台冰箱，没有空调，只有几台电扇吹着风，几个笼子上系着彩色纸带。

　　柜台后面站着一个年轻小伙子，瘦得像根竹竿儿，皮肤和旧硬币一个颜色，长长的黑头发在后面扎了个马尾，鹰钩鼻，酷酷地紧闭着嘴巴。

　　大步穿过店门时，头顶的铃铛发出悦耳的叮当声。小伙子只瞥了她一眼，便继续低头看他的杂志，可他好像忽然意识到了什么，又迅速抬起头来。这一次，他好奇地把米莉安上下打量了一番。

"你好？"他问。

"我好得很。"她注意到自己的声音充满了讽刺。

"你看着真像蜜汁火腿，烤焦了的。"

米莉安往柜台上一靠，她很不愿意这么做，可她担心自己会撑不住倒下去。"真会说话，这是你撩妹的惯用语吧？"她的整个脸都在抽搐，就像被踩断的脚趾。她的手指在柜台上急切地敲了敲，"水，我需要水，快点，不然就要出人命了。"

小伙子脸一沉，咕哝着指了指一个地方，"就在你右边。"

米莉安低头一看，果然，近旁有个及腰高的小冰箱正发出嗡嗡嗡的响声。好远啊。恐怕足有三步的距离，但此时此刻那感觉就像好几英里。她问："你能帮我拿一下吗？"小伙子只是白了她一眼，好像她是刚从精神病院里跑出来的傻鸟。米莉安无奈地长叹一声，只好拖着沉重的身躯自己去拿水。她在冰箱前停了一会儿，让冰箱门开着，任冷气浸透全身。

"这会儿让我陪雪人上床，我都愿意，"她说，"只要能让我凉快凉快。"她用牙齿咬掉瓶盖，吐在地板上，而后冒着被淹死的风险，把瓶口塞进嘴里一个劲儿地往下灌，一直灌到连喉咙里都装满了水。她差一点就呛到了，但她打了个饱嗝，极力忍着没有吐出来。想吐的劲儿一过，她又高高仰起头，直到瓶子里空空如也。

"麻烦你把冰箱门关上——"

"当然，和雪人上床可不是为了爱情，只图一时爽快而已。我多像一个有原则的妓女啊。"她晃晃瓶子，让最后一滴水落在她的舌尖，"他可以用他的胡萝卜鼻子随便插我。我会让他享受到这辈子都没有享受过的口活。嘿，我想那跟吃冰棒应该差不多吧。"她伸手又从冰箱里拿了一瓶水，而后才用膝盖把冰箱门顶上，"冰棒，懂了吗？"

"你这人有毛病吧？"

"你才有毛病！"她发现这并不算最有力的回击，可此时此刻，她实在想不到更绝妙的词。

小伙子摇摇头，准备扫描结账，"就这些？"

"对。"

但这时她眼睛里放出光芒。

"等等。"她说。

收银员身后，整齐码放着一盒盒香烟。

妈呀，它们可真便宜。米莉安就像走进糖果店的小孩子，或第一次看见黄色杂志的青春期少男少女。选哪个牌子呢？她的整个身体都在高唱一首饥渴的歌，甚至每一个分子都加入了大合唱——*尼古丁啊尼古丁，快到我身体里来吧*。她脑海中忽然莫名其妙地浮现出一幅奇怪的画面：她和雪人上床之后，躺在汽车旅馆破旧的床上吞云吐雾。雪人在融化，她呼出白茫茫的哈气和致癌的烟雾。天啊，她是一只活脱脱的烟狗，对香烟的渴望就藏在她的唾液腺中，因而听到划火柴的声音就口水直流。

收银员循着她的目光看去，"要抽哪个牌子？要一包还是一条？"

"这儿的烟好便宜啊。"

"这里是保护区。免税。"

"乖乖，我能当印第安人吗？"

"不能，"他耸耸肩，"我们现在叫第一民族。快说吧，想要什么烟？"

"我想要……"一大堆牌子冲到了嘴边，万宝路、骆驼、美国精神……太多选择摆在面前，她竟有些拿不定主意。然而意想不到的几个字却脱口而出，"我戒了。"她说得很慢，每个字都有着异于平常的间隔，就像她在说话的半道儿上得了中风。我……戒……了。她闭上眼睛，双手捂住脸，嘴巴却在手掌里面不停地骂道："我戒了，所以不买烟了。该死的，操，操，操！"

"好吧，随你便。"

她像一头狂暴的獾龇牙齿，"浑蛋，少跟我说随便。我烟瘾一犯可是会发疯的，别惹我，不然我把你脑袋揪下来，在你脸上的每个窟窿里都塞上烟当烟斗抽。"

小伙子目瞪口呆，"算了，你走吧。"

"我要搭个便车。"

"那就去搭啊。"

"你给我叫辆出租车。"

他皱起眉头，"出租车不到这儿来。"

"那你开车送我。"

"我——你自己看看。这里像有别的员工的样子吗？"

"不像。但这里也没有顾客。那辆拖车还能开吗？"

小伙子叹了口气，"能开。"

"我可以给钱。"

"能给多少？"

米莉安没钱，不过那个死掉的杀手给她贡献了一点现金，"40块够吗？"

"你要去哪儿？"

"往东大概20分钟就到。迈阿密。"真有意思，她心里想，从佛罗里达州的迈阿密来，到亚利桑那州的迈阿密去。一个是世界文明的滨海大都市，一个是名不见经传的内陆小镇。

"50块我就去。"

"我没那么多钱，只有40。"

他耸耸肩，"那好吧。"

米莉安克制着没有发火。

然而这时她忽然想到，那死鬼捐赠给她的可不止现金。

"你这儿能刷卡吗？"她问。

9 即将花开

拖车沿着公路隆隆驶去，这破玩意儿浑身上下没有一个零件不叫唤，就像一架旧飞机降落的时候被摔散了架。车身偶尔还要抖上一抖，发出几声巨响，挂在车尾的拖钩晃来晃去，嘎吱嘎吱响个不停。

车窗外，粗壮的仙人掌鹤立鸡群般在矮树丛中挺着傲人的身姿，它们就像一群忠诚的卫兵守护着一片死亡的世界。

"快开花了。"

"啊？"她问。

司机歪了歪脑袋，"仙人掌，准确地说是树形仙人掌。它们马上就要开花了。开在顶上，又大又漂亮。然后会结出红色的果子，可以吃的，但通常都是各种鸟捷足先登。"

米莉安扭过头，上下瞅了他几眼，"你对鸟类很了解吗？"

"它们经常把屎拉到我车上。"说着他指了指风挡玻璃顶角处的一块白斑，白斑之中有些微小的黑色种子清晰可见。

"不，我是说……"她已经完全陷入自己的思路，"你有没有听说过……有的人可以变成鸟？或者说，可以通过心灵感应进入鸟类的头脑。"

他哈哈大笑，然后看了眼米莉安，笑容顿时僵在脸上，像一条困惑的狗松开了嘴里的骨头，"你没开玩笑。"

"对。你觉得呢？"

"我觉得这是个愚蠢的问题。"

"是吗？我只是觉得——"

"觉得什么？觉得我他妈是个印第安人，就得会点法术？"

"不不不，"她顿了顿，清清嗓子才又接着说，"这么说，你确实不懂法术？"

"呵呵，等等，我这就停车，去找个仙人掌哥哥，让他带我去大神那里问问宇宙的奥秘，顺便问问为啥有个白妞儿想知道人怎么变成鸟。"他"噗"了一声，不耐烦地冲米莉安摆摆手。

"你这是文化剽窃，伙计。"

"什么？"

"白妞儿。只有我们才那么说。"

"恶人先告状，你大概觉得我应该叫杰罗尼莫·奔跑的松鼠之类的名字吧？"

"两头熊瓦蓬迪克酋长？"

"那是我表弟。"

米莉安"扑哧"一声笑了，"得了，蒙谁呢你？"

"爱信不信。"他做出恼羞成怒的样子，可转眼也笑了起来，"姑娘，让你失望了。我叫韦德·齐，我不是酒鬼，不是赌场老板，对鸟和法术之类的狗屁东西一窍不通，平时遇到不懂的难题我不去求神问卜，而是用手机上网查。就这样。"

"我叫米莉安。"她说着伸出一只手。这场景好生亲切，同样在一辆卡车里，和一个陌生人伸出手，期待着指尖相触的一刹那灵视画面浮现眼前。啊，死亡的气息。她欢迎这样的感觉，但她也知道自己不该这么做。这种欲望几乎是有形的，她想立刻握住他的手，看看他将如何死去，在何时死去，但他只是笑着摇了摇头。

"我还是算了，你瞧瞧你的手。"

她翻过手掌看了看——在高速公路上跌倒时，掌心因为擦伤已经血迹斑斑。

"哦，原来这样。"来吧，和我握手吧，让我看看你将如何死去。

"你到了。"韦德冲前方扬了扬下巴。一家名为"美国价值"的汽车旅馆，招牌是一面硕大的美国国旗，星星和条纹上缀满霓虹灯，旗下是一个小牌子，上面写道：电视！泳池！小厨房！

"我到了。"

"你刷的那张信用卡，名字不是你的。"

"你刚发现吗？你真以为我会叫史蒂文？"

他耸耸肩，"你丈夫的？"

"不是，是我偷的。"

"你倒坦诚。"

"我一接触别人的皮肤就知道他们会怎么死掉。情况紧急的时候，我偶尔还能通过心灵感应进入鸟的头脑，操纵它们为我做事。"

"你嗑药了吧？"

她也耸耸肩，"我倒真希望能嗑药。"

他伸出一只手，"好了好了，你给我看看。"

"你确定？"他的手指又细又长，瘦骨嶙峋，像柴火棒子。或许他还有啃手的毛病，因为他的指甲残缺不全，且皮肤上布满裂纹。她握住他的手，感觉到了沙漠一样的干燥。

他冷得瑟瑟发抖，高烧正逐渐把他吞噬，像一块冰被放在火上烤。一切都在融化，寒意拂过沸水的表面。流感已经过去，继之而来的是肺炎。63岁的老韦德在床上翻了个身，开始剧烈地咳嗽起来。他的喉咙里仿佛塞满了东西，他的肺轰鸣着，像一列火车以过高的速度行驶在山间的窄轨铁路上。随后，一切戛然而止——肺好像被什么卡住了，心跳停止了，生命如同捏在指间的泡泡，而手指的主人微微用了下力——

米莉安抽回手，他粗糙的指尖与她的手掌摩擦发出嘶嘶的声音。

"你今年多大了，韦德？"她问。

"30岁。"

"那你还能再活33年，最后流感和肺炎会要了你的小命。"

他耸了耸肩，一副无所谓的样子，或者他根本就不相信，"好吧。"

"好吧。"

"至少听起来很有趣。"他又笑着说。

"再见，韦德。"

她跳下车，拖车隆隆驶走了。前面是汽车旅馆，一栋泥色的长方形建筑，像挤在一起的一堆鞋盒子。旅馆前面栽着几棵半死不活的大肚子棕榈树，旁边是个锈迹满身的秋千架，没有秋千。

正前方是6号房间。她的房间。

她已经没了钥匙，因为钥匙就挂在格雷西抢走的那个钥匙圈上。可这没关系，因为房间里有人。

深呼吸，长叹息。一具饱受种种欲望摧残的躯体——渴望一支烟，不，七支烟；渴望触碰死亡；渴望门的另一边是她想见而不得见的人。她走向6号房间，敲了敲门。

应门的是加比。

插　曲

佛罗里达

彼时。

米莉安在海边，手里拿着手机。是时候了，她打给了路易斯。

路易斯没有接，米莉安只好给他发了条信息："是我，我爱你，我需要你。你得帮我解除我身上的诅咒。给我回电话。我有没有说过我爱你？我爱你，我爱你，我爱你。"

她坐在地上一边抽烟一边等路易斯回电话。

直到太阳落入了地平线，他的电话才打了过来。

"米莉安。"他说。他的声音很小，听起来仿佛无比遥远。

"路易斯，路易斯，我爱你。我需要你。我想我找到办法了——我知道，我知道。"她边说边踱着步，拿烟的手像只喝醉的蝴蝶在空中挥舞，烟蒂划出火红的轨迹，烟灰像下雪一样纷纷落下，"我明白。这一切……这一切都很疯狂。我知道是我丢下了你，我跟你说过不要跟着，可现在情况变了，我找到办法了——"

"米莉安，我要结婚了。"

海风凛冽起来，咸咸的雾气扑在她脸上。

　　"什……什么？"她感觉自己就像一块拧紧的破布，身体里的一切东西都被压榨出来，滴在脚下的地上，"我没听明白。"

　　"我遇到了一个姑娘，她叫萨曼莎。我们订婚了。"

10 6号房间里的伤痕

"你刚从地狱回来吗？"加比惊讶地说。米莉安的第一反应或许不像她的大脑所理解的那样冷淡，但她此刻的感觉的确很糟。她望着加比惨不忍睹的脸，望着阿什利·盖恩斯在它上面留下的一道道伤疤，心里想：真是乌鸦落在猪身上，只看得见别人黑，看不见自己黑。不过话说回来，米莉安很清楚加比的话并没有错，如果她真像刚从地狱回来一样，那也是因为有朝一日她终将下地狱。

难道这里比地狱好到哪里去了吗？她在心里又近乎高兴地加了一句。

米莉安耸耸肩，微微一笑（部分是因为自己的小心思而感到内疚），从加比身旁滑过去，并顺手在这位年轻姑娘的肩膀上拍了拍。这是一个明显带有屈尊意味的举动，她立刻便后悔了，但为时已晚。也许有的人确实拥有心灵感应的能力，但米莉安不是那种情况。她只是知道——她只知道加比非常脆弱。

米莉安早已看到，三年之后，加比会走进洗手间，把一堆药片吞进肚子，然后躺下来等死。

她之所以自杀，皆因为脸被毁了容。

其实她的脸还好，并没有完全破相。伤到的地方确实狰狞可怖，但我们不能仅仅因为花瓶碎了就否定它的美丽（在所有人当中，没有人比米莉安更懂得欣赏有缺陷的东西）。即使现在，加比虽然没有化妆，身上也只穿了条瑜伽裤和一件粉色的背心睡衣，但她看起来仍然美艳动人。金色的头发随意地梳起几个卷儿，黑框眼镜，胳膊上留着关于海难和海妖的文身。脸上的伤疤并不能改变这一切。可加比不听劝，她固执地认为脸上的伤疤让她变得不招人喜欢了。

在这方面米莉安并不打算帮忙。加比希望她们能待在一起，但米莉安并不乐意。

因为路易斯。

因为她是一罐谁都不愿喝的有辐射的奶昔。

还因为靠近加比基本上就意味着进一步地伤害她——她已经够惨了——而与她结伴则意味着将她暴露在辐射中。加比不需要如此，这个女孩需要深藏她的内心，用软骨和老茧把自己层层包裹。这头小小的爱心熊需要坚强，说不定她的骨头会慢慢硬起来，如此等到了三年后的那一天，她说不定会决定放弃打开那个药瓶，对命运说不，对死神说不。

不会的。

这种事永远不可能发生。

命里有时终须有。这是谁都解不开的结。

加比已经完了，只是时候还没到而已。

"我得冲个澡。"米莉安说。

"等等，你不想谈谈吗？"

"谈，但不是现在。我先洗澡，然后再……"她叹了口气，环顾旅馆房间，这里丑陋得让人想哭。金色涡纹壁纸，红色床罩，深红色地毯，还有两把绿松石首饰颜色的椅子，感觉就像一个小丑吞掉了一堆五颜六色的手帕，而后到处乱拉了一通屎。她不是时尚狂人，可这个房间的装饰挑战了她的底线，"我们今晚还有……安排，这会儿我有点恶心。"

加比喋喋不休地说着别的事，和安排有关的事，但米莉安已经自动封住了耳朵，她陷在自己的思绪里，对周围的一切置若罔闻。刚刚的经历如潮水般涌到眼前，就好像冷不丁挨了一通拳头。格雷西，车里的孩子，死掉的狙击手，他留在米莉安嘴巴里的像硬币一样的味道，莫名其妙的电话，沙漠里的太阳，韦德的肺炎——

淋浴间里，她只打开冷水开关。此时此刻，即便往她身上倒冰块，她也会毫不退缩。冷水激得她打了个寒战，倒吸了一口气。爽！

她把这天上午发生的事在头脑中翻来覆去地回想了一遍又一遍，就像嘴巴里含了一块石头，从舌尖滚到牙齿，再滚到腮帮，而后重新来过。

有人想杀掉那个女人，抢走她的孩子。

米莉安只是碰巧被牵涉其中，应该说是她坏了别人的好事。**别多管闲事，你有你的麻烦。**但就在这时，她感觉入侵者来到了她身后，热乎乎的鼻息喷在了她的脖子上。

还没有结束。

她忽地转身，身后并没有人。

浴帘"哗啦"一声被拉到了一旁。

加比走进来——

冷水溅到身上时，她不由得哆嗦了一下。她把头伸在花洒下，让水顺着头发倾泻，并用手在头皮上抓挠了几次，而后退到一旁，对米莉安说："嘿。"

"哦，嘿。呃……你这是干什么？"

"这？"

"这。我还没洗完，你进来干什么？"

"想着这样可以省点儿水。"加比走到近前，两人之间仅剩下一英寸的距离，"节约用水，保护环境嘛。"

"环境好坏关我屁事。"米莉安说。她明显感觉双腿和臀部有一股渴望在涌动，她想迎上去，*那就上前一步啊*。相反，她还是做自己最擅长的事——说话。"坦白地说，地球末日早一点到来，我们就早一点解脱……"

加比往前挪了挪。现在，她们的皮肤已经挨在了一起。加比个头稍微高一点，因此她的乳房正好凌驾于米莉安的乳房之上，就像两块拼图严丝合缝地拼在一起。水在两人中间寻找缝隙，到了皮肤分离的地方便"哗"一下坠落。

"别说话，吻我。"加比用近乎恳求的语气说，她的迫切和饥渴流露无遗。

两人的嘴找到了彼此——嘴唇交叠，呼吸相闻。加比的手滑到了米莉安的臀部，带来一阵触电般的感觉——

还没有结束……

米莉安耳边一阵轰鸣，仿佛有架飞机贴着她的头皮起飞，那声音震耳欲聋。猎枪断裂，孩子在斯巴鲁旅行车中哭泣。

她抽身后退，拉开浴帘逃了出去。跨出淋浴间时她险些摔倒，所幸伸手扶住了水槽。她暗暗骂着，走到镜子前，双手掩面。她又听到浴帘拉动的声音。

米莉安从手指的缝隙向外窥视。

加比站在一旁，痛苦、茫然、震惊、不知所措。

她身后的淋浴间里站着一个人。

路易斯，冒牌路易斯。入侵者。他浑身湿淋淋的，面带微笑，牙齿上布满豁口，一只蝎子在他毫无生气的舌头上跳舞。他的一只眼睛呈乳白色，且中间有道明显的裂缝，像一颗白葡萄被当间切了一刀然后塞进了眼窝。他手里拿着一把剖鱼刀，刀背抵着嘴唇，仿佛在示意她噤声，随后他不动声色地把刀伸到了加比的脖子里。

米莉安不由得惊叫道："小心！"

加比吓了一跳，看看左右，一脸迷茫。

入侵者不见了，或者说他从一开始就不存在。

"妈的！"米莉安说，"妈的！"

"怎么了，一惊一乍的？"加比问，"你哪里不对劲了？"

米莉安低吼道："你倒不如问我哪里对劲，那还省点工夫。"说完她大步走出卫生间，肚子里憋了一团火，但却不知道这团火因谁而起。她自己？没错。加比？对，也有她的份儿。入侵者？路易斯？史蒂文·麦卡德尔？抢她车的格雷西？可以是所有人，可以是任何人。她的愤怒足以摧毁全世界，她的愤怒是烟花厂里的一堆篝火。

来到另一间，她一脚踢开手提箱，把衣服全都扒出来，最后挑了件白T恤、一条牛仔裤和一条肥大宽松的底裤。加比站在她身后，配上卫生间的门框，像一幅画。

"你被耍了。"加比说。

"喊！"米莉安不屑地回答，她开始穿上衣服。

"我在这里干什么？"

米莉安心想：

因为你需要我。

因为没有我，你会自杀。

因为我想救你的命。

加比并不知道这一切，但她对米莉安的大部分近况还算了解，姑且不论了解得有多深。米莉安跟她说过，她遇到了一位名叫休格的女通灵师，此人颇懂问卜之术。休格的母亲多拉也是位通灵师，她在日记中提起过一个名叫玛丽·史迪奇的女人，并说这个女人知道如何摆脱诅咒（当然，这一点多拉在日记中并没有详述）。于是，在过去一年里，米莉安就根据这一点点笼统的线索，满世界寻找这个真假难辨、生死未知、是否能帮上自己也无法确定的女人。这一年中，加比一直跟着米莉安，但她对其他的事一无所知。她不知道米莉安的最终目的是什么，也不知道自己要跟她到什么时候，除非，除非米莉安找到拯救她的方法，那时，她们便可以双双解脱了。

"这个嘛，加比，这是个哲学问题，我们时不时地都要问一下自己。"

"拜托你不要用挖苦自我来防御。我是认真的，请你回答我的问题。"她的声音变得严厉起来，"你为什么要带着我？我们上过一次床，你也尝到了拉拉的滋味，可之后你就把我丢到一边，怎么，难道这只是你扭曲生活的一个小插曲？你本来可以让我自生自灭的，可你没有，你救了我，或许这只是我一厢情愿的想法。那不是你的本意对吗？甚至和你的本意背道而驰？"她越说越激动，仿佛下一秒钟就会情绪失控。她的愤怒已然变成悲伤，"你在惩罚我吗？"

"天啊，不是，当然不是！"她想将实情和盘托出，她想告诉加比她将如何死去，虽说不大可能，但也许她能救她的命。加比知道米莉安的特殊能力，知道她的力量，因为米莉安已经向她证明过。或许告诉她能让自己解脱出来，但米莉安深知这其中的道理。那只能证实一件事，加比会意识到，*我就是这种人，无所作为的人*。仅此而已。

"那究竟是为什么呢？"

米莉安站在镜子前，头发乱糟糟的。她的头发长度介于太短与不够短之间，因而发丝一根根全都竖了起来，大有脱离头皮飞出去的架势。

加比步步紧逼，"究竟为什么，米莉安？我们到这儿来干什么？"

米莉安转过身。

"我需要朋友，"她说，"可以吗？我……我从来没有朋友。我厌倦了孤零零的生活，而经过一段时间的接触，我想你应该也不愿意一个人，所以我就自作主张拉上你了。但现在我算明白，这主意糟透了。你说得没错，我是在惩罚你，和我在一起就是一种惩罚。我懂了。"

"米莉安——"

"别，这并非一时气话，我真心的。我就像个图钉，你踩到了，扎在脚上，于是每一步都变得痛苦万分。我明白。你走吧。我本想把那辆皮卡送给你，可它被人抢了——"

"等等，你说什么？"

米莉安心潮澎湃，就像温度计中的水银柱急速上升，转眼便要冲破玻璃顶，"没什么。现在我好得不得了。我在西部转了一年，试图找到一个或许根本不存在的人。我终于对一个男人动了感情，可他却要结婚了。我妈妈病得像根老黄瓜。我戒烟了，可现在我想抽烟都他妈快想疯了，这会儿要是能给我一支烟，就算让我把一车孤儿拉到动物园的虎山上喂老虎我都愿意干。我想过健康的生活，可那纯粹是瞎扯淡，因为事实证明，过健康的生活比过不健康的生活难受多了。还有，我经常出现幻觉，看到一个幽灵，或者魔鬼，或者根本就是我的超自我。有时候，这个该死的不速之客会唆使我投入各种各样的冒险。比如今天上午，有个女人持枪抢了我的皮卡车和手机，可几乎同一时间，有个隐藏在沙漠里的家伙居然想用步枪干掉我们两个！"情绪如同一辆失控的过山车忽然撞上一截断裂的轨道，猝不及防地停了下来。她深吸一口气，把接下来的话咽回到了肚子里：然后我就变成了秃鹫，杀了那个家伙，还吃了他的肉。

她的精神终于崩溃，像一只纸鹤被揉成了团。

她呜咽起来。

哭吧，她已经不在乎自己的哭相有多丑。她哭得上气不接下气，连鼻涕泡泡都冒了出来。

加比依旧光着身子，上下湿淋淋的，走过来抱住了她。她摸着米莉安的头发，轻声抚慰。米莉安嘴角扯着黏丝，说出的话被眼泪和鼻涕泡得发软，"我本该照顾你的，现在反倒让你来安慰我。"

"我们待会儿再讨论谁照顾谁的问题，"她说着，吻了吻米莉安的头顶，"现在，你是我的。"

科罗拉多

老头儿的脑袋生得像颗土豆，光光的、黄黄的，形状还不规则。一颗老土豆，有着深深的皱纹，皮肤松弛得仿佛随时都可能脱落下来。他脸上布满老人斑，而那些疙疙瘩瘩的小肉瘤就像刚刚发出的土豆芽。

他坐在一架蛛网密布的旧钢琴前——一架自动钢琴——舌头时而舔舔嘴唇，时而在嘴巴里弹一弹，发出的声响就像从一处尚未痊愈的伤口上撕下创可贴。他的手肘压到了琴键，钢琴随即播放了一段刺耳的和弦。

"你问的是……那个……那什么？"

"房子，小屋，水库边的那间小屋。"

"第四栋小屋。"

"第三栋。"

他喉咙深处一阵咕咕噜噜，犹如开始工作的冰箱压缩机，低沉，机械，"哦，对，对，对，你想租房子。"

"我不是要租房子，"她纠正说，"我在电话里已经说了，"她省略了"你这个老浑蛋"，为此她甚至有些自豪，"我想打听一下以前租这个房子的人。"

"那恕我无可奉告。"他蠕动了下身子，再次不小心按到了琴键，于是他们的耳朵又被那近乎噪声的音乐蹂躏了一遍。

"我指的是很久以前的房客，差不多是三十年前了。"

"哦，那么久，我可不一定能记得起来。"

"我给你一些提示，你不妨试着回忆回忆？当时来租房的是个女的，一个美女，尤物。她的头发像草莓果酒一样漂亮，脸上有雀斑，名字叫贝丝·安妮，不过她平时都叫另外一个名字——"

"亲爱的。"他打断了她。他声音平静，双眼漠然望着远方，好像已经陷入深深的回忆。她从他的眼睛里看出了希望，只不过它们像一片破镜子，要过上一会儿才能看见清晰的倒影。"是从佛罗里达来的姑娘。她当时……呃……怀着身孕，不过还没几个月，肚子才……才微微隆起。"说到这里他轻轻一笑，并模仿孕妇的样子摸了摸自己的肚子。可紧接着他便忽然脸色一沉。显然，他开始想起些什么了，"我觉得你该走了。"

"你还记不记得她为什么来这里？"

"你该走了。"

米莉安站起身，开始向厨房走去，"我去找点喝的，你要什么？"

老头儿生气了，皱眉瞪眼，脸拧巴得像团铝箔纸，"你先等等——"

可是太迟了，米莉安已经进了厨房。这里狭小得可怜，连转身都不方便，因为胳膊很容易撞到镶着难看实木板门的橱柜。厨房里物件不多，只有一台牛油果色的烤箱，一台香蕉黄色的冰箱，而且不管烤箱还是冰箱，底座都锈迹斑斑。几乎所有东西上都生了黑色的霉斑——电灯、插座、橱柜门把手——空气中弥漫着培根油的味道，处处给人一种阴暗潮湿的感觉。

老头儿——威尔顿·史迪奇是他的名字，他一辈子都生活在科尔布伦——蹒跚着走进厨房，挡住米莉安的出路，"无礼，太无礼了。你真不把自己当外人，这是我的厨房，你怎么可以——"

米莉安连嘘数声，依旧自顾自地拉开烤箱下面的一个抽屉。一个瓶子滚到了抽屉前面：单一麦芽威士忌，产自英国阿伯劳尔，酒龄十五年。她一把抓在手中，晃了晃，拧开瓶盖随手一扔，盖子"当啷"一声落进水槽。

"那是我的。"威尔顿说。

"现在是我的了。"

老头儿忽然想到了什么，"你怎么知道——"

"在哪儿能找到酒？这房子我来过，史迪奇先生。"

"你是贼！是贼！"

"以前算是吧。"她就着瓶子大喝了一口，只觉口感醇和，芳香怡人，与她过去喝的那些垃圾玩意儿大不相同，"嘿，这酒真不错，入口柔滑，像小孩子的屁股。说到小孩子——嘿，你不记得我了，对吗？"

他审视着米莉安的脸，又皱起了眉头……

直到他忽然瞪大了灯泡一样的眼睛。叮。

"丹尼家的——"

"丹尼五金鱼饵店。没错。"

"你撞到了我。"

她咧嘴一笑，"对，我撞了你，然后便看到了一些东西。你知道我看见什么了吗，史迪奇先生？我看到了一连串的场景。五年零三个月以后，警察会突袭你这栋房子。不是本地警察——我知道你和他们都是熟人——是州警。你今年多大了？七十？不过这没关系，他们来到你门前时，你会用实际行动证明你仍然宝刀未老。你像只兔子一样从后窗跳了出去。"她夸张地挥了一下手，"你的动作很麻利，他们闯进你家时，还没有发现你已经跑向了后面的小屋。你忘了拿钥匙，可又没时间回头取，于是你就近从砖堆上拿了一块砖——鬼知道你家里怎么会有一堆砖——砰！你用砖砸掉了小屋门上的锁，迅速溜进去，经过一堆鞋盒、杂志和软盘——真没想到你居然还藏着那些古董级的玩意儿——然后伸手去拿……你知道我在说什么吧？你抓起了一罐打火机油和一包火柴。这两样东西都是你事先藏好的，目的就是应付类似的情况。你开始到处喷洒火机油。你的手有些瘦弱无力，加上情况紧急，所以你的动作不太灵巧，连身上都溅了不少。最后当你划着火柴，准备把小屋付之一炬时——轰！你自己也成了一团火球。你想逃出去，可被火挡住了路，结果你就那样被活活烧死了。你惨叫的声音就像一头老狗熊不小心捅了个马蜂窝。"

老头儿愣在原地，浑身发抖。

这时，正如灵视画面中那样，他的动作倒格外敏捷。

他伸手便从近旁的案板上抓起一把切菜刀。噌！

问题是，他的敏捷是相对的，那仅限于和同龄的老年人相比。

而米莉安则有着年轻人特有的矫健。在老头儿手中的刀砍向她之前，她抬手便把那瓶威士忌砸在了他的脑袋上。

咣！他倒下了。酒瓶没碎，但里面的酒却洒出去大半。米莉安心疼得直咂嘴。菜刀掉在地上，被她一脚踢到了烤箱下面。

威尔顿·史迪奇躺在地上疼得直叫唤。他双手撑住地面，试图爬起来，可他被砸晕了头，身体不听使唤，努力了几次，最后又一头栽在地上，这次直接磕到了下巴，他疼得龇牙咧嘴，叫苦连天。

"死能让一切变得透明。"米莉安说着又仰起脖子咕咚咕咚喝了一大口酒，"从一个人的死亡方式，我多少能了解一些他们生前的状况。但这并非绝对，有些人的死亡只是匪夷所思的意外事件。有一次我碰到一个家伙，发现有一天他会被一台从拖挂货车上掉下来的洗衣机给砸死。那台洗衣机滑下来时正好落在他的车头上，撞破了他的风挡玻璃和车顶，把他的脑袋从脖子上齐根削了下去。这就很随机。但是，那样的意外发生在他身上也并非毫无理由。他是个推销员，一辈子大部分时间都待在车上打电话。可以说他的死亡与他的生活有着千丝万缕的联系，这在许多人身上都是一样的。比如喜欢喝可乐，喜欢吃油腻的食物，喜欢抽烟，跳伞，等等之类，最终他们多半会死在这些东西上面。我看到了你的死亡，有点纳闷儿，有点疑惑，我想知道那小屋里究竟藏着什么，所以我就实地察看了一番。我首先找到了钥匙，就在前门那个像鲑鱼一样的木板上。结果呢？毫不意外，我发现了真相，原来你他妈就是个衣冠禽兽。"

"你给我滚。我是好人。"

"大部分坏人都这么说。"米莉安咂了咂舌头，像教堂角落里的滴水兽一样在他跟前蹲下身，"我本来不想多管闲事，可我还是来了，史迪奇。你现在还活着，我想跟你做个交易。只要你能向我透露一些信息，我就能想办法让你活命。"

"我没有你想要的任何信息。"

"你知道你妹妹的下落。玛丽·史迪奇。她是你的第一个女人，对不对？你比她大一点，大十二岁左右吧？"

"我从没碰过她，"威尔顿狡辩说，但米莉安明显听出他的声音在发抖，这是撒谎者的本能反应，"她是我同父异母的妹妹。"

"告诉我她在哪儿，我就能让你活命。你可以提前把小屋里的证据全部毁掉，这样你就可以继续逍遥法外。"

"我不知道她在哪儿，"威尔顿喃喃说道，"我发誓。"

米莉安"砰"的一声将酒瓶砸在威尔顿的脑袋旁边，地板都跟着颤了颤，"你信不信我能像砸石榴一样把你的脑袋砸个稀巴烂？"

"行行行！她——我说。上次我听说她去了圣塔菲。"

"圣塔菲？"

"嗯。我不知道她干什么，好像和飙车有关。听说她和一个家伙同居了，我不知道那人叫什么，她……她……她从来不会告诉我这些。"

一股臊臭味儿直冲米莉安的鼻孔。史迪奇先生拉裤子里了。

"只有这些？"她问，"还有没有别的？如果让我发现你对我有所隐瞒，我会回来找你的，威尔顿。到时候我会亲手点了你。"

"有个房车营地。她住在一个房车营地里，叫洛斯苏黎诺斯或苏诺斯什么的，我分不清墨西哥口音。"

米莉安拍拍威尔顿的后脑勺。

"算你识相，老东西。"

说完，她忽然举起酒瓶，对着威尔顿的后脑勺狠狠砸去。骨头碎裂，但血并没有溅得满地都是，而是慢慢地在他身下扩散开来，如同从打碎的罐子里流出来的果酱。威尔顿的身体不停地抽搐，好似躺在带振动功能的汽车旅馆的床上。接着，他猛然蹬直了一条腿，把脚上的拖鞋甩出去老远，不大一会儿，整个人便没了动静。米莉安很想再喝一口威士忌，可酒瓶的瓶底深陷在威尔顿的脑袋里。她看着恶心，放弃了，任由它戳在那里嘲笑她。

该死！

随后米莉安离开厨房，来到小屋。她搬起两个鞋盒子——每个盒子的重量都超出了她的预期，当然，这其中包含着她对那个老浑蛋的厌恶和痛恨——把里面的东西倒在威尔顿的尸体上。她闭着眼睛，尽量不去看那里面装的东西。

靠近厨房的地方有部电话，一部老式的旋转拨号电话，她在旁边的墙上发现了一本电话簿。

她找到联邦调查局（FBI）本地办公室的号码。

号码拨通，接电话的是个女人。

米莉安给了她威尔顿·史迪奇的地址。

然后她说："这儿有个人死了，是个猥亵儿童的老变态，你们派人来收尸吧。麻烦你把这个消息告诉格罗斯基探员，谢谢。"

11　出租车上的忏悔

亚利桑那州的夜晚。

一辆出租车沿着60号公路向凤凰城疾驰而去。说是出租车，实际上却是一辆小型货车，司机是个长着娃娃脸的中年大叔，名叫胡安。远处城市的灯火照亮了黑暗的沙漠，像一片岩浆在玻璃和峡谷中蚀刻出一条条通道。

"你觉得这次见面合适吗？"加比问，"会不会有危险？"

米莉安耸耸肩，"不知道。见面地点在凤凰城一家还算豪华的精品酒店——"

"斯科茨代尔，"司机打断了她们说，"你明明说要去斯科茨代尔的呀。"

"有什么不一样，"米莉安蹙眉说道，"它不是凤凰城的一部分吗？"

司机瞥了她一眼，那意思很明显：不是。米莉安举起双手做投降状，翻了个白眼。

"这就是你的生活，对吗？"加比问。

"啊？"

"风尘仆仆，四处奔波。"

"差不多。但我已经厌倦了流浪，厌倦了这种生活，所以我们今天才要跑这一趟，去见这个狗娘养的，看他知不知道玛丽·史迪奇的下落。她就在这里，我有种预感。"当然，她也是道听途说，不过她还听说这个玛丽·史迪奇，也就是玛丽剪刀，已经离开这里了。她很少在同一个地方逗留太久，但直觉告诉米莉安，她已经接近目标，非常接近了。她不能功亏一篑。她要逆天改命，战胜诅咒。

他们经过一个广告牌，上面画着一把硕大的手枪，型号有点像格洛克，从枪口射出的不是子弹，而是某个枪械店的名字。加比轻笑了一声。

米莉安眉毛一扬，"怎么了？"

"什么怎么了？"

"你刚才笑了。"

"我没笑。"

"你绝对笑了，我都听见了，有点像嘲笑，也有点像咳嗽。"

"哦，没什么，我想到了枪。"

"什么，那个广告牌吗？"

"美国的枪支暴力问题已经空前严重了。"

米莉安眨了眨眼睛，"我看也是。"她想起自己从那个死掉的杀手身上捡来的手枪，此刻它就藏在她脚下的钱袋子里，只是出于多方面的考虑，她暂时还不打算告诉加比。加比知道袋子里有钱，但对枪的事一无所知。她们带了500美元，全是小面额。那是加比要用来帮米莉安收买情报的钱，当然，那也是她们最后的一点现金，可没办法，舍不得孩子套不着狼啊。

"我来这里总觉得不踏实。"加比说。

"什么？为什么？"

"这里的人极端保守。"

"是吗？"

加比扮了个鬼脸，"你不关心政治吗？"

"我像是关心政治的人吗？我没工夫操那份闲心，也没时间看电视和电影。"

"你有大把的时间，"加比说着不相信地笑了笑，"你又不用上班，甚至连个兼职都没有。"

米莉安轻蔑地瞥了加比一眼，"你有工作吗？实话告诉你，我的吹毛求疵小姐，活着就是我的工作。"

"我可从来不吹毛。"

"我表示震惊。"

"况且帮助你也是我的工作。"

"哈。"

加比伸手摸了摸米莉安的胳膊，"真的，我希望今晚我们能找到你想要的东西。很抱歉，我知道你很难，尤其最近。"

米莉安把沙漠中的经历一五一十告诉了加比——车里的小孩，叫格雷西的女人，狙击手（不过她仍然隐瞒了自己操纵秃鹫吃人的情节，因为任何普通人恐怕一时都难以接受）。加比听得全神贯注，还不时点点头，或者示意米莉安停下来稳定情绪。安抚与被安抚，爱的手势依旧在持续。加比的手指在米莉安的胳膊上来回抚摸，不时捏捏她的手、手腕或肩膀。她在有意无意地提醒米莉安，她并非孤身一人，她的身边同样有关心她的朋友。

"谢谢。"这两个字忽然像被踩到的青蛙一样从米莉安的嘴里蹦出来。她不习惯被人如此温柔相待，这感觉很别扭，以至她浑身不自在。关于这一点，米莉安想过很多，也说过很多。她觉得这不是好事。

12　畜生和精分

　　酒店还真他妈豪华，豪华得米莉安都有些想吐。粉色的软垫椅子偏偏塞进拉丝钢架里，房间的门框上扯着蓝色的霓虹小灯，硕大的广告词被当成艺术品刻在墙上。酒店内播放着无聊沉闷的男低音——慵懒的迷幻舞曲，像用手机录出来的低端货色。除此之外，这里还挂满自命不凡的黑白照片，主题莫名其妙，和酒店本身似乎八竿子也打不着的关系：棋子、无家可归的流浪汉、双簧管，还有一个在厨房切着红辣椒的欢乐的超模。米莉安从那些照片前经过时，眉头越皱越紧。一团无名之火在她胸口越烧越旺，就像一枚螺丝钉一圈一圈地钻进木头，直到把木板撑破。

　　叮！电梯到了。她和加比走了进去。

　　身后的轿厢壁板上挂着一幅巨大的照片：一个大胡子的伐木工人将食指放在嘴唇前，仿佛在说，嘘，我是个傻逼。他英俊的脸庞十分柔和，明显缺少伐木工人应有的阳刚之气。又是他妈的模特。"这根本就不是真正的伐木工。"米莉安气冲冲地说。

　　加比耸耸肩，"那又怎样？"

"这些对我很重要。"米莉安回答。

加比问:"你说电梯艺术的真实性?"

"对。"米莉安眨眨眼睛,"好吧,也许我不该在意这些细节。"

"我看也是。"

"可问题是我非常在意。"

加比微微一笑,"在你应该关心的问题当中,我想这一个应该无足轻重吧?"

叮,电梯又响了一声,门开了。

长长的走廊,蓝色的墙壁,配色却是柠檬黄;更多自命不凡的照片。这家酒店在彰显自己品位的时候显然用力过猛,结果搞得不伦不类,贻笑大方。唉,这样的设计简直能把人气出动脉瘤。

"522房间。"米莉安说。

她们走到门口,门牌上的三个数字采用了不同的字体,就像绑架犯写的勒索信。

米莉安敲了三下门,声音很大。

屋里也在放着音乐,超重低音隔着门都能把人震得心律不齐。

她又敲了敲,只听房间里的音量降了下去。

门打开几英寸宽的一条缝,里面露出一个白人伙计的脸,他上嘴唇稀疏的胡子就像不小心沾上的奥利奥饼干屑,而他一张嘴,嘴唇就会弯曲成一个可笑的弧度。

"哈喽啊。"他说。

"你也哈喽。"米莉安模仿他的口气说。

"有何指教?你们不像是'三重视野'的人啊。"

"我不知道你说的'三重视野'是什么,不过上个星期我们通过电话。"

"啊?"

"我在找玛丽剪刀。"

她晃了晃手提袋。

他似乎慢慢有了点头绪，脸色渐渐明朗起来，"哦，哈哈哈，对对对，我想起来了。请进吧，女士们。"

门重新关上，里面传来摘链子的声音。客房与楼下的大厅如出一辙，没有一样搭配是赏心悦目的——好像上帝磕了药，结果把一切都画成了高亮色。

"嘿，我叫巴兹。"白人小子说。米莉安伸出拳头要和他碰一碰，心想这应该是他们打招呼的方式，可巴兹要么是没注意，要么是不在乎。米莉安想知道这小子最后会怎么死掉，她怀念那种旁观死亡的感觉，但在心里她却冠冕堂皇地告诉自己那样做是想从他的死亡中寻找点线索。当然，她很清楚这是自欺欺人。精神上，有一部分她对灵视画面已经上了瘾。

不，不只是一部分，是大部分，甚至全部。

"哎，我知道你叫什么。"米莉安说，欲望像躲在小孩子衣柜中的怪物，正疯狂扒着门，"我刚才说过，我们通过电话。"

"抱歉，抱歉，瞧我。"他用膝盖顶了顶一把写字椅，脚轮在地板上滑出一段距离。他慵懒地坐在椅子上，指了指床，"随便坐啊，放松点。"

米莉安和加比对望了一眼，互相使个眼色，随后默默坐下。

"我不想耽误太久，"米莉安单刀直入，"钱我已经带来了，我只想知道玛丽剪刀在哪儿，就这么简单。"

"别急，别急嘛。难道我们不用彼此认识一下吗？"

"我们不会跟你上床的。"加比说。

米莉安没想到加比如此直白，但仍晃了晃大拇指说："她说得没错。"

"不不不，女士们，我可没想睡你们。"说到这里他舔了舔小胡子，毫不掩饰内心猥琐的意淫想法，"你们是拉拉？"

"她是直的。"加比说。她语气之中明显有股抱怨的味道，米莉安隔着老远甚至都闻得到酸味儿。

"喂，不好意思，我男女通吃，"米莉安纠正说，"谢谢。"

"狗屁男女通吃。"加比不屑地说，"想当素食主义者，可偶尔还吃肉，这跟既想当婊子又要立牌坊没什么两样。"

"有些素食主义者也吃鸡蛋，况且你这个比喻完全不合逻辑，因为人既可以吃荤，也可以吃素，这叫杂食动物，所以我基本上属于性杂食动物。哎，我觉得现在不是讨论这个的时候，尤其当着——"

她正想说"巴兹"，可扭头一看，那家伙手里不知什么时候多了个东西，起初她以为是支钢笔，又黑又长，一头有个银色的端口。但她很快就意识到那是某种东西的嘴儿，因而怀疑那是一件小巧的乐器。巴兹湿了湿嘴唇，嘬住端口，他刚一嘬住，另一头便发出了蓝色的光。

"你在干吗？"她问。

"抽烟啊，姐们儿。"

"什么烟？水烟？"随后她转向加比，"你瞧，我也看过电影，我知道水烟。"

"你说的是新式的还是老式的？"

"有新式的？"

巴兹轻声笑道："这是电子烟。"

"电子烟？"米莉安眨了眨眼睛。

"对，没错，电子烟。"

"胡扯，你瞎编的吧？"

"你从没抽过？"

"得啦，我看出来了，你在耍我们。要是连抽烟都变成现在这种鬼样，我真高兴我戒了烟。"

他吐出一团似雾非雾的东西，"很清爽哦，有很多种口味咧。"

"够了，你看上去就像个该死的浑蛋。抽烟对我来说只需要一种口味，那就是舌癌。"

他皱起了眉头。米莉安动不动就把天聊死了。

"我怎么知道你们不是条子？"他问。

"因为我们……不是？"加比说。

"如果你怀疑我们是条子，那你就比我想象得还要蠢。听着，滑头，别再揣着明白装糊涂了，行吗？"

巴兹顿时收起嬉皮笑脸的神态，他又吸了口电子烟，吐出淡淡的一团烟气，随后说道："你们想知道精分的下落，得首先证明你们不是条子。"

"精分？"

"就是玛丽剪刀啊，我们叫她'精分'，精神分裂者的意思。"

"行，"米莉安轻蔑地说，"你想让我们怎么做？"

他笑了笑，拉出一个黑色的小背包。他把电子烟叼在嘴上，拉开拉链。那看起来像个剃须工具包，只不过里面并没有装剃须工具，而是装了三个注射器、两个勺子、一小包白布、一个打火机和一小袋白粉。

"我想你们当着我的面吸一次，"他说，"这样我就能相信你们和我是同一路人。"

"我刚戒烟，你却让我吸海洛因？"米莉安说，"门儿都没有。这也可以证明我们不是警察，卧底一般都吸毒。"

"你们想打听消息，这是唯一的途径。我要看到你们的诚意。"

这浑蛋想诱我们上瘾，以后好从他这儿买货，她心里想。

"你为卡特尔效命？"她问。那样或许就说得通了。亚利桑那毗邻墨西哥，他们在这里很有势力——存在即力量。

"当然不是。他们做的全是垃圾。这可是合成的。廉价，干净，质量一流。"他递过背包，"试试吧。"

"去你妈的，想都别想。"她站起来，可随后又坐了回去。

加比望了她一眼，"你不会真打算——"

米莉安看看她们的钱袋子。

枪在里面。

不，枪解决不了问题。在这里不能用枪，至少现在还不是时候。

但她迫切需要巴兹所掌握的信息。她的好奇心又上来了，这比任何毒瘾都难戒。碰一碰对方，看到他们的死亡——这是可怕的诅咒。诅咒，再合适不过的名字。然而对它的渴望却像蛆虫一样在她的骨髓中蠕动。她对死亡入了迷，上了瘾。那变成了她身体的一部分，深深织进她的每一寸皮肤。她痛恨这样的自己。

她必须解除诅咒。

"我需要知道这女人的下落，"她说，"所以，豁出去了。"她开始从小背包里拿出东西。那些物件对她来说充满神秘，她忽然沮丧地吼道，"我不知道怎么用这些玩意儿。"

"我会。"加比说着伸过手来。

现在轮到米莉安一脸惊讶了。

加比解释说："我以前用过，高中时代。都是过去的事了，现在我已经戒啦。"她顿了顿，"我的有些朋友至今没有戒掉。"她把白粉捏进勺子，打着了打火机。几秒钟之内，白粉便像雪一样化掉——白色的颗粒渐渐融为一体，彼此难分，最后化成一摊冒着泡泡的液体，"你不会想步他们后尘的。"

"我知道我不想，你只管弄。"

巴兹那该死的畜生一边吞云吐雾，一边饶有兴致地看着这一切，似乎无比享受的样子。

加比把针头插进冒泡的液体，将它们吸进针筒。

"米莉安。"她递过针筒时说，"你要考虑清楚。"

米莉安冲她眨了下眼。

针尖上悬着一滴液体，晶莹透亮，美如朝露。

这时，毫无征兆，她忽然一把抓住了巴兹的手腕——

　　两年后，准确地说是两年四个月零七天后，时间为夜晚，巴兹开着一辆经过改装的本田掀背车行驶在高速公路上。他抻着脖子，咬着嘴唇，随着汽车音响中的音乐摇头晃脑。超重低音震耳欲聋，他的车子没有被震得七零八散堪称奇迹。正自在时，他看到一辆白色的凯迪拉克从后方驶到与他平行的位置，车里坐着几个混混模样的年轻人。他冲他们点了点头。坐在凯迪拉克副驾的是个大长脸，他面容憔悴不堪，活像是鹿的头骨上钉了一张皮，但他很礼貌地冲巴兹点头回应。这时，凯迪拉克的后窗摇了下来。等巴兹意识到情况不对时，已经晚了。那些人手里拿着枪，机关枪。子弹顿时像蝗虫一般飞进他的本田车，还有他的身体。他尖叫着，火热的铅弹钻透了他的腰部，飞溅的碎玻璃划破了他的脸。他猛打方向盘，车子撞上了护栏，随后像易拉罐一样高高跃起，滚下了公路。一时间天旋地转，巴兹没有系安全带，接下来他只知道自己躺在了地上，周围到处都是碎玻璃，车子侧翻在他前面十步左右的地方。他傻了一样大笑起来，于是嘴巴里涌出更多的血。这时他听到发动机的声音，扭过头时，看到那辆凯迪拉克正高速倒车向他撞来。巴兹惊叫一声，但已经来不及躲闪。轮胎轧在他的脑袋上，就像小孩子的大脚车轧在香蕉皮上。这便是浑蛋巴兹的最终下场——

　　米莉安没有给巴兹留下任何反应的时间。她以迅雷不及掩耳之势将针头插进了他的胳膊，并用拇指按下了推杆。

　　巴兹的眼睛睁得像勺子一样大，他冲米莉安挥出一个拳头，可他很快就无法控制自己。他的嘴巴松弛下来，目光也变得分散。

　　"臭……"他说。

　　口水顺着嘴角流下来。

　　米莉安站起身，对加比打了个响指，"快来，帮我把这畜生抬进洗手间。"

　　"我们这是干吗？"

　　"临场发挥。"

乌鸦酒吧

在阿塔拉亚山口外的丘陵间，有一家飞车党经常光顾的酒吧，名为"乌鸦酒吧"。去那里唯一的通道是峡谷中像肠子一样弯弯绕绕的环山公路，而公路两旁是连绵不绝的矮松林和山艾丛。从外界看，你会以为那里住着一个与世隔绝的疯子。酒吧由一辆破旧的加宽拖车改建而成，斑驳的外墙上很随意地或挂或贴或钉着各种各样的破烂玩意儿——轮毂罩，破镜子，曾经五彩斑斓而今却被晒得发白且布满红色锈迹的陶器，烂了的喂鸟器，丁字镐，铁锅。好像酒吧里有个神秘的黑洞，把所有乱七八糟的垃圾都吸了过来。

当真来到里面，和外面也并没有太大不同。酒吧四壁几乎全用轮胎橡胶包裹。凳子没有一个匹配的，多数为金属凳，许多已经锈迹斑斑。没有桌子，因为没地方摆桌子。天花板上依旧挂满破烂玩意儿——自行车链条，"二战"机枪上的子弹链，还有各色珠链。

可里面怎么样都无关紧要。

因为杰里·卡内基——人们更喜欢称他屠夫杰里——不会在这里待太久。他坐着，喝着酒。这是个安全的所在，一个人不犯我我不犯人、彼此相安无事的酒吧。而更令人感觉安全的是，那些可恶的墨西哥人渣再也不会前来骚扰。他们要么死了，当然，肯定不会全都死掉，要么跑到别的地方去了。

但那场的胜利同样也是一种损失。这一切都是玛丽为他们做的——玛丽，和她的天赋。玛丽，有着忧郁大眼睛的玛丽，亲切可人的玛丽。她本来有可能成为杰里的情人。她于他们而言就像《逍遥骑士》杂志里那些原始、粗犷的女人。但她们全是最自然的女人，没有人工做出来的假胸，私处也不会剃得干干净净，真正的、毫不做作的女人。她们有自己的灵魂，但倘若你说了不该说的话，她们一样会毫不留情地给你个大嘴巴。粗野的婊子。杰里喜欢粗野的婊子。

玛丽完全有资格出现在那些杂志中。

玛丽剪刀。杰里讨厌这名字，尽管它恰恰如其分。

她已经不再和他在一起。他说："你是我的，你不能走。"她说她的使命已经完成，而且她从来都不属于他。于是杰里——哦，可怜的孩子——他彻底崩溃了，像只吸毒吸嗨了的猴子。杰里从来没有对她动过手，他怎么舍得啊。好吧，也不完全是。他的确摔了一盏台灯，在他自己的墙上踹了一个洞，另外还把一张咖啡桌的桌面踏成了两半，谁让他在上面跳呢？问题是每破坏一件东西，都能刺激着他破坏更多的东西。等他终于精疲力竭时，玛丽只是淡淡地问他一句闹够了没有，他说够了，而后她上前在他灰不溜丢的脸上轻轻吻了一下，转身便走进夕阳里，再也没有回来。

他想念她。

他悲伤难过，但欲哭无泪。他上一次哭泣是为了他的狗，一只名叫迪克开膛手、身体瘦长、老态龙钟的猎犬，那可怜的东西在高速公路上被一辆汽车撞死了。

男人为自己的爱犬哭泣无可厚非，但若是为了女人，呸！这就是规则。

　　所以此刻他忍住不哭，而把自己所有的悲伤都淹没在从边境南边运来的龙舌兰酒里。这种酒便宜得要命，却也难喝不到哪儿去，味道反而有点像玛丽离开时迎着的夕阳。

　　时间不知道过去了多久，酒吧外面传来机车的轰鸣声，马达呛了几下，最后安静下来。随后他听到身后的门开了——要想无声无息地走进酒吧是很难的，因为门上挂了一串用旧扳手做成的"风铃"。杰里抬起头，看到了酒保——一个胡子拉碴、瘦得像牛肉干的家伙，名叫德尔玛——他阴沉着脸，好像谁当着他的面拉开裤链在地板上撒了一泡尿似的。"你不能把那个带进来——"酒保瓮声瓮气地说。

　　他的话被沉闷的枪声给盖住了。那是把霰弹枪，强大的火力几乎把德尔玛轰成了两截。一堆瓶子应声破碎，酒水四溢。杰里本能地从凳子上跳起来，可他已经喝得半醉，伸手去拿挂在腰上的博伊刀时，一个趔趄摔倒在另一张凳子上。

　　霰弹枪的枪托砸在嘴上，似乎有几颗牙齿被他吞下肚去，血腥的味道遍布整个口腔。接下来他只知道，他被拖到了外面。抬起头，杰里看见拖他的人是约翰尼·特拉特兹，以前给墨西哥黑帮煮冰毒的家伙。特拉特兹一定刚刚试过自己的货，因为他的整张脸都处于膨胀状态，皮肤紧绷得仿佛要撕裂。这家伙的嘴巴就是一个燃烧着熊熊怒火的洞穴，他眼神飘忽，眼皮一眨不眨，就连他的鼻孔都张大得足以塞下几颗20号口径子弹。他把杰里扔出门外，摔在用碎石铺成的停车场上，离过去摩托车手们停放机车的地方不远。

　　随后，一只靴子踩住了他的脸。

　　杰里趴在地上动弹不得，口水混杂着鲜血肆意流淌，滴落在尘土中，迅速被饥饿的大地吮吸得干干净净。

　　他猛烈地咳嗽起来。

　　他再次伸手去拿腰上的刀。

　　这时，耳边响起嗡嗡的马达声，不是机车马达，而是别的。杰里抬起头，眨眨眼睛，努力让视线集中起来。

"因为你，我死了不少兄弟。"特拉特兹吼道。可他在杰里眼中只是一个模糊的影子，他的手高举在空中，手里似乎拿着什么东西，且一边挥舞一边说，"你他妈的，老子现在就切了你为他们报仇。×&%￥#@……"叽里呱啦一堆听不懂的话，大抵不是什么好话。

影子渐渐清晰起来。

特拉特兹手里拿着一把电锯，不算太大，应该不是用来伐树的，但锯树枝或仙人掌却绰绰有余。

特拉特兹像恐怖电影中的变态杀人狂一样举起电锯，全速向杰里冲来。

忽然，一辆小卡车撞上了他。

那是辆破旧的皮卡车，福特牌的。

特拉特兹的身体飞上了半空，好像他被一根绳子拴着，只是有人从另一端猛地拉动了绳头。他落在数米之外的几辆机车上。但特拉特兹刚刚吸过冰毒或别的什么，而吸毒的人和疯狗是没什么差别的，他们都不会轻易被打倒。果然，特拉特兹一挺身便站了起来，尽管他的一条腿已经明显断了（白色的骨头从皮肉里伸出来），但他用另一条腿跳着，挥舞着嗡嗡作响的电锯向皮卡车冲去。

福特车的车门打开了，一个年轻姑娘跳下来。

她手里转动着一根路易斯维尔棒球棒，嘴里叼着一支烟。

特拉特兹朝她跳过去。

她不慌不忙，甚至还像小孩子一样瞄了瞄准，然后才挥起球棒。球棒打在电锯一侧，呼呼旋转的锯片被顶了回去，生生锯进了特拉特兹的脸。那家伙像杀猪一样惨叫起来，仅剩的那条腿也支撑不住，整个身体像被踢翻的衣帽架轰然倒地。

电锯轰鸣着，瞬间便有一半锯片没入特拉特兹的脑袋。

滋滋滋，滋滋滋，一时间血肉横飞，电锯锯进骨头的声音令人毛骨悚然。

电锯停了。

特拉特兹也完了。

那个女孩子，黑头发中挑染了一缕缕蓝色，像挨打之后的瘀伤，脸上有红色的斑点。她不屑地笑了笑，依旧叼着烟卷儿说："嘿，杰里，要搭便车吗？"

"呃，"杰里吐出一口血水，"要。"

"很好，但你要知道，我可不会让你白白搭车，你得替我做点什么。"她最后又看了一眼地上的尸体，若有所思，浑身一颤，但马上扭头对杰里说，"懂吗？上车吧。"

13 吐真剂

巴兹被吊在淋浴间的喷嘴上。

他的手完全张开，绑着手腕的是他的鞋带，而把他吊起来的则是他的皮带。他的双脚够得着浴缸——他的确很矮，但还不至于悬空——不过他的脚也被绑了起来，用的是酒店闹钟里的发条。对，米莉安把闹钟拆了。在这家所谓精品酒店里全部令人作呕的设计当中，最最缺乏想象力的就是这个闹钟了。

看着巴兹，勾起了米莉安的些许回忆。当初在新泽西州的松林泥炭地，那两个杀手——哈里特和弗兰克——在光头佬英格索尔的指使下，把她也同样吊在淋浴间的喷嘴上。

记忆像成群的老鼠从她身上碾过。

"你……你要干什么？"巴兹问。微弱的气流艰难冲破几乎把嘴巴糊住的鼻涕和泡沫。海洛因正在发威，他的眼睑在微微颤动，毒品像一个无形的大拇指，按着他的快感按钮不放。"你……你……"

加比站在米莉安身后的门框里。

"米莉安。"她低声说，"我们要干什么？"

"要让他说话。"米莉安回答,说完她又扭头看着巴兹,"嘿,巴兹,你是个毒品贩子,对不对?你这样的人我见过不少。实话告诉你,我打过交道的人多了去,卡车司机、看门人、清道夫、街头艺人,三教九流,形形色色。我还见过连环杀手、通灵师。不,不,是真的通灵师。此外还有FBI探员,有真的,也有假冒的,当然更少不了警察。就在去年,我还遇到过一个前陆军审讯官,那是个老家伙,曾给CIA干过一段时间。他告诉了我一件很有意思的事,我一听到有意思的事,立马就会变得像只得到一颗甜萝卜的小仓鼠,我把甜萝卜塞进嘴里,但不会马上吃掉,而是留着以后慢慢享用。"

"臭……臭婊子。"

"是两个臭婊子。"米莉安纠正说,"两个你绝对想不到有多坏的臭婊子,两个比饿狼还要疯狂的臭婊子。我的故事还没有讲完,要不咱们继续?那老家伙对我说,CIA对研究吐真剂特别着迷。你知道什么叫吐真剂吗?那是一种超级神奇的药,吃了之后能让人知无不言,言无不尽。他们曾试过海洛因戒断的手法,知道什么意思吗?就是先让敌人对海洛因上瘾,接着立刻进入戒毒阶段,谁都知道,戒断反应是最痛苦的,这时候的人根本谈不上理智,因为你的灵魂就像同时从嘴巴和屁眼里被拖出来。太悲惨了,为了能再吸上一次海洛因,你什么事都会愿意干,包括说实话。"

"我……我不吸海洛因……你这招没……没用的……"

"啪。"米莉安扇了他一个耳光,洗手间里响起清脆的回声。

他使劲睁了睁眼睛。

"别晕过去,巴兹,我可没那么多时间陪你玩。我最多只给你十分钟,十分钟之内如果没有得到我想要的,我就……哼,说不定我会杀了你。"

加比紧张得倒吸了一口凉气。米莉安扭头看了她一眼,并不易察觉地摇摇头,仿佛在说,*别激动,我只是吓唬吓唬他。*

可她自己很清楚，她并非虚张声势。

她不会让这个浑蛋活下去。

这就有点乱了。巴兹是个浑蛋，这毋庸置疑，可他并非十恶不赦的杀人犯。实际上，米莉安才是杀人犯。格罗斯基说她是个连环杀手，哈哈，开玩笑，她当然不是。除非——万一她是呢？她很容易给自己的杀戮找到正当理由，因为她只杀坏人，杀真正的杀人犯、猥亵犯、强奸犯，因为他们全是罪有应得的人渣。

这个家伙，虽然他的小胡子和电子烟着实让人讨厌，可他毕竟罪不至死。

是这样吗？

她告诉自己，这一切都是烟瘾惹的祸，看来戒烟让她变得嗜杀起来。

现在没时间胡思乱想了，米莉安。是什么就是什么。你就是你。她真想改改这两条格言。

她清了清嗓子，脸上重新挂起阴险的笑容，"不过这个前陆军审讯官后来也发现了，这种利用戒断痛苦获取敌人情报的策略其实太复杂了。因为我们都知道人吸了海洛因之后最想要的是什么，当然，只要你的货色足够好，他们就会说出实话。为什么呢？因为他们想过瘾，想拥抱吸毒的快感，想流着口水晒太阳、傻笑、睡觉。可审讯员老是不停地问他们问题，不停地——"

说到这儿，她又弯腰给了巴兹一个大嘴巴。他眨了眨眼，低沉地呻吟了一声。

"——骚扰他们，于是他们会把自己知道的一切原原本本和盘托出，为的只是能不被打扰，享受吸毒的快感。所以，现在我再问你一遍，玛丽剪刀在哪儿？告诉我，我就不再打扰你，你可以在这里好好享受。"

"精分。"他喃喃说道。

"对，对，就是精分。"

"我是不会……你……你滚吧——"他的眼睑不停翻动，犹如两只被小孩子玩弄的飞蛾拼命扇动着翅膀。

啪！又是一巴掌。

"醒醒，该死的浑蛋。玛丽剪刀！快说！"

"她……走了。"

"走了？"不，不，不，不。

"她离开我们了，退出了我们的车队。她给了我们想要的，然后就……"

他闭上了眼。

米莉安攥起拳头，对准巴兹的腰部来了一拳。他猛然睁大眼睛，绝望像一颗钻头钻进了米莉安的脑袋。

"然后呢？"她吼道。

"她抛弃了我们。"他每说出一个字，嘴上便冒出一个泡泡。他想吹声口哨，但却只喷出一片口水，"一个人溜了。"

她的心沉了下去，肩膀也无力地耷拉下来。这不可能。她只差那么一点点。米莉安沮丧极了。她感到无望和悲哀，仿佛她在追寻的是一个幽灵。

一年前，她以为自己看到了希望的曙光——有个女人能帮她摆脱梦魇一般的灵视能力，帮她解除正在她体内不断滋长发酵的可怕诅咒。

我想解脱。这是米莉安发自内心的呐喊。因为她担心长此以往，这该死的诅咒会耗光她的精神，最后变成她。她认为这将是她不可避免的结局——精神死亡，让出肉体——就好比这种特异功能占据了驾驶座，而她的身体却被绑在后排，只能眼睁睁看着车子驶入歧途，除了尖叫，她别无办法。

然而突然间，解除诅咒的美梦化作了一团云烟。玛丽剪刀，那个可以帮她的女人，不在了。难道她的存在仅限于一个名字？一个永远触不到的幽灵？米莉安从没见过这个女人，也许她早就不在人世，或者说不定她是个油盐不进的疯婆子。那么继续追寻下去还有什么意义呢？

泪水模糊了她的视线，挤跑了又回来。

自从写日记之后她还从未有过这样的绝望。

亲爱的日记本……

她从一面精神的墙上跌落下来。往事无须再提。

她哼了一声，清清嗓子，僵硬地点点头，"果真如此的话，我看咱们就到此为止吧。"

巴兹深吸了一口气，说道："可是……"

米莉安眼前一亮，仿佛又看到了一丝光明，"可是什么？"

"她应该……还在城里，或附近。"

希望的小火苗燃烧起来，像漆黑的夜里划着了一根火柴，光明与温暖驱退黑暗。

"为什么？"

"缓……缓刑官。强……强……啊……"他急促地喘息起来，鼻孔中发出浑浊的哨音，眼睛也闭了起来。

"强什么？强尼？强森？你他妈快醒醒！"米莉安简直要疯了，她正准备踢他几脚，扇他几巴掌，但巴兹似乎很有先见之明，尽管他已经嗨得五迷三道。他说："强制地，每月见一次面。皮玛郡高等法院，在图森，药检之类……的……"

大爷的！

玛丽剪刀还在城里，甚至更近——图森离这儿也就个把钟头，也就是说——

米莉安还有机会。

找到玛丽剪刀的机会，改变自己命运的机会。

她转身面向加比。她能感觉到笑容悄悄爬上自己的脸颊，她甚至担心这笑容会肆无忌惮，让她变成一嘴遮天的吃豆小姐。加比问："完了？这就是你想要的？"

"没错。"

加比咧嘴笑了，脸上的伤疤也随之拉伸。

米莉安扭回头去，拍了拍巴兹的脸，"好了，我们可以收工了。多谢啦，畜生，你自己在这儿欲死欲仙吧。"

巴兹咯咯一笑，随即晕了过去。米莉安提起钱袋，挽住加比的胳膊，两人离开了酒店房间。

14 两颗星，碰撞在一起

回汽车旅馆的路上，她们在出租车里做了不可描述的事。

15　黑洞

　　两人躺在床上，气喘吁吁，香汗淋漓。汽车旅馆的停车场上偶尔有车辆驶进驶出，车灯扫过她们的胴体。加比的一条腿缠在米莉安的腿上，米莉安的一只胳膊搂在加比的胸前。

　　上一个小时的激情戏码再度重演。

　　在那辆亚利桑那州牌照的出租车后排座位上，两根饥渴的舌头互不相让地胶着在一起，而她们的手则伸进对方的裤子，用手指玩着调皮而又淫荡的游戏。回到汽车旅馆，两人相拥着撞开了房间的门，衣服则像魔术师从袖子里抛出的手帕，瞬间飞向房间的各个角落。强烈的快感从身体的各个部位汹涌袭来——四根手指在腰上轻轻按压，一张脸埋在她双腿之间，还有那条迫切而又灵巧的舌头。她的脊椎高高向上弓起，每一根神经都像过载的保险丝，濒临熔断。她的嘴巴在加比的脸庞上不停游走，遇到凸起的疤痕便沿着一路亲吻下去。加比有一双充满魔力的手，它们时而紧紧抓住她的臀部，时而又爬上她的胸脯，用拇指和食指轻轻揉捏乳头——这真是一幅活的春宫图。热与光交融，床单凌乱地缠绕在一起。羞怯的笑声、欢愉的呻吟声、意乱情迷的咕哝声此起彼伏。

牙齿和舌头像快乐的播种机，还有无数的吻：蜻蜓点水的吻，激情澎湃的吻——

"我记得你说过不想和女人上床。"加比说。

"我说过很多话。"

"可我们不应该只是朋友吗？"

"我们是朋友啊。这不是很融洽吗？"她感受到了加比的注视，扭过头，遇到了加比的目光。在昏暗的光线下，她脸上的伤疤几乎看不见，"喂，小妞，我正欲死欲仙呢，干吗提这个？"

"哦，欲死欲仙，你让我想起了巴兹，真扫兴。"

米莉安笑起来，"别提那畜生。"

然而加比的话却钻进了她的心里，一个微弱的声音问道：为什么呢？你们不应该只是朋友吗？米莉安晃晃脑袋，想抖掉这令她心烦意乱的念头，可那个声音却像网页上讨厌的弹窗一样自动跳了出来：你和女人上床是因为你感觉很爽，而这种感觉让你欲罢不能。

"你今晚真厉害。"加比说。

"是吗？"

"是。"

她"嗯"了一声，"也许吧，你也一样。看着像个乖乖女，一上床就成了荡妇。"

"也许你真能找到这个女人，米莉安。"

"但愿吧，谁知道呢。"

"你真觉得她能……帮助你？"

帮助。加比很少用到这个词，因为她不喜欢谈论米莉安的诅咒。这可能是因为她根本就不相信，或者也许她相信，只是因为太害怕而无法面对，毕竟那是一个完全超出她想象的遥远而混乱的世界。

"我不知道，希望如此吧。"

加比俯身在她肩膀上亲了一下，"我也希望如此。"

米莉安向前一挺，坐直了身体。强烈的渴望像电流一样沿着脊椎溯流而上，她的皮肤忽然收缩，仿佛身上爬满了蚂蚁。她知道，这是烟瘾复发的征兆。她感觉脖子就像被一条大蟒蛇紧紧缠住，舌头上甚至泛起尼古丁的味道。她的嘴唇微微分开，形成一道缝隙，急切渴望有支香烟把它填充。

她脸上的肌肉不由自主地抽搐了一下，紧咬的牙关之间钻出近乎疯狂的笑。这并不是快乐的声音。加比听到了，诧异地坐起来，"你怎么了？"

"我想抽烟。"

"你不是在戒烟吗？"

米莉安竖起一根手指，"不不不，别跟烟鬼提戒烟，就像别跟暴脾气的人说他脾气不好一样，你只会把他激怒。我知道咱们刚刚度过了一段很美好的时光，但你不要因此就以为我不会咬你。"

"你尽管咬我吧。"加比的一只手沿着米莉安的脊柱向下游走，一直来到脊柱的尽头，而后从腰部向前，滑至米莉安的两腿之间。米莉安不自觉地战栗起来。冷或热，她搞不清楚，身上湿漉漉的，嘴里的感觉却是口干舌燥。

"我能让你舒服，我甚至能找到可以塞进你嘴巴里的东西……"

米莉安的喘息声越来越大，但她忽然抽身出来，裹着床单便跳下了床，"听起来很诱人，我很想继续，但我要抽烟。我需要烟，就像鱼需要水。我确定我在屋里的某个地方藏了备用的烟。"她拉开床头柜的抽屉，查看了闹钟下面，而后又走到墙角那张难看的椅子前，掀开坐垫。

她不记得自己在什么地方藏过烟，可她大醉过好几次，说不定在那个时候藏过？也许神志不清的米莉安想帮一帮未来的米莉安，也许她给自己留下了一个小小的礼物——

"别找了，快回到床上来。"加比说。

可米莉安正像一只愤怒的猫，准备把这个地方翻个底朝天。房间里几乎所有的东西都未能幸免，她的手从一件物品直接飞到另一件，而不管前一件物品是否归置到原位。她嘴里不干不净地操这个操那个，像疯子一样不停念叨着在哪儿呢在哪儿呢。杂志掉了，台灯倒了，遥控器旋转着滚到地上，她捡起来，使劲拍打——

电池盖弹了出去。

原来电池仓里有文章，一支香烟被掰成两截放在本该放电池的位置。她如获至宝般用拈花之指将烟捏出来，放在鼻子下面贪婪地闻着，啊。而后她像交响乐团的指挥家一样举在空中挥了挥，嘴里哼起了《欢乐颂》。

"米莉安。"加比说。

"天啊！"米莉安眼中忽然闪过一丝绝望的神色，"我没有火！我没有火！"穴居人的焦虑瞬间将他包围，"快，看看这房间里有没有什么东西可以点火的。"她打了个响指，结果全身都跟着颤抖，"不，不，我知道你想说什么，你想说我们可以摩擦身体，让爱火燃烧，嗯，很可爱，不过我保证，抽完这最后一根棺材钉我就继续开始戒烟，然后咱们继续滚床单，想滚多久就滚多久，但是现在——"

房间里响起手机铃声。

加比蹙眉问道："是我的手机吗？好像不是啊。"

"我的手机已经丢了。"对，被那个疯女人抢走了。

米莉安一脚踢开一个掉在地板上的枕头。

枕头下面，是那个死人的手机，那个狙击手，史蒂文·麦卡德尔。

别接，别接，别接。

米莉安按下了接听键。

路易斯

　　劳德代尔堡的一家咖啡店里，她和他面对面而坐。如此近的距离让她感到紧张和不安，但她尽量掩饰住了。在她的理智与情感之间，有一道她始终不敢直视的伤。她感觉自己就像一个想哭的、委屈得无法呼吸的小孩，仿佛她刚刚丢失了自己最心爱的玩具娃娃，一个没有填充物的玩具娃娃，然而那对她而言代表着一切，因此失去它也意味着失去了一切。

　　路易斯当然察觉不出任何东西。因为她脸上始终挂着能够欺骗所有人的笑，双手捧着一大杯足以赶跑所有瞌睡虫的咖啡，但她一口都不想喝，如果可以，她想把杯子捏碎在手心里。

　　"我没想到你会愿意和我见面。"她说。

　　外面是蔚蓝的天空和挺拔的棕榈树，一个人踩着滑板风一样滑过，还有一人手里提着冲浪板，指着另一个方向。成群的海鸥尖叫着俯冲而下，路易斯的视线一直追随着它们，好像这是避免与她对视的唯一方法。

　　"我觉得见个面会好一点，"他回答说，"有些事需要做个了断。"

"了断，"她品咂似的重复着这两个字，"我可是了断专家。我这辈子就是不停地了断了断了断。我甚至还跟我的嘴了断过一次。"

"就一次吗？"

"就一次，再没第二回过。"

他笑了，笑声含蓄而温柔。他的鬓角已经略微有些发白，黑头发上犹如撒了一层铁屑。此外，他比过去也邋遢了一些，还留起了小胡子，刚坐下来时她就注意到了。他说萨曼莎——"萨姆"——特别喜欢有胡子的男人，所以，所以他就开始留胡子了。

"你还是老样子，还是从前的米莉安。"他说。

"只剩个皮囊。"别杀他，也别想着自杀，更别一把火将这里烧了。深呼吸。她用鼻子深吸了一口气，满满的全是咖啡的味道，她的心稍微平静了一点，"但我正试着改变。"

"你？改变？"

"嗯嗯。没错。我，米莉安。我要改变。"她掏出一包好彩香烟，"看见了吗？抽完这最后一包，我就要戒烟了。"

"铁了心了？"

她吹了声口哨，"王八吃秤砣，这次要玩真的了。"

"那我可要对你刮目相看了。"

她微微点头，"士别三日嘛，而且我现在每天都跑步。"

"跑步？"

"对啊，锻炼身体嘛。"

他的嘴巴张成一个大大的"O"，"你到底是谁？你对米莉安·布莱克做了什么？"

"米莉安·布莱克正在寻找自己的未来，一个不需要用第三人称来称呼自己的未来。"

"为什么选择现在？"

她叹了口气。难道她真要重新做人了吗？别嘴上说得漂亮，到头来却只是飞机上装麦克风——空喊。可她确实有这个决心，她想变得不同，变得更好，而且她也在思考还有没有重新夺回路易斯的可能……

终于，她开口说道："因为可行，因为我看到了一点希望之光，尽管很渺茫，但我要像小孩子追赶萤火虫那样冲上去抓住它。"她骄傲地扬了扬下巴，甚至感觉脊梁上有一排磁化了的铁屑纷纷站立起来，"我说过，我要消除我身上的诅咒。"

即便现在，她的整个身体依旧与这个念头紧紧相连。这是她的心愿，可她内心同样有一部分（不算小的一部分）希望这诅咒保留下去。环顾四周，在这家咖啡店里，她已经知道三个人将如何死去。柜台后那个长着一双天真无邪大眼睛的姑娘将在五十二年后死于皮肤癌。给她递饮料的那个老嬉皮士，有一天当他骑着助力车在路上走时，会不幸被一辆皮卡车生生碾过，全尸恐怕不可能了，他只留下一摊混杂着血、肉和蓝色金属的东西。坐在前门附近那个涂着鲜红嘴唇的老女人，米莉安曾"不小心"（你懂的）碰到了她的胳膊肘，她死于肺癌，癌细胞已经在她像卫生纸一样又皱又干瘪的身体上全面扩散，她只剩下两年的命。

这些画面已经成为她生命的一部分。她就像一条用死人的头发和红色的血管织成的围巾。她拥有这样的人生已经不是一朝一夕的事了，然而现在，她对自己的将来有种隐隐的担忧。

不管困扰她的是什么，她担心有一天它们会变成她，或者她变成它们。

这已经不仅仅是预知别人生死那么简单的事。它的重大、古怪和它所带来的恐惧，都已经到了让她难以承受的地步。

她最害怕的是，将来有一天她突然发现自己没了灵魂，成了河里的一块石头，唯一的目标和欲望只是躲避收割者的镰刀。她成了命运的敌人。

去他妈的。

她可不想那样活着，她有更高的追求，或更低的追求，但起码要有所不同。

　　他们继续谈了一会儿，但气氛始终有点尴尬，甚至怪异，就像他们是两个明明踩着高跷但又拼命假装正常的人。分别的时候，他们还装模作样地抱了抱彼此，但那个拥抱带有浓浓的敷衍味道，意思仿佛便是，从此江湖路远，再也不见。路易斯走后，米莉安独自坐了一会儿，喝完了她的咖啡，而后到洗手间对着水槽哭了一通，并用胳膊肘在自动出纸机上留下深深的一个凹痕。

16 雷与电

米莉安不吱声。

电话另一端的人开腔了。

"米莉安？"男子问道。从声音判断，这和米莉安当初站在史蒂文·麦卡德尔的尸体前接的那个电话出自同一个人。同样死气沉沉的语调，缓慢得如同从瓶子里往外倒冻硬了的糖浆。他怎么会知道我的名字？米莉安迟疑了片刻，依然不做任何回应，"米莉安，如果是你，我希望你能听我说。"

"你打错了。"她回答。她想干脆直接挂掉。

"你拿的是我朋友的手机。"

"你的朋友想杀我。"

"这个我应该能想到。我不想伤害你，但有些东西我需要拿到，米莉安。首先就是那部手机。其次还有手枪，当然，这些都不是最重要的，我想要的是艾赛亚。"

"我不知道什么艾赛亚。"这是实情。

"我要那个男孩。"

"男孩。"他指的想必是斯巴鲁车里那个穿着超人T恤的小孩子。米莉安能感受到自己的脉搏加快了速度,"那你可能没希望了。"

"他妈妈是个危险人物,他最好跟着我们。我们想要他回来。"

我们?"哼,地狱里的人还想要棒棒冰呢。我说老兄,这件事我爱莫能助,况且我他妈连你是谁都不知道——"

"我会来找你的,米莉安,到时候我们就可以面对面地谈了。可惜你的朋友不肯告诉我你的下落,这家伙倒挺能挨,我们费了好大的劲儿才问出你的名字,可至于别的,他什么也没有告诉我们。这位朋友对你可真够意思,你一定是个非常特别的女人。"

"我的朋友,我不知道你说的是——"

电话那端传来一声凄厉的惨叫。一开始她没有认出来,仅凭叫声她很难确定是谁,直到惨叫声变成一句急促的话:"快跑,米莉安!"

是韦德,加油站的伙计,那个拖车司机。

加比注意到米莉安的语气紧张起来,"你们听着,韦德并不是我的朋友,他根本就不认识我,我也不认识他。你们从他那儿是得不到任何东西的,所以你们还是放他走吧——"

"他知道你在哪儿。这儿有张拖车的出车凭证,说明他开车送你去了什么地方,现在问题是他不肯说,不管我们用什么办法——"这时那边传来沉闷的一声响,感觉就像一袋面粉掉在了坚硬的地板上,紧接着便是韦德低一声高一声的惨叫,"劝他。"

"放了他,放了他。"

"告诉我,你在哪儿,艾赛亚在哪儿,我们就放他走。"

"喂喂喂,等等,孩子又不在我这儿,好吗?他妈妈带着他跑了,把我丢在了原地。你们找错人了,所以——"米莉安的话像色盅里倒出的色子,噼里啪啦,言简意赅。

"再给你一次机会,米莉安。你在哪儿?那孩子在哪儿?"背景中传来窃窃私语的声音,其中有女人。韦德再次惨叫,"最后一次机会,米莉安，最后一次机会救你的朋友。"

她的嘴唇嗫嚅着，准备着即将坦白的字眼，这其中包括汽车旅馆的名字、房间号以及一切。但她扭头望着加比——她疤痕纵横的脸，因为恐惧而睁大的眼。她想到自己距离目标如此之近，似乎只要她伸出手去就能摸到玛丽剪刀的头发——

韦德的仗义令她感动，也令她无地自容，因为她觉得自己不配。毕竟韦德与她只是萍水相逢，他是他，米莉安是米莉安，况且他还是米莉安曾经敲诈的对象。

但现在只有她能帮他脱身，只有她能像他保护她一样保护他。但她一再告诉自己：他死不了，他们不会杀他的。她知道他是怎么死的，也知道他将在什么时间死去。除了开车送她，米莉安并没有要求他为自己做过任何事。

因此，她对着手机说："他不需要我救。"

电话那端的男子低沉地哼了一声，叹了口气说："你这么说我很抱歉，米莉安，但你应该知道，当风暴来临的时候，我怕你会像街上的垃圾一样任狂风席卷。我替你的朋友感到遗憾。"

米莉安忽然紧张起来，她对着手机大喊手下留情，并再次强调她爱莫能助，但如果他们愿意坐下来聊一聊，或许大家能找到更好的办法——

可是没用了。

男子已经挂断了电话。

米莉安气急败坏地大叫起来。

第二部分

蝎子和青蛙

17 不是我的马戏团，不是我的猴子

两人之间，嫌隙渐生。昨天夜里，加比不停追问整件事的来龙去脉，但米莉安守口如瓶。她只转述了昨天提到的那个前陆军审讯官曾经对她说过的一句话，一句波兰俗语：

不是我的马戏团，不是我的猴子。

意思就是跟我没关系，不关我事。

她就是这样对加比说的：不是我的马戏团，不是我的猴子，也不是你的。加比自然不会轻易放弃，这部分是因为她其实很在乎米莉安的安危，部分是因为，谁看到毛衣上蹿出的线头会忍住不去扯一下呢？可米莉安的态度也十分坚决，甚至比她想象得还要义正词严。

"你他妈只管睡你的觉，成吗？"

灯熄了。人倒在床上，但米莉安怎么可能睡得着？她只觉得干燥，四周的空气稀薄而饥饿，仿佛要把全部的生命从她身体中吸出去。她辗转反侧，加比翻了个身，背对着她。

米莉安一整夜都没有合眼，她一次又一次想象着那帮人如何折磨韦德——这可怜的笨蛋竟然维护一个与他素不相识的女人，一个谁沾上谁

倒霉的扫把星。她实在没资格让任何人为她承受不必要的苦难。

而最大的安慰是她知道命运的安排。

她知道韦德最终将以怎样的方式结束一生。

他能活到六十三岁呢。

死亡的时候，他身上并不像加比那样遍布伤痕。他的十根手指依然健在，脸上也没有明显的残缺。

这真是最冰冷的安慰，她的糟糕心情丝毫没有改观。

但她在黑暗中不断向自己重复着那句话："不是我的马戏团，不是我的猴子。不是我的马戏团，不是我的猴子。不是我的马戏团，不是我的猴子。"

不管是手机里那个男人提到的风暴，还是身穿超人T恤、有个敢持枪抢劫的疯妈妈的小男孩，都不是她的问题。这世界就是如此，充满各种各样操蛋的事。就像无数条用鲜血、骨头和灰烬形成的线纵横交错在一起，她没必要出现在每一个交叉点。她不过是一只靠啄食腐尸为生的鸟。

我是自由的，我可以自由。

她试着合上眼睛。

这时她听到一阵窸窸窣窣的声音，像有什么东西快速地跑过。她安慰自己，没什么，是汽车旅馆的空调在捣鬼。而紧接着，啪，咯咯喳喳，声音很轻，若有若无。忽然，什么东西落到了她的脸上。

有腿的东西。

她惊叫一声，翻身坐起。脸上的东西掉了下来，落在她的手中。

一个黑色的小东西。

她知道那是什么。她使劲眨了眨眼睛，渐渐适应了从旅馆窗口透进来的微弱光线，从而看清了几条细小的腿，扁平的，几乎没有脑袋的身体和尾巴的曲线。

蝎子慌忙逃走，消失在床单下。

米莉安有种眩晕的感觉。

远处不知什么地方，尖锐的警笛声打破了黑夜的宁静。

她抬起头。

天花板竟然在蠕动。

蝎子。密密麻麻，成千上万只蝎子，像壁虎一样倒贴在天花板、电扇和房间的四角。不计其数的小短腿一齐移动，竟发出像流水一样哗哗啦啦的声响。一辆卡车的头灯灯光照在它们不透明的背上，像脓液一样的黄色身体闪闪发亮。

然而这时天花板上出现一个人体的轮廓，在厚毯一样的蝎群下面慢慢翻滚。而后，人体上的蝎子有序地分开，露出了路易斯的脸——没有眼睛，张着嘴巴。蝎子像下雨一样从他的嘴巴和空洞的眼窝里纷纷落下——

它们落向米莉安。她挥手将它们扫到一旁，并咬牙想道：**这是个梦，这不是真的，别慌——**

路易斯开口了，他的话被蠕动的蝎子吞没了大半。

"你中毒了，米莉安，现在谁都救不了你。"

一只蝎子在她的手背上蜇了一下——

她慌忙跳下床，但双脚却被床单缠在了一起。

脸最先撞到地毯上，顿时眼冒金星，她的腿奋力挣脱床单。

阳光从窗户里射进来。

加比坐在床沿上，正在不同的电视频道间跳来跳去。她扭头看了眼米莉安，淡淡地说："我还以为你醒不来了呢。"

米莉安想张口说话，可声带却像两块透水石紧贴在一起，胸口也像烧着一团烈火。她咳嗽了几声，伸手揉揉眼睛，懒懒地问："几点了？"

"快十一点了。"

"哦。"

她低头看了眼地板，在地毯上发现了昨天夜里没抽的那两支半截香烟，而她一个膝盖上还有零星的烟草屑。

加比对她视而不见。

频道继续换来换去，房间里忽明忽暗，不同频道的画面一闪而过：一个女人在用刀切菜；一个明星满面含春地参加某个名人脱口秀节目；有个人在刷墙；某部电视剧里，一个妓女死了，侦探正站在她的尸体前；一部卡通片，一头羊在追一头驴；新闻上某座加油站发生了火灾；还有一个台在播放游戏竞赛节目。

米莉安忽然喊道："等等，往回倒。"

停。加油站火灾。

她的心脏几乎停止了跳动。

米莉安感觉自己的身体正在四分五裂——皮肤离开肌肉，肌肉离开骨头，每一个细胞，每一个分子都彼此分离，就像她变成了一团气，被一阵风给吹散了。

画面中起火的正是那家位于保护区边缘的雪佛龙加油站。

新闻说在火场中发现了一具尸体，怀疑是加油站的工作人员，同时也是那家加油站老板的儿子，名叫韦德·齐，据说他是被大火活活烧死的。他们将他从火堆中拖出来，抬上轮床。尸体裹得很严实，只是一条烧焦的手臂垂了下来。

"不，不，不！"米莉安扑向电视，紧紧盯着屏幕，"这不可能！这不可能！法则是不可能改变的！"

而法则之一便是她从未错过。

死亡就是死亡。当她看到死亡时，那个死亡的时间便是空间中的一个不动点，一个只有她能移动的固定在地图上的图钉。

"米莉安，你怎么了？"

"有人移动了图钉。"

"什么？"

"有人改变了法则。那个人死了，他应该死在几十年后，而不是昨晚，而且死亡的方式也变了。这就意味着……"她搜寻着合适的字眼。究竟意味着什么呢？死的人不是韦德，或者有个人也和她一样，可以逆天改命。或者，还有一种最糟糕的可能，即在这件事上，米莉安自始至终都是错的。她自以为存在的法则其实并不存在。那只是她一厢情愿的臆想，一个用来自我安慰的、自欺欺人的谎言。

她开始用力呼吸，她浑身上下忽然之间充满了渴望。香烟、路易斯、酒，跑向远方时，飞一样向后退去的高速公路上的白色虚线。她的妈妈。天啊，不是吧？她的妈妈？可她欺骗不了自己的心。她确实想再见见妈妈了，想和她分享一杯甜甜的薄荷酒，一起抽支烟——哦，想到烟，她又陷入了万劫不复的恶性循环，强烈的烟瘾像一匹受惊的野马将她踏在脚下。

她紧紧咬着嘴唇，指甲根不得穿透手掌。

你害死了他。

是你害死了韦德·齐。

一只手轻轻按住她的胳膊。加比："米莉安，你没事吧？"

"我离没事差着十万八千里。"

"出什么事了？这人是谁啊？"

米莉安说："就是开车把我从沙漠送到这里的人，仅此而已。他谁都不是。他不认识我，我也不认识他。"她紧咬牙关，发出一声动物般的低号，"加比，我就像毒药。你得离我远一点。要不然你会比我看到的死得更惨。"

她突然良心发现，很想把一切都如实告诉加比：你很快也会死掉的，加比。你吞下了一大把药片，因为生活把你逼到了绝境，因为你觉得自己丑陋不堪，没人爱你，我想阻止这样的结局，可是——

她把这些呼之欲出的话强压了下去。

太多预言自我应验了。

但她仿佛忽然又看到了一线希望：如果我能在韦德·齐的死上犯错，或许在加比身上同样也能犯错。

无所谓了。去他妈的！

她需要尽快摆脱这一切。解除诅咒，就像爱伦·坡小说中的那个家伙一样，让该死的诅咒见鬼去吧。

米莉安豁然站起，犹如在洞口感觉到危险的土拨鼠。她开始慌里慌张地整理衣服。她的头发凌乱不堪，行李乱七八糟，这几乎是她的常态，没有一件事令人满意，"我要去趟法院。"

"现在？为什么？"

"因为，"米莉安气冲冲地说，"因为，因为，因为！因为我受够了！我要结束这一切！不管加油站的那个家伙遭遇了什么，他终归跟我有关，跟我身上的诅咒有关。我想消除这诅咒，越早越好。"

加比犹豫了一下，"我叫辆出租车，我们一起去。"

"不！"米莉安的声音刺耳且严厉，像一把锋利的尖刀，她意识到自己的失言，并试着缓和，"加比，你不能老是跟着我了。"

"胡扯！你去我也去。"

"这很危险。"

"那又怎样？"

"那又怎样？"米莉安冷笑一声，"天啊，加比，那意味着你很可能会受到伤害，你受到的伤害已经够多了。"*你没看见你的脸吗？那就是我的错*，这句话差一点就脱口而出，但在声带发声之前她及时收回了。

"我就是要去。我们还要一起去图森呢，到时候你只管去法院，我去给咱们另找个住的地方。别忘了咱们还有钱呢，你扎巴兹那一针给咱们省了500块。要是他们不收现金，我就刷卡。"

米莉安正准备搬出史蒂文·麦卡德尔那张卡，但转念一想，那些恶棍就是顺着这张卡找到了加油站并害死了韦德·齐的，于是她只好无奈地点点头说："但你不必这么做，我说过，这些事和你没关系。"

"怎么没关系？我都跟你这么久了。"

米莉安不得不承认，确实很久了。一路上都是加比负责管钱，买地图，规划路线，订房间，制订所有的计划。

"那好吧，"米莉安说，"随你。"在她的语言中，有几个字是她从来不愿意使用的，因为说出来便意味着示弱，然而此刻却没有任何别的字眼比这几个字更适合，"谢谢你，还有……对不起。"

加比吻了吻她的太阳穴，"现在首要问题是，我们怎么去图森？那儿离这儿也就一个小时的路程，我们可以搭公共汽车。"

米莉安是无论如何都不会搭公共汽车的。

去他妈的公共汽车，没有比坐公共汽车更让人恶心的了。人们在车上抠脚趾，喝汤，还把加拿大威士忌吐在自己身上。公共汽车上永远充斥着一股小便、狐臭和多力多滋的味道，每一辆公共汽车上——甚至校车，如果米莉安没记错的话——都能遇到大声喧哗的、烂醉如泥的以及游手好闲的人渣。公共汽车就像恐怖的地狱，米莉安死都不会选择公共汽车，尤其在眼下这样的热天气里，但冷天也不会，任何时候都不会。谁爱坐谁坐，她米莉安恕不奉陪。

去！他！妈！的！公！共！汽！车！

米莉安说："你真想和我一起去冒这个险？"

"对。"

"一点都不勉强？"

"当然。"

"那走吧，一起折腾去。"

18 钥匙环

汽车旅馆的值班室是用胶合板搭建而成的，角落里摆着一盆塑料质的蕨类植物，上面扯了不少蛛丝。柏柏尔地毯上肮脏不堪，鬼知道上面沾的都是什么，米莉安很欣慰天花板上的是荧光灯而非紫外线灯。在一张带有浓重工业气息的铁桌子后面坐着个一目了然的蠢货。那是旅馆职员，一天到晚待在这里，大部分时间都趴在桌子上睡大觉。

就像现在那样。

这人睡觉不怎么打呼噜，只是不停发出轻微的嘶嘶声，像风吹过草丛。

他最令人称奇的地方恐怕就是龅牙。那么大的龅牙世间罕有，米莉安真担心他一不小心会把自己的下巴吞到肚里。

米莉安对他说："我们需要一把新钥匙。"

他一动不动，继续睡着。加比看了一眼米莉安，耸了耸肩。

米莉安踢了一下桌子。

那蠢货一个激灵坐起来，醒了。

"我需要一把新钥匙。"

他用舌头舔着上颌，并伸手挠了挠脸。他脸上长了一片青春痘，个个冒起尖尖的头，像一群即将爆发的小火山。"啊？"他问。

"新钥匙，6号房间。"

"你的钥匙呢？"

她已经在脑海中开始物色最刻薄、能把这蠢货噎个半死的回答，比如和大猩猩的肛门有关的理由，可她忽然发觉自己有些词穷，没办法，她只好不甘心地说道："我的丢了，可以吗？"

"那问题就来了，我们得把锁换掉。"

"为什么？"

"因为捡到钥匙的人有可能会偷偷溜进来。"

"那你换锁也没什么意义啊，你们用的是钥匙，又不是房卡，谁都可以拿着钥匙出去配一把据为己有。也就是说，不管你的钥匙是新的还是旧的，别人想去配一把是易如反掌的事儿，他们拿着配好的钥匙几年后或者随时都能再回来，偷偷潜入，对睡在房间里的人做出任何事。"

那蠢货——米莉安看到桌上有张写着"凯尔"的牌子——叹了口气，终于决定投降。他就像被戳破的充气城堡，一下子瘪了，"好吧，好吧，我再给你拿把新的。等着。"

他站起身，像只刚从窗台跳下来的猫伸了伸懒腰，然后拖着沉甸甸的两条腿走进后面的一个房间。米莉安听到一阵叮叮当当的金属碰撞声，对加比点了点头。

加比会意，尾随凯尔也进了那个房间。她是天生的演技派，所以马上就入了戏。米莉安听到她说，"哦！嘿！哇！这办公室好气派。你一定管着好多事吧？我看你就是这里的老板啊，我说得对吗？"当然，凯尔一下子就上钩了，开始滔滔不绝地炫耀自己的工作有多重要，并大言不惭地承认说，他基本上就相当于这里的老板。

而与此同时，米莉安悄悄来到他的桌前，轻轻拉开抽屉，尽量不发出一丁点动静。

该死的，什么都没有。

随后她拉开了中间的抽屉。钢笔，纸夹，一把生锈的开信刀，看样子似乎自打尼克松上台之后就没有用过了，散落的几颗图钉，还有什么呢？叮咚，一串钥匙。

汽车钥匙。

她希望这些车都在停车场。像凯尔这样的家伙，工装裤的口袋里不可能装这么多车钥匙。她拿起钥匙，塞进口袋，合上了抽屉。

米莉安走到门口才回头喊道："加比，我找到钥匙了。告诉那个好心人，我找到钥匙了，不麻烦他了。"

加比应声走出，凯尔像条走失的小狗尾随其后。对不住了，傻瓜，不陪你玩了，米莉安心里说。她摊开双手讪笑道："不好意思啊，我忘了查看后兜，真是糊涂。"

"你们待会儿打算出去？"凯尔问。

"是啊。"加比说，这倒出乎米莉安的预料。她眨了眨眼，顽皮地用一根手指顶住自己噘起的下嘴唇，"我们真得好好感谢这位好心的帅哥。今晚八点见？"

"我在这里等着。"他说着，急不可耐地舔了舔嘴唇。

两位姑娘匆匆走出旅馆，边走边笑。

19 巫师车

多明显，等待她们的是辆巫师车。

停车场上稀稀拉拉，因为汽车旅馆本就生意惨淡，谁让它坐落在亚利桑那州干燥偏僻的沙漠地带呢。她拿着钥匙连试了几辆车——皮卡，又一辆皮卡，一辆雪佛兰乐骋，一辆前轮伸出式摩托车——最后走向一辆薰衣草色的厢型车。这辆车的车身上绘着一个长有金色胡子的巫师，他正用他的水晶头法杖射出一道闪电（闪电幻化为五彩神龙：红的、蓝的、黄的、绿的、橙的），米莉安会意地点点头，看来就是它了。

这时加比说："我们真要这么干吗？"

"我们已经在干了。"

"这可不好。"

"何止不好，简直坏透了，可这无关紧要。"

"我做不到，我们不该这么做。我们可以回去给他点钱，说不定他会愿意卖给我们。我们有现金啊。"

米莉安打开车门，"太晚了。"随即把包丢进车里。

"趁我们还没有把它偷走，要不然坐出租车吧？"

米莉安点点头，仿佛同意了加比的话，可她毅然跳上了驾驶座，并拍了拍副驾说："咱们只管开着这辆破车出去兜一圈，凯尔不会发现的。"

"米莉安——"

"我们要是继续磨蹭下去，车主就要出来把咱们抓个正着了。"

还是这句话最管用。加比把包往车里一丢，跳上了副驾驶座。

车里充满了大麻和啤酒的味道。仪表板是塑料的，上面已经有裂纹；方向盘上密密匝匝缠着牛皮胶布。

发动机隆隆轰鸣起来。CD唱机开始自动播放整张碟片上的歌曲，爱斯基地的《我看见了标志》。

她们不再耽搁，驱车向图森驶去。

20　上帝之法与人类之法

　　谢天谢地，总算有个靠得住的加比在。米莉安的计划简单到令人发指：只管往前开，总能到图森。结果这么干简直像到处乱撞的无头苍蝇。幸亏加比的手机上有地图，她选择了最合适的路线，找到了一家汽车旅馆。最后，她们在离城只有10分钟路程的一家6号汽车旅馆停了下来。

　　她们要了一个房间，房号208，两人就在里面凑合了一晚。第二天一大早，米莉安开车直奔法院所在地。所谓的10分钟路程她足足开了45分钟，这怪不得别人，她迷路了，最后不得不放下自尊找几个观光客问路。

　　法院已经进入视野，那是一栋巨大的方形建筑，大概十层高，整体白色，但身上镶嵌着一条条醒目的黑玻璃。

　　现在新的问题来了：她不知道接下来该干什么。

　　又不是说玛丽剪刀就在法院里等着她（为了证实这一点，她还在自己觉得安全的距离远远观察了一番停车场，其实哪有什么安全距离。她和玛丽剪刀素未谋面，谁都不敢保证她能一眼认出她来——她最后一次见玛丽剪刀的照片是在她哥哥的家里，而那照片起码是20年前的了）。所以，怎么办呢？好吧，她想，那女人正在缓刑期。

也就是说，法院里肯定有缓刑监督官，见一见这个人说不定能打听到一点有用的消息，随便什么，任何一丝能帮她找到玛丽剪刀的线索都足以令她欢呼雀跃。

天气还不错，温暖，但很干燥。天空蓝得不像话，仿佛是用颜料画出来的。

就这么干吧。

来到法院里，第一关是金属探测仪。恐慌，像除颤器的两片电极板猛击了她的心脏——我有枪。哦，还好，枪在车上。

但她随身的确带了一把刀，一把小小的背锁刀。

可当她想到这一茬时，他们已经开始引着她走向探测仪了。毫不意外，探测仪报警了。两个老头儿——一个白人，一个拉丁裔——分别走到她身体两侧，懒洋洋地要求她把口袋里的东西全掏出来——白人家伙叫雨果，拉丁裔叫约格——她哆嗦了一下，乖乖照做了。背锁刀吧嗒一声落进了一个塑料盘。她屏住了呼吸。

他们一定要把我铐起来了吧，米莉安心想。然而这种事并没有发生，雨果和约格只是互相点点头，随后便让她收好自己的东西，进去。祝你愉快，小姐。

她几乎已经打算随便捅谁一刀了，好问问他们凭什么不让人带刀进入政府机关的大楼，不过那很可能只是贼心不死的烟瘾在调戏她的大脑。

相反，她礼貌地问了句："缓刑办公室？"

约格回答："就在这一层，走廊最里面。"

雨果补充说："门上有牌子。"

米莉安点头致谢，随即朝他们说的方向走去。他经过一群职业人士，多半是律师，一水儿的黑西装，神情严肃呆板，仿佛在参加美国司法制度的葬礼；一个身穿长袍的法官；几个衣着光鲜喋喋不休的女人；还有一个满脸迷瞪样的小男孩儿在喷水池前刺溜刺溜喝着水。

踩在白色的石砖上，回声格外清脆响亮。

米莉安从人群中经过时，众人纷纷侧头而视。他们很可能见惯了各种各样离经叛道以身试法的人，因此拿同样的眼神看米莉安。这恐怕也怨不得别人，米莉安的形象确实好似来自另一个世界。她的头发像刚刚被电过一样伸向四面八方，白色T恤的边缘毛毛糙糙，牛仔裤破损严重，仿佛她只要打一个喷嚏，裤子立马就会变成一根根线头散落在地，让她只穿一条小底裤站在众人面前。他们注视着她，也许正在期待着那一刻。

随便。继续看吧，浑蛋们。

她很快来到缓刑办公室门外。这里装的是玻璃门，室内的情况一目了然，那是一个截然不同的世界，像间正常的办公室。灰色的隔间，米色地砖，低吊顶，嗡嗡直叫的电灯。

门口处的一张桌子前坐着一位女士。她的头发浓密而蓬松，几乎要遮住整张脸，"有什么可以效劳的吗？"

"呃……"米莉安发现自己撒谎的本领正逐步退化，过去几天的事让她有些不在状态。撒谎啊，你这个谎话发明家。你不是长于此道吗？你的两个特长，一个是报丧，另一个就是说谎啊，"呃，那个，我……我要找人。"

聪明。

女人盯着她，在等待下文。

"亲爱的，你要找……谁？"

"一位缓刑监督官。"

"那你来对地方了。"奉送一个了无生趣的微笑，真是抚慰人心。

缓刑的意义到底是什么？米莉安不懂。定期审查有前科者？确保他们不嗑药，每晚有地方睡，有活儿干——有活儿干？嘿，灵感的小灯泡亮起来了。

"我是雇主，"米莉安满血复活，谎话张口就来，"你们的一个缓刑……犯？是我在城南新开的一家溜冰娱乐城里的服务员。我们那儿可以看电影，可以喝啤酒，还有旱地溜冰挑战赛，就像中世纪角斗场那种，当然，也不是完全一样。我需要和她的假释官谈一谈。"

"哦，听起来很有趣的样子。她姓什么？"

"剪刀。"心里一颤，"哦，史迪奇。"

"那你应该找莱拉·金特罗。沿这条走廊一直走——"她朝一个方向指了指，那根本算不上走廊，不过是夹在两排小隔间中间的过道，"走到头在复印机前向右拐，她的办公间就在那里，靠近饮水机。"米莉安点头，道谢，转身要走，但女人继续说道："嘿，你那个地方叫什么？听起来很有意思。我有个表弟，挺那什么的，怎么说呢，另类，他很可能会喜欢这地方——"

"我们没名字。"

"没名字？怎么会没名字呢？"

"我们只有一个标志，像过去的贵族那样。标志是一个旱冰鞋被一团火包围着，你可以想象，很独特的。"她晃了晃手指，走开了。

米莉安感觉得到，那女人的目光几乎要在她后背上烧出一个洞。

过道尽头，复印机旁站着一个有着双下巴和蒜头鼻的死胖子，米莉安只能侧着身子勉强从他身边挤过去。"不，别动。"她对他叫道，那人只是咕哝了一声。她很想看看这个家伙是怎么死的，但她的皮肤只碰到了他那柠檬黄色的布满汗渍的衬衣，感谢上帝，她总算不用看到他死在马桶上，或者心脏爆裂，或者在最后时刻挣扎的画面。

脚尖笨拙地一旋，期待中的名牌映入眼帘。

莱拉·金特罗。

又是一张铁桌，可惜位子上没人。

很好。米莉安丝毫没有犹豫，她三步并作两步来到桌子的一侧，拉开最上面的文件抽屉——没有，不在这里。不过它下面的一层倒装满了文件，她按照字母顺序，直奔S开头的文件夹。

找到了。玛丽·史迪奇。她把文件抽出一半，看到了玛丽的名字、出生日期——1962年11月7日，她正要把文件整个抽出——

"嘿！"

她条件反射似的松开手，文件自行滑回到文件夹里。

办公间入口处站着一个女人，她乌黑的头发打了许多凌乱的卷儿，正斜眉瞪眼地看着米莉安。哎哟，她的嘴巴，她的眼睛，她的整个身体上都写着"不高兴"三个字。

"嘿。"米莉安故作轻松地和她打招呼。

"走开。别碰我的东西。"

"哦，我只是想查一个人的资料，是你负责的人，玛丽·史迪奇，我想找找她的联系方式——"

女人叹了口气，随后指了指角落里一把憨头憨脑的椅子说："坐吧，你找她干什么？"

米莉安的心猛然一缩，但却假装从容地绕过桌子一头。她感觉机会近在咫尺，却又遥不可及，每走一步，它便溜到更远的地方。不过，也许她能将计就计，于是她满脸堆笑地来到椅子前，"哦，是这样的，我是她的雇主，可她最近一直没来上班。所以……"

"是咕咕桶的吧。"女人边说边从米莉安身旁走过，在桌子后面坐了下来。

"呃……是的。"

"第9大街的那个。"

"对，没错，第9大街的咕咕桶。我是经理，呃，助理经理，但是真正的经理，丹，我只跟你说哈，他有点儿——"她模仿了一个吸可卡因的动作，"他很忙，你懂的。"

她挤挤眼。

"玛丽不在咕咕桶上班。"金特罗说。

"啊？"

"咕咕桶是我瞎编的名字，根本就没这个地方。怎么样，究竟想干什么，说实话吧？"

"我去！高人啊，大姐！"米莉安有种棋逢对手的感觉，她不敢相信地笑了笑，"你的戒心连我都佩服得五体投地。"

假释官用双手撑住桌沿，像只伺机扑向猎物的美洲狮一样向前探着身子。她的脸一点点阴沉下来，好似一排街灯一盏接一盏地熄灭。"你以为像你这样跑到我跟前耍各种花招打听假释犯人信息的人还少吗？每一种人我们都贴了标签的：黑社会、小偷、毒贩、妓女。每一周都有人来找我，皮条客打听妓女的下落，黑帮分子打听叛徒的去向，现在你跑到这里来，我看你倒像鸡——"

"嘿，我不是鸡，虽然我对妓女并没有成见——"

"——为了五块钱就能跟卡车司机打一炮——"

"喂，人与人之间起码的尊重呢？恕我直言，你说的那也太贱了。"

"你以为我会把玛丽的去向告诉你？门儿都没有。我现在只给你一个选择，在我报警抓你之前赶快从我面前消失。虽然我弄不清你的企图，但我相信警察一定有办法。"

米莉安愣住了，后脖颈上甚至掠过一丝寒意，她不甘心，这是她唯一的机会。"求你了，"她恳求说，"我需要见一见玛丽，哪怕你告诉我，她什么时候到这里来，或者……或者你替我给她捎个口信也行——"

"出去！"

"就一个口信！一句话，一个电话号码，什么都行。"

那女人忽然从桌子对面伸过手来，抓住了米莉安的手腕——

21 第一块多米诺骨牌

零星的雨点打在她办公桌后面的窗玻璃上。这是二十一天之后会出现的画面。莱拉·金特罗站在她的办公间里，头发耷拉在脸上，就像赌气要合上的窗帘。她用一根手指戳着一本摊开了的马尼拉文件夹，而另一根手指则死死顶住一个女人的胸骨。这个女人便是玛丽·史迪奇，她黄皮寡瘦，面容憔悴，灰白的长头发在脑后胡乱扎了个马尾。莱拉说：就这样了，这就是压死骆驼的最后一根稻草——

这时，不知哪里响起了枪声。

乒，乒，乒！玛丽闭上了眼睛，双手先是像祈祷一样扣在一起，而后又分开，变成两个拳头，仿佛对仁慈上帝的祈求因为得不到回应，继而对上帝的心不在焉产生了愤怒。

人们惊叫着，一个个勾着脑袋越过隔间的壁板四处张望，那情景就像一群牧羊犬听到了主人的哨声。

莱拉对玛丽说："坐下，待在这儿别动。"

可玛丽依旧站着，对她的话置若罔闻。她的身体前后晃动，一下脚尖翘起，一下脚跟离地，嘴里含混不清地念叨着什么。

"砰，砰，砰！"

"对不起。"玛丽说。

但莱拉没听清，她转身问道："你说什么？"

玛丽举起两个拳头，使劲按压在她的双眼上，力度之大，从她像吉他弦一样紧绷的腕部肌腱可见一斑。

这时，头顶又传来可怕的声音。

Duang。

Duang。

Duang。

像巨大的岩石坠落在地，一声高过一声，来自上面的楼层——所有东西都随之震动起来，电灯也微微闪烁晃动，滋，滋；有人尖叫，但声音很快被巨响吞没。

随后便是火、烟和无数的碎片。

爆炸摧毁了建筑的一角，无数白色的砖块、旋转的金属碎片、熔化的塑料和复印机中灼热的色粉形成一波无坚不摧的爪和牙，瞬间吞没了莱拉和她的一切。

22 进入风暴

米莉安猛地抽回手，强大的惯性让她险些从椅子上摔下去。她鼻子里依旧充斥着烟雾的气息，脸颊似乎仍能感觉到灼热的疼痛。

莱拉坐在对面，目不转睛地盯着她，"你是个瘾君子，你刚刚毒瘾发作了吧？"

自作聪明。

米莉安咽了口唾沫，"我该走了。"

"滚，滚出去，吸毒的人渣。"

她将双臂紧紧抱在胸前，穿针引线般迅速从一排排小隔间中走过。门口那位女士和她说再见，但声音听起来十分遥远，且伴随着含混的回音。米莉安五内翻腾，飞似的逃出办公室，来到大厅。嘿，洗手间，她像落水的人看到了船。

她一头冲进洗手间，用膝盖顶开一个小隔间的门，干呕了足足十分钟。

每一次干呕她都努力稳住自己，努力清除脑海中关于爆炸的记忆。巨响，震动，冲击波，继之而来的暴风骤雨般的碎片，灼热的空气，无情吞噬一切的火焰。

然而将这一扇门关上之后，另一扇更可怕的门又随即打开：韦德·齐在电话中令人胆寒的惨叫，饥饿的舌头和分开的喙上残留着死人的味道，躺在医院病床上的妈妈，风暴中疯狂上涨的河水，瘟疫的面具，落下的斧头，锯断踝骨的电锯，深深插进卡车司机眼睛里的刀……

有人敲小隔间的门。

一个男人的声音说："嘿，呃，你没事吧？"

她站起身，擦了擦嘴角和下巴上的污秽，打开门，看到一个纤瘦的男子——他几乎骨瘦如柴，但仍尽力用剪裁得体的律师服和斯泰森牛仔帽装出很强壮的样子。他双眼圆睁，结结巴巴地说："这……这是男洗手间。"

头脑深处，一只饥肠辘辘的猴子在尖叫，它拉下了所有的操纵杆，按下了所有的按钮，向她发出不可违抗的指令。她向前一个趔趄，抓住了男人的手——

三十年后，他赤身裸体站在一个陶瓷浴缸里。此时他已经年老体衰，双膝外翻，整个人像只被刮净了毛的、战战兢兢的狗。因为哆嗦得厉害，他的身体竟有点影影绰绰的感觉。他的老二蔫了吧唧地耷拉在两腿之间，像两颗小纽扣一样的乳头倒是精神抖擞。他浑身湿淋淋的，水沿着瘦骨嶙峋的躯体向下流淌，冲过打着灰色的结的茂盛体毛。他隔空喊着："你要不要过来扶我出去？达伦？达伦！你在吗？呸！"说完，他一条腿迈出了浴缸，只听"扑哧"一声，他的右腿迈得太靠左了，身体失去平衡重重摔倒，脑袋一侧撞在坚硬的水龙头上，脖子折断的声音犹如雷鸣霹雳般震耳欲聋。

——即便在此刻，米莉安都能从他颤抖的手上感觉到帕金森症的前兆。帕金森症，一种残酷的疾病，它通常不会直接致人死亡，但却会调皮地把人带入各种圈套，而后要你的命。

可米莉安帮不了他，头脑中的猴子依旧在嚎叫。它龇牙咧嘴，为死亡呐喊尖叫，渴望了解死亡，成为死亡。米莉安侧身从他身旁走过，推开洗手间的门，走向电梯。

她的手指在楼层按钮上方盘旋。

最后她选择了三楼。被屠戮者的选择，电梯按钮的选择。

三楼，法院各办公室。雪白的墙壁，褐色的地毯，沙漠之花的拙劣画作。此刻，下巴成了她的向导，就好似收割者的镰刀像鱼钩一样钩住了她的脸，拖着她向前走去。她无意走这一趟，但双脚似乎不听使唤，而且她浑身上下感到前所未有的活力——明亮、多彩、可怕，就像一个吮吸圣诞彩灯坏掉的插座结果触电身亡的女人。

有个身穿淡紫色休闲西裤的女人走过来，她边走边低头看着手机。米莉安不失时机地伸了下胳膊肘，将手机从女人手中撞落在地。几乎同时，米莉安弯腰去帮她捡手机，好让对方的耳朵蹭到自己的脸——

这个女人又是低着头，不过这一次她却是埋头看一沓厚厚的文件，离婚案，财产分割之类的，这时，她突然听到楼下传来几声沉闷的枪响，她抬头看了看迎面蹒跚走来的一位老法官，他那几乎装得下一艘船的肚腩把黑色的法官袍高高顶起。法官问："怎么回事？"她正要开口，楼上忽然传来三声巨响，"Duang，Duang，Duang！"接着是威力巨大的爆炸——这一次，声音来自后面，一时间地动山摇，砖块、管道、浓烟霎时将她整个吞没——

"对不起，我今天笨手笨脚的。"女人道歉说。

"不不不，"米莉安急忙说，"都是我不好，对不起。"她匆匆逃走，差点摔了一跤。向前走，女人已被她抛到九霄云外。前面有扇门，磨砂玻璃门。遗嘱登记，孤儿法院书记员——她完全不知道孤儿法院是什么来历，难道给孤儿们开个法院？可法律本来就是荒诞的，所以，管他呢。

办公室内，她看到白色书写板旁站着一位上了年纪的拉丁裔女子，正用黑色的水笔在板上硕大的日程表中写下开庭日期。

　　米莉安懒得伪装了，她已经把全部的小心都丢进了木材粉碎机。她上前一把抓住了女人的手——

　　女人神色匆忙，沿着走廊直奔那扇写着"遗嘱登记，孤儿法院书记员"字样的玻璃门。她听到了枪声，感觉到了楼上爆炸引起的地板震动——飞扬的尘土，闪烁的电灯，破裂的天花板；爆炸，门从门框里飞了出来，浓烟中夹杂着四处乱飞的玻璃碴。一个文件橱柜轰然倒向她，她那把可怜的老骨头——

　　"嘿！干什么呢？"女人被米莉安突如其来的举动吓了一跳。

　　米莉安假装不好意思地说："对不起，认错人了。"

　　她看到一个长脸男人，舌头抿着下嘴唇，像只准备抓苍蝇的蛤蟆。他无所事事地站在咖啡机旁，米莉安疾走过去，调皮地拍拍他的脸——

　　他就站在离爆炸点最近的角落，正无聊地捯饬一盆塑料花。威力巨大的爆炸如同一头怪兽从洞穴中一跃而出，浓烟和火焰像列火车直接撞向他的身体，可怜的家伙当场粉身碎骨。

　　男子没吭声。米莉安咕哝了一声"对不起"。

　　她需要接触更多的人，越多越好。

　　她告诉自己这样做的理由，因为她要搞清楚究竟是怎么回事，可脑海深处的低语声不停地问她：真是这样吗？你是为了查明真相，还是因为你喜欢享受灵视的快感，你这个变态的小婊子？

　　米莉安在厄运和死亡之间不停地奔跑穿梭，就像一只该死的乌鸦，从这具尸体上衔一块肉，又从那具尸体上挑根骨头——她是挑剔的蛆虫，是浮躁的丛林狼。她伸出手来，触碰着一个又一个身体：律师、法官、书记员、秘书。死亡的场景交替上演，同样的地点——这里，所有人都被即将发生在这栋楼上的爆炸夺去生命。米莉安可以真切体会到人被撕碎的感觉，有些甚至被瞬间蒸发，更多的人死于混凝土块和玻璃碎片，还有一些人死于冲击波和余波。

　　此时，整个办公室就像羊群里蹿进来一只狼，人们躁动不安，窃窃私语，指指点点。那个在办公室里跑来跑去的女人是谁？她见人不是撞就是摸，不是摸就是抓，总像个疯子。米莉安听到有人小声说快报警。她想笑：你们这群白痴知道什么？我不是你们该害怕的人，相反，我正想方设法找出是谁害死了你们，你们所有人——

这时她忽然想到一件事：枪声。枪声从何而来？她还没有搞清楚。

于是她再次来到电梯前。看见有个警察从一部电梯里走出来时，她迅速溜进了另一部。那人是个塌鼻子，制服松松垮垮，一看就是个粗人。他眼角的余光看到了米莉安，喊道："嘿！"可惜电梯门叮了一声，之后便合上了。她迅速按了楼下的按钮。

重新回到法院一楼。

她径直走向出口。

要是真有人知情，那也应该是保安。

朝那个名叫雨果的老年白人保安走去时，她长长地吐出一口气，唇齿间顿觉凉丝丝的。她心里一再提醒自己：正常一点，不要表现得像头野兽，像个怪胎，或者像个一闻到停尸房的臭味儿就发癫的瘾君子。开口说话时，她尽量控制，不让自己的声音颤抖得太过厉害。

"我只想感谢您恪尽职守的工作。"她微笑着伸出手去，满脸雀斑的老保安也礼貌地伸出手来和她握了握——

三名男子全副武装，迷彩服、面罩、防弹背心一应俱全，手持带伪装物的黑色步枪。他们一边射击，一边快速冲进大厅。一枚点223口径的子弹从一个白人女性的发际线上一掠而过，她刚去买了四杯星巴克咖啡。一名身穿流苏牛仔夹克的黑人男子大叫一声，刚要逃走，一颗子弹击中他的喉部，并从脊椎处穿了出去，失去支撑的脑袋顿时无力地垂下去。雨果见状本能地俯下身子，他的心脏狂跳起来，仿佛胸腔里跑进了一头受惊的野牛。他伸手到腰上拿枪，可一名枪手转过身，举枪瞄向他。"乒！"火热的弹头以每秒钟1100英尺的速度打断了他心脏跳动的节奏。老保安倒了下去，靠金属探测仪勉强支撑着身体。一名枪手旋风般穿过探测仪，恰巧在这一瞬间，老保安看到了枪手裸露在外的胳膊，他的整个前臂龙飞凤舞地文着一个名字——珍妮丝；而在他凸起的二头肌上还有另一处文身，覆盖整片被他那蚯蚓一样的血管撑得崎岖不平的皮肤：一道闪电击中一棵枯树，树根处文着四个字——末日风暴。文身下面有一块不规则的椭圆形疤痕，像是雪茄烫出来的，也可能是枪伤。这时枪手把步枪对准了老保安的头，并扣动了扳机，"乒！"整个头盖骨被掀飞出去——

米莉安惊叫一声，连忙退开。

叮。大厅另一头的电梯发出清脆的提示音。

一个警察高声喊叫。

面前的老保安不明就里，也没听清警察喊的什么，他只对米莉安微微一笑，说："为什么？谢谢你，小姐。"

米莉安不敢迟疑，头也不回地逃了出去。

23　烤棉花糖

米莉安绕着法院转了几圈，确保那个警察没有追上来。终于放下心时，她走回自己的厢型车，打开后门，里面有一张破旧的双人小沙发，她爬上去，蜷缩成一团。

继之而来的是暴风骤雨般的一场哭泣。她的喘息如同飓风席卷天地，眼泪像洪水决堤，难以遏制。

再过三周，这栋大楼将被摧毁，至少某些部分将荡然无存。大楼里有很多人会丧命——死于爆炸，或者枪手。子弹和炸弹，这是一场大屠杀，一次有预谋的恐怖袭击。

现在所有的线索开始汇总起来，一根带刺的铁丝缠上她的手腕，形成一副手铐，把她生生拖进这件事中。她想说这跟我没关系，这不是我的马戏团，不是我的猴子，但她很清楚自己已经无法置身事外。玛丽·史迪奇——玛丽剪刀，玛丽精分——同样在场。这就意味着她也将死于三周之后的那场灾难。而更令米莉安感到疑惑的是，出现在大厅里的那三名枪手，和死在沙漠中那个曾经试图打死她和格雷西——那个男孩的母亲——的家伙有着相同的文身和箴言；而这个家伙的背后正是害死了韦德·齐并一心要找她算账的那伙人。

米莉安想躲得远远的，她此刻最强烈的愿望，就是在这架燃烧着的飞机即将坠毁之前，在它即将害死所有人之前，拉下开伞索，将自己弹射出去。可事情已然到了这个地步，她真能做到袖手旁观吗？答案是否定的。

"你喜欢这种事，对不对？"前排座位上忽然传来一个声音。

她大惊失色，一骨碌从沙发上翻身坐起，而与此同时，她已经从裤子的后兜里掏出了背锁刀，并"啪"的一声弹出刀刃。

韦德·齐斜靠在前排座椅的靠背上，望着后面。

他仍是米莉安第一次见他时的模样。

除了眼睛。他的那双眼睛像两个酥脆的棉花糖，外焦里嫩。

"滚！"米莉安啐了一口。

"别发火嘛，"冒牌韦德说。他一开口，嘴巴里就会喷出忽明忽暗的灰烬，"这是你的果酱，米莉安·布莱克，是你的面包和黄油，你的甜蜜地带，你的马戏团，当然——"说到这里他张开双臂，即便她看不到，但却能听到他烧焦的皮肤干裂剥落的声音，就像一脚踩在炸薯片上"——这绝对是你的猴子。"

"这不是我想要的。"

韦德在融化。残废的双眼逐渐变窄，融化的棉花糖化作白色的小溪，冒着泡泡和蒸汽，徐徐流下脸颊，"真的吗？真——的——吗？上坟烧报纸，你糊弄鬼呢？你内心深处存在这样一个角落，它坚信你属于这里，你属于风暴的中心。只有在那里你的心跳才会加速，你感觉自己前所未有地醒着，活着。几年前当你倾尽全力要拯救你那开货车的男朋友时，你就已经苏醒了。你发现自己拥有异于常人的能力。你是分流器——能把河水分流的石头；你是命运的敌人——能阻挡收割者的镰刀。你已经习惯了这样的身份，并逐渐开始喜欢它，而且你也喜欢和死亡有关的一切。"

米莉安爬起来，用尽全力扑向前排，把刀插进韦德的脖子，"我不是那样的，你胡说。"

韦德咯咯笑起来，"真暴力，像只野猫。我们喜欢这样的你，米莉安。你很有能力，我们希望你不要放弃这一切。如果你离去，我们会非常难过。尽管我们已经为你的离开准备了一大笔遣散费。"

她大吼一声，好像她正用力举起一台冰箱，等她反应过来时，她已经在冒牌韦德的脸上连刺了数刀，从下巴到眉毛。

她重新集中精神。

哦，原来她刺的是座椅。

因为入侵者是假的，或者说，至少不是真实的存在。也许是幻觉，也许是幽灵，或魔鬼，或她自己精神的投射。也许是她死去的孩子，被那个拿着红色雪铲的女人偷走的孩子，而今化作幽灵来纠缠他不称职的母亲。

米莉安从口袋里找出钥匙，发动了车子。如果她真想和某个人来一场对话，那这个人必须是真实存在的。

插　曲

基韦斯特岛

　　"你在跟我开玩笑吧？"加比说。

　　"你看像吗？"米莉安回答。她手里提溜着一瓶蓝月亮啤酒，瓶身上挂满凝结的水珠。她的手指像蜘蛛腿一样紧紧攥着瓶颈。加比看着她，她每喝一口，脸上就露出痛苦的表情，米莉安似乎不爱喝啤酒。

　　"你以为我会跟你走？你脑子进水了吧？"

　　米莉安耸耸肩，晃晃脑袋，"不只进水，还结冰了。"

　　两人坐在加比家的门廊下，屁股下是白色的柳条家具。这画面看上去挺美，她们像一对儿优雅的淑女，尽管实际上她们是两场非自然的灾难。米莉安一声招呼不打便突然出现在加比的门口。对，她就是突然蹦出来的。你以为她会像正常人那样寒暄一会儿吗？嘿，加比你还好吗？最近在干吗？真抱歉你的脸伤成这样？呸，怎么可能！她开口就来了一句：嘿，要不要跟我出去转转？

　　问题是，每当加比看到米莉安，她眼睛里只看见充满嘲讽意味的她自己人生的影子：一幅残缺不全的拼图，一个被地震——阿什利·盖恩斯的刀——破坏得面目全非的世界。阿什利·盖恩斯，一个和米莉安分不开的男人；而今的加比也和米莉安扯上了关系。

她全身上下的每一个细胞都极力挣脱牢笼，解放自己。米莉安曾说她就像那种有毒的动物，奇怪而又鲜艳的色彩就是她的警告标志。加比查了查，在生物学上那叫警戒作用。她一度以为和犹太人有关，但它实际上只是一个科学术语，正如米莉安所描述的——鲜艳的色彩是用来警告别人的。

"要烟吗？"加比忽然问。她很奇怪自己会有"呀，我真无礼"这样的感觉，因为米莉安就是无礼最直观的精神体现。也许加比在反其道而行之，试着让米莉安认识到怎么做才是正常的人类，"我不抽烟，但家里说不定能找到存货，包括大麻，或者古巴雪茄，如果你想的话。"

"我戒烟了。"米莉安尽管嘴上如此说，但身体却像只快死的虫子一样蠕动起来。也许她没有撒谎，但加比却认为这个女人想抽烟都想到快发疯了，"我想改变，变得更好。"

"哦。"

"哦？你的语气就像——"

"就像什么？"

"就像你不抱希望似的。"

"不，我只是感到意外，你可是米莉安啊，你看着不像是那种会改变的类型，而且你之前的样子似乎很适合你。"

"哦，我正在想办法处理一些烂事儿。"米莉安的口气中带有明显的愤怒和戒备，倘若她是只狗，此刻她背上的毛恐怕已经像刺猬似的一根根竖起来了。

加比出乎意料地感到失望，这倒有些反常。她本该为米莉安洗心革面的决心鼓掌叫好才对。她该敲锣打鼓庆祝，甚至还要拉一条横幅，上面写道：感谢你没有强迫全世界跟着你一起堕落。但加比佩服米莉安直面人生的勇气，哪怕她的人生悲摧到无以复加。

"我是来看我妈妈的，"米莉安说，"处理完一些事情我就继续上路……"她喝了一大口啤酒，再一次皱眉撇嘴。

"你说你要找什么人？"

"一个叫玛丽的女人。"

加比扬起一侧眉毛，"这个玛丽跟你有什么关系？"

"她能治好我。"

"治好你？"她差点笑出来，"好吧。"她的手不自觉地伸到脸上，抚摸着像彩色玻璃一样凹凸不平的满脸伤疤。加比忽然站起来说："上次和你在一起的确很刺激，可我不想再跟你来一出《末路狂花》。我不是那种喜欢冒险的人。"

米莉安也站了起来，"我不是让你跟我干那个。"

"那你要我干什么？"

"我……我想要一个朋友，可以吗？我们可以做朋友啊。"

"上次跟你在一起之后……"加比用双手框了框自己的脸，就像电影导演捕捉一个画面，"结果呢，嗒，嗒！"

"好吧，我无力反驳。你说得没错，我不怪你。那我就不打扰了，祝你后半辈子生活愉快，加比。"说完，米莉安抬脚走出了门廊。

加比冲米莉安的后背说："祝你能顺利找到那个女人，希望她能治好你。"她蹙了蹙眉，"尽管我实在想不到会真有这么一个人。"

米莉安缓缓转过身，"你什么都不知道，对不对？"她的语气丝毫不像提问，"你当然不知道咯，我从没告诉过你。"

"告诉我什么？"

"我拥有一种……很特别的能力。一种天赋，诅咒。而这种能力……"她长长叹了一口气，龇了龇牙——也许是犯烟瘾的征兆？"这种能力是有规则的。"随后她给加比讲了一个故事，一个奇怪的故事，一个不切实际的故事。

这个故事让许多事有了稍显合理的解释，但它很像一幅由许多小块组成的拼图。

　　米莉安的故事讲完之时，加比也做出了决定。她之所以下定决心全是因为她蠢蠢欲动的好奇心。她想知道更多，想知道这一切是不是真的。如果是真的，那米莉安·布莱克无异于生活在一部绝对超出加比想象的恐怖电影之中。

　　加比说她讨厌佛罗里达，她想离开这儿。

　　"那咱们就一起来段公路旅行吧，米莉安·布莱克，以朋友的名义。"

　　"以朋友的名义。"

　　一个握手，一个尴尬的拥抱，两人的命运从此紧密联系在了一起。

24 随风而去

她把巫师车停在6号汽车旅馆前。巫师不动了，五彩神龙也定在了原地，但它们之间的战争永无休止。

她花了一点时间让自己平静下来。反常的举动。我什么时候开始在乎别人对我的看法了？这是真正的原因吗？它算长处，还是弱点呢？她说不准。管他呢。她朝她们的房间走去。

推开门的那一刹她便感觉到不对劲，门滑开的方式，屋里的空气：静，太静了、太奇怪了，每一个分子都充满了可疑。

门完全敞开之前，她已经掏出了刀，手腕一抖，刀光闪闪。

一个男的坐在床沿上。

他宽宽的肩膀，胡子起码两天没刮，毛毛糙糙，刮鞋底都够用了，而在那胡子之间，善意的微笑若隐若现。

他身体前倾，双手扶膝，"进来啊，米莉安。"

她认识这个声音，正是电话里那个男的。

"加比在哪儿？"米莉安吼道。

"你的朋友没事。"他回答。他膝盖上搁着一把手枪，枪身被手遮住了大半。米莉安不由得暗骂自己，她捡来的那把枪被落在车上了。妈的！

"你是怎么找到我的？"

他微微一愣，"那是我的小秘密。"

"去你妈的秘密。你最好快点告诉我，因为我的速度比响尾蛇还要快。就算你有枪，在你打死我之前，我也照样能把我手里这把刀插进你的脖子。"空气瞬间紧张起来，像令人窒息的绳索，像磨损严重的电线，像缓缓拉开的弓。她哆嗦着用刀指着男子，并虚张声势地挥舞了两下，"嗖，嗖。"

"放松点，我是来交朋友的。我叫伊森。伊森·基。你何不把门关上呢，免得我们引起其他朋友的注意？"

米莉安犹豫了。逃跑的念头闪过脑际。马厩门还开着，她可以像匹小马一样蹿得无影无踪。加比会没事的，只要她跑了，他们自然会放了加比，因为他们的目标是她。*或者，他们会割破她的喉咙，把她的尸体扔到臭水沟里；或像对待韦德一样把她也烧死。该死的！该死的！*

想到这里，她用脚后跟轻轻关上了门。

咔嗒。锁舌轻轻滑进了锁槽。

她浑身上下像黄蜂的翅膀一样嗡嗡直响。

伊森开口说："情况变了。我原以为你只是坏了一锅汤的一粒老鼠屎，但现在我对你有了新的认识。韦德对你似乎格外崇拜，他说你知道一些常人不知道的东西。"

她怒火中烧，"韦德说的？"

"当然，是以另外一种方式说的，"善意的笑容微微收敛了一点，他的嘴唇抽动了两下，"我对像你这样的人很感兴趣。"

"拿刀的女人？"

"不，能改变一些事情的人，甚至改变整个世界。"

"你找错人了。不管韦德对你说过什么，都是他自己编的。他只是怕你折磨他或者杀了他。"

男子站起身，枪抓在手里，"韦德不是个好鸟。你没有救他也用不着内疚。他强奸过一个女孩儿，这你知道吗？高中时候。学校把案子遮掩下去了，所以没有定罪。"

米莉安咬牙切齿地说："你撒谎。"

"我只是告诉你事实。我觉得人与人之间就该坦诚相见，我甚至坦诚得有些过分，"伊森耸了耸肩，"真相往往是冷酷的。大多数你以为品性善良的人，其实非也。我想关于这一点你应该有更深的体会。"

这倒是句人话。

"你的意思是我该相信你？"

"不，我可没这么说，但你得跟我走。"

"凭什么？你敢碰我，我就叫。我不仅会叫，还会拿刀和你拼命。这对谁都没有好处。"

"包括你的朋友加布里埃尔。"

是加比，浑蛋，"刚才还摆出一副正人君子的嘴脸，转眼就拿我的朋友威胁我，真是卑鄙无耻。"

他上前一步。

"不，"他说，"我不是正人君子，实际上我就是个卑鄙小人。但有时候就算恶贯满盈的坏蛋也能干点好事，我希望你能认同这句话。你很快就会明白，你会跟我走的，因为你的朋友在我们手里，即便不为这个，我还有另外一个理由你定不会推辞，我的朋友和家人中也有像你这样的人——有着特殊的能力，可以改变一些事情。"

这时，他一根手指钩着扳机护环，让枪身转了一个圈，而后枪口朝下，枪柄朝着米莉安，把枪递了出去。

看着他粗大的拇指关节，米莉安心里直痒痒：摸一下，看看他是怎么死的。

"你干吗？"米莉安不解地问。

"这是我的枪。"

"少来这一套，浑蛋。你把枪给我干什么？"

"算是抛出橄榄枝吧，"随后他轻轻笑了笑，"有点讽刺，把枪比作橄榄枝。不过这也无可厚非，毕竟你我都不是普通人，这样比喻或许更贴切些。"

米莉安接过了枪，但在触碰到他的皮肤之前，他及时收回了手。没有灵视，没有死亡画面，但那已经无关紧要了。

因为米莉安已经知道他将如何死去。

她将枪口一抬，对准了他。

她毫不犹豫地扣动了扳机。

25　破坏者

"啪。"

"啪，啪，啪。"

他妈的！

"如果这把手枪当真装了子弹，你会断送所有人的性命——你朋友的，我的，当然不可避免还有你自己的，就因为你的冲动，"伊森叹了口气，"你果真是一匹不好驯服的野马。不过没关系，我们还有的商量，我这人心慈手软。"

"你看这是什么？"米莉安说着冲他竖起中指。

伊森终于敛起了全部笑容。

"咱们走吧。"他说。

个藏在她心里许久的疑问："那个孩子，他是怎么回事？"

"艾赛亚？哦，他是个非常特别的孩子。艾赛亚本不该降临在这个世界上。他是个早产儿，妈妈是个瘾君子。"听他的话音，好像这孩子是个先知似的，或者救世主，"他在卡登儿童医院的新生儿重症监护病房里死过两次，但两次都被成功救活。他被人收养过很多次，直到最后被一对好心的夫妇，也就是他的上一任养父母——达伦·鲁宾斯和多茜·鲁宾斯——交给我们。可是他的亲生母亲格雷西，"说到这里他连连咂舌摇头，"她来把他带走了。我们请她加入我们，可是……"他耸了耸肩。

"那孩子有什么特别的？"

他咧嘴一笑，"我现在还不能告诉你，但我们会把他追回来的，到时候你就知道了。他有着强大的力量。"

"他是……武器。"凯伦说。她低头盯着双腿，嗓音低沉沙哑。她的肩膀随着说话的节奏一起一伏。

"哦，可我不是武器，"米莉安说，"不管你们在干什么，我都帮不上忙。我觉得我们之间可以到此为止了。"

她说完便站起身，加比也照着做，于是两个人就站在那里，盯着诸位。奥菲利亚窃笑，戴维直皱眉头。米莉安感觉身后有人，但她猜测十有八九是伊森手下那个大兵杰德，而且他手里肯定拿着枪。

伊森用指甲剔着牙，漫不经心地说："我还没有把钥匙还给你。但在我考虑把它们还给你之前，麻烦你能否赏我们一个脸把这顿饭给吃了。我讨厌浪费。另外，米莉安，我希望你不要轻看自己。你所拥有的能力，我认为意义非凡。你能窥视我们的人生，洞悉我们的生死。用你们年轻人的话说，这可是屌炸天的技能。"

机会来了。

"你想知道？"她说。并非疑问，而是指出。

"知道什么？"

"别装糊涂。我看你也是个爽快人，就不要绕弯子了。你想知道你是怎么死的。没问题。谁不想知道呢？这就像世界上最变态的派对游戏。"

伊森舔了舔嘴唇。此刻他的内心想必已是万马奔腾：渴望，诱惑。米莉安再清楚不过了。他对自己从未尝试过的事情充满好奇，那是最高级别的禁果——虽然腐烂，却甜美无比。瞥一眼生命的尽头，看看在黑暗降临之前等待自己的将是什么。

很好，她可以好好利用这一点。

伊森站起身，"你是怎么做到的？"他问。

"对于他们，我无可奈何，"她指了指在座的其他人，"因为他们也受到了诅咒。他们的命运还在赌盘里转着。但是你呢？哦，那就简单了。只要让我碰到你的皮肤就行了。轻轻一碰，我就知道你会怎么死掉，什么时候死掉，但死在什么地方，我就不知道了，所以这也算是一个很大的局限吧。不过其他的都没问题。你真想知道？我怕你会受不了。"

伊森吻了吻他妻子的头。凯伦轻叹一声，他点点头。

米莉安从加比的手中抽出自己的手。可怜的加比，她还不知道接下来要发生什么呢。也许她能感觉得到。但愿她能，因为我需要她做好准备。可她不能冒险泄露自己的计划，所以……

应该说，这里的每一个人都蒙着眼睛，除了米莉安。

她从加比身后绕过去。

奥菲利亚和戴维始终注视着她。奥菲利亚看上去百无聊赖，但是戴维，他似乎有所察觉。他知道肯定有事要发生，只是不知道什么事。

米莉安慢慢悠悠地绕过桌子，远远站在凯伦轮椅的一侧。伊森站在另一侧，他伸出了一只手。

米莉安也伸出了手。

凯伦向后仰着脖子，盯着米莉安的一举一动，她白色的眼睛里忽然布满了蛛网一样的血丝。"你，"凯伦大声说，"死神触碰过你，杀死了你身体里的东西。现在，现在他错过了你，看不到你了。"

杀死了你身体里的东西。

沙漠中传来婴儿的啼哭，米莉安确信这不是幻觉。那是一个饱受饥饿、寒冷和伤痛折磨的婴儿发出的哀号。

那不是真的，她提醒自己。这是入侵者在戏弄她。去他妈的入侵者。她咬牙看着伊森充满期待的手。

米莉安一把将它握住——

32 折断的钥匙

伊森·基赤身裸体，独自一人站在一个铺满水泥砖的房间里。天花板上没有灯，但旁边的地上放了一盏小小的科尔曼露营灯。他的嘴被胶带封着，人被绑在头顶的一根管道上。他的手指脚趾全部折断，还有鼻梁。看情形他已经被这样吊了很长时间，裸露的身体上有几十处瘀伤，看起来就像乌云投下的阴影。

附近有人低声说话，西班牙语。伊森会说西班牙语，但却听不出他们在说些什么——距离太远，隔了太多水泥墙。

脚步声，越来越近。

门开了。铁门，打开时吱吱呀呀，关上时发出"砰"的一声巨响。

一个男人走进来。他个子很高，长得也帅，穿了一身白衣服。他走路的姿势很僵硬，像机器人，也像百货商店里的人体模型。他开口说话时，声音听起来就像燃烧的焦糖，而话语又如威士忌一样温暖，且带有明显的口音，也许是中美或南美口音。男子漫步走上前来，手里拿着什么东西。

那东西在他的手指间不停翻转。哦，是一张卡片，有点像扑克牌，被手指拨弄的时候会自然弯曲和复原。

他手腕灵巧地转了数次，使卡片正面朝前，正对伊森。

卡片上胡乱画着一只蜘蛛。蜘蛛通体黑色，唯独背上有个圆圈，里面有三条线从圆心向外旋转发散。"这是你的卡片吗？"高个子问。

"嗯……嗯……你，你们是什么人？"伊森含混不清地问。

"你知道我们是什么人。你肯定也知道卡特尔最终会找上你。"

"求求你，放我走吧。我们井水不犯河水……"

男子满意地从鼻孔中深深呼出一口气。"生命，存在。这些从一开始就是注定了的，是经过精心测量的。世间的一切，都是注定的。命运，在拉丁语里是分配的意思，就是说一旦确定下来的东西，就无法更改，包括它的长度。凡事都有定数。生命，死亡。诺娜、得客玛、墨尔塔。残酷，坚定，威严。从你建立你那个小小的城邦开始，你的命运就已经注定。"

伊森发出一声低沉的、动物般的哀鸣。这其中透着恐惧，也透着未知。眼泪哗哗流下来，他男人的尊严像一根棍子折断在某个人的膝头。"求……求求你了。放……放了……"他泣不成声地说。

"很多人都以为创造是一种天赋，其实不然。"男子无动于衷地说。他抬头盯着天花板上的阴影，仿佛能从中参透些什么，"这种能力并不是上天给的，而是自己挣的，或者说买的。从你拥有这种能力的那一刻起，你便背负了某种债务。世间一切都有始有终。"

男子轻轻弹了下卡片，卡片就不见了。

他转过身，走向门口，而后又走回来。脚步引起串串回声。

"我……我……我不明白——"

"而承担这种债务的不仅仅是人的生命。世间万物，只要存在，便欠了债。而一切存在的事物终有一天会不再存在。对有些人来说，这是件苦恼的事情，但我却认为我们应该为之感到庆幸。我们的存在是有限制的——开始和结束。而每一个存在都有自己的故事，有些故事冗长乏味，而其他的虽然短暂，但却精彩动人。我觉得你的故事就很精彩。在这一点上，你很了不起。但它可能比你预想的要短暂些。"

"我妻子，请你们放过她。"

"她现在是我们的人了。她会非常安全。我认为她能为我们的组织带来价值。你觉得呢？"

"浑蛋！浑蛋！"

"你居然自以为是地去玩弄你根本不懂的事情，甚至妄图改变存在的限度。凭什么？就凭你们那可笑的幻觉？不管怎么说，你们干扰了我们的生意，这样的行为卡特尔是无法容忍的。我们希望一切都恢复本来的样子，该怎么样就怎么样。命运自有它的进程，而你，却还在这里假装无辜。"

男子的手再度轻轻一翻。

手中竟凭空多了一把刀。哪儿来的？一直藏在他的袖子里吗？

他拖着刀尖，从伊森的大腿慢慢向上滑，经过蛋蛋、老二，而后移至腹部，在上面划了一道，伤口不深也不长，就像荆棘挂出来的。刀尖继续向上，围着一颗乳头画了个圈，然后沿着脖子向上，来到了下巴处。伊森把头歪向一边，此时此刻，人为刀俎，他为鱼肉，再怎么反抗也无济于事了。

男子掉转刀身，令刀柄朝下，刀尖朝上，而后近乎优雅地用单手握住刀柄。他的手开始有条不紊地发力，刀尖刺破了伊森下巴处的皮肤。他惊恐地瞪大了双眼，双手挣扎着，身体拼命摇晃，但这只能让刀尖扎得更深。鲜血缓缓流到男子的手上，浸湿了他的袖口。刀尖持续向上，向上。它已经钻进伊森的嘴巴，并刺穿了他的舌头。他痛苦地发出咕咕的声音，双腿乱踢，胳膊紧紧夹向疼痛最剧烈的地方。

刀尖似乎遇到了一点阻力。

男子松开刀柄，用手掌根部猛地向上一托。欻！阻力消失了。刀尖钻进了大脑，伊森的下巴处仅剩下一个刀柄。

伊森·基就这样死了。他一丝不挂，浑身是血，像被宰杀的猪一样挂在管道上。

33 报废的锁

时间像破旧的丝带，烂成一条条松垮的线。米莉安纹丝不动。时钟上的每一秒都是一出奇特而又充满无常的悲剧。她松开伊森的手，耳朵里只听见他迫切地询问：我是怎么死的？

凯伦也注视着她，眼睛里放出期待的光，嘴巴僵在半开的状态。

奥菲利亚继续冷笑。戴维满脸不耐烦。加比神色紧张——她知道。

米莉安看到了伊森死亡的全过程。水泥房，露营灯，画着蜘蛛和圆圈的卡片，刀。她试图从灵视画面中找到点有用的线索，能和玛丽·史迪奇和那个名叫艾赛亚的小男孩儿以及和入侵者扯上关系的线索，可眼下她毫无头绪。

她告诉伊森说："是卡特尔的人杀了你。"

她并没有撒谎，只是故意隐瞒了一部分可怕的细节。魔鬼藏在细节里，所以何必告诉他细节？何必把魔鬼交给他？

奇怪的是，伊森脸上露出倍感欣慰的笑容，仿佛这一切都在他预料之中。他自负的样子让米莉安气不打一处来。去他妈的伊森，去他妈的预料之中。

她又开始调皮了。

"你死的时候没穿衣服，在你死之前，他们先杀了你的妻子，他们割掉了你的老二和蛋蛋，让你吃了它们——"

伊森脸上的表情就像大冷天里端上来的热巧克力。他假装淡定的努力功亏一篑，米莉安看在眼里，爽在心里。这个自鸣得意的家伙低下头，惊恐地睁大了双眼。米莉安看见泪水在他的眼眶里打转。

然而这时，戴维，该死的戴维毁了这一切。

"撒谎。"他用唱歌一样的节奏说。

伊森转向戴维，后者向他微微点头。愤怒与沮丧把伊森的脸当成了战场。

戴维的诅咒是什么？

十有八九是人类测谎仪。

倒霉。

伊森的一只手换了个位置，米莉安看到了他腰上的枪——之前那把手枪，装在没有扣扣子的枪套里。

时机到了。

她用屁股使劲撞了一下桌子。玻璃杯被撞得东倒西歪，柠檬水洒得到处都是。她这招声东击西虽然是小把戏，但很管用。果然，所有人的视线都集中在桌子上的壶和杯子上，趁他们无暇他顾的时候，米莉安果断出手了——

她手里已然拿起了伊森的牛排刀。

她拉住凯伦的轮椅便向后退去，当其他人意识到怎么回事时，她的刀已经架在了凯伦的脖子上。

杰德大吼着端起了枪。

伊森惊得连连摇头：不不不。同时冲杰德挥手大叫：放下，快他妈把枪放下！

"敢动我就杀了她，杀了你该死的妻子，你们的先知。"

"我可以开枪，"杰德吼道，"我已经瞄准她了。"

"别开枪！"伊森冲他喊道，"杰德，你敢！把枪放下。"

"最好把枪给加比。"米莉安愤然说道。

然而，杰德是头犟驴，他对米莉安的要求置若罔闻。

要把枪给加比对吗？那好，他举起枪，对准了加比的后脑勺——

不，不，天啊，我都干了些什么呀，不——

但伊森同时也举起了他的手枪，对准了杰德。

"你敢打死她，"伊森对他手下的这个大兵说，"我就打死你。"

"别拦着我，伊森，"杰德说，他并没有生气，反倒用一种恳求的语气，仿佛在刻意强调他能把这件事摆平。加比害怕得哭起来，她强忍着呜咽，脸才没有缩成一团。她努力把恐惧和不安压抑在心里，但这很难。她那样子，似乎分分钟就会自爆成千万个碎片。米莉安同样恐惧，但她不会让那样的结果发生。

"杰德，该死的——"

米莉安大吼一声，"都他妈闭嘴！我数到5。杰德，把枪给加比。伊森，我要你的手枪。如果数到5你们没有照做，我就割烂凯伦的喉咙。"

处在后面的戴维双手一拍，说："她没有撒谎。"

米莉安："1——"

杰德："伊森，让我干掉这个臭婊子。"

伊森拉开了手枪上的击锤，"她死，你也得死。"

米莉安："2——"

伊森："凯伦，亲爱的，别害怕，不会有事的。"

杰德愤愤不平地大声咆哮，但他手里的步枪始终指着加比，并得寸进尺地将枪口抵住加比的脑袋。她已经处在崩溃的边缘——她的牙齿紧张得咯咯直响，从齿缝间冒出一些谁都听不懂的呓语。

米莉安："3——"握住刀柄的手攥得更紧了。凯伦低声呻吟。

杰德气急败坏，嗷嗷大叫。

他一怒之下将步枪扔在了桌子上。

伊森松了口气。

但米莉安的时钟却依然在走着："4。"

"嘿，好吧，好吧。"伊森也放下了他的手枪，并把它推向米莉安。她伸手越过凯伦的胳膊和轮椅的轮子，抓起手枪，枪口对着伊森，牛排刀则随手扔到了一旁。凯伦含混不清地又喊又叫，她的脑袋在脖子上滴溜乱转，活像一只着了火的长尾小鹦鹉。

"加比，把枪拿起来，对着那个猛男。"

加比照做了。她喘息不定地转身时，枪在她手中哆嗦得厉害。

杰德看在眼中，猜准这姑娘不敢开枪。他决定放手一搏，于是调动起全身的肌肉，为即将到来的爆发做准备。加比显然没有看出他的心思，也没有料到他有这个勇气，因此当他大吼着扑上来、一把抓住枪管移开枪口并冲她挥出一拳时，她彻底蒙了。

"乓！"

杰德的脑袋开了花，鲜血、脑浆和碎骨像风中的花瓣消失在黑暗中。

手枪的后坐力震得米莉安胳膊发麻。

杰德轰然倒地，加比吓得尖叫起来。伊森刚准备动作，米莉安的枪口却已经掉转回来，重新瞄准了他。"我说过我的速度比响尾蛇还要快。"她品尝到一种奇怪的满足感，就像心房之中忽然开满黑色的花。她想，三周之后，法院大楼依然会遭到袭击，但至少这个浑蛋不会出现，他也没有机会朝老保安的脑袋上开那一枪了。

"米莉安，你犯了一个非常严重的错误，"伊森说，这时他已经怒不可遏，翕张的鼻孔就像看到斗牛士的公牛，"你会因此遭到报应的，就像手枪的后坐力。"

"我能搞定手枪，也能搞定你。钥匙呢？车上的钥匙，放在桌子上。"

"如果我拒绝呢？"

"那咱们今天就来个鱼死网破。你，你的妻子，还有那两个神经病——"她指了指奥菲利亚和戴维，"我可以给你个机会，让你继续你的伟大事业，但我和加比，我们就不奉陪了。所以，请你交出钥匙，马上。"

他举起双手，"可我没有钥匙。"

"撒谎。"戴维说，这笨蛋话一出口便立刻捂住了嘴巴。

"戴维——"伊森气得恨不得生吃了他。

米莉安扳下手枪上的击锤，"最后一次机会。"

伊森恨得咬牙切齿，他无可奈何地吼了一声，只好乖乖就范。他从口袋里掏出钥匙，"当啷"一声丢在桌上。

"算你识相。"米莉安说着伸手去拿。

可就在这时，凯伦忽然抬起头，小声对她说："死神看不到你，但我能。"

米莉安不屑地对她吼道："我甚至不需要看你是怎么死的，凯伦。猜都猜得出来，将来有一天，也许打个喷嚏你脑袋里的那颗弹头就会从原来的弹孔中飞出来。"她晃了晃手里的钥匙，"加比。"

加比依旧抱着枪，她惊魂未定地点了点头。

两人转身冲进了黑夜。

第四部分

死鸟难飞

插　曲

山雀

　　山雀是益鸟，公园管理员说。

　　米莉安笑得合不拢嘴，因为，拜托，讲英语的人怎么会抓不到笑点呢？管理员莫名其妙地盯着她，眼睛眨呀眨呀眨呀。当然，米莉安肯定会解释给她听，因为她喜欢给自己挖坑然后跳进去。她说："山雀在英语里怎么说？Titmouse，tit什么意思？乳头，乳房，咪咪，mouse是老鼠，把奶子和老鼠安到一起就变成了山雀，想想看，这恐怕是世界上最神奇的魔术了吧？那奶子应该长在老鼠的什么地方呢？肚子下面还是背上，或者脑袋上？怎么，你不觉得好笑吗？我说小姐，你连一点幽默细胞都没有吗？"

　　管理员是个女人，阴沉的脸色好似过期的牛奶，火红的头发一丝不苟地扎在脑后。她一本正经地说："你知道吗？科学家培养的基因工程小鼠可以长出人类的耳朵。"

　　米莉安直呼恶心，并埋怨管理员毁了一个有趣的笑话。管理员耸耸肩，继续像个老学究似的讲她的山雀：它们是益鸟，对人类特别亲近友善，它们甚至敢飞到你手掌上吃东西，有时候它们会和诸如北美山雀、灯草芯雀、扑动䴕、啄木鸟以及五子雀等鸟类群居。听到那些奇怪的鸟的名字，米莉安不禁又笑了起来，引得这位查特怒加市州立公园的管理员又是皱眉又是摇头，更直言不讳地说她要么到公园里转转，要么离开。

这场无聊的对话是米莉安引起的，她主动找到管理员说*我想观察观察鸟类，所以，在这个公园里应该观察哪种鸟呢？*

米莉安是不是脑子有病？没来由地观什么鸟？因为她觉得是时候练习练习了。

此刻她置身公园，被高大的橡树和温暖的九月的空气包围着。附近的乱石堆中，一条小溪潺潺流过。她已经徒步走了……多久？一个小时了吧？周围看不见一个人影。湛蓝的天空仿佛只属于她一个人。多美的日子，什么都别想破坏她的好兴致。现在，她只需找到一只鸟，然后……

真是天遂人愿，不远处有根树桩，和她差不多高，像根弯曲的手指戳在那里，树桩上就站着一只山雀。

又大又黑的眼睛，小小的脑袋戳在像水饺一样圆滚丰满的身体上。头顶像杀马特似的竖着一撮毛，让人猝不及防想到某些刚刚在哪家加油站的洗手间里胡搞过一通的妖艳贱货们的头发。

那小鸟春风得意般叫得正欢。

真是个又萌又蠢的小可爱。

米莉安对可爱之物是有免疫的，因为在她看来，可爱等同于陷阱，一个由大自然精心设计、诱使你对这些小东西产生怜爱之情、或至少不会心存伤害之意的陷阱。小脑袋，大眼睛，萌萌哒？这是骗人的诡计，一个聪明、巧妙而又不断进化的诡计。

但米莉安感觉自己被这个陷阱吸进去了。

她想模仿山雀的叫声吹口哨，她想把那毛茸茸的小家伙捧在手上。多神奇的东西呀，看上一眼心都要融化掉。如果可以，她一定会伸手抓住它，把它抱在怀里，使劲挤一挤，直到它像一颗葡萄从皮里蹦出来。

拥抱可爱的东西直到它们死去，她不得不承认这种欲望十分惊悚怪异。阴暗的角落就让它继续阴暗下去吧，一束光改变不了什么，还是干正事要紧。

"好了，咪咪鼠，"她捏得指关节啪啪直响，"咱们试一下。"

她深吸一口气，闭上了眼睛。

她听到了小鸟的啁啾。

它的小爪子踩在切割平整的木桩顶端。

她准备触碰它，用心，而不是手。她做到了。在她眼睛背后的黑暗中有个小东西。那是一个虚无的三维世界。她看到了一丝微光，一个生命在那里跳动，就像一颗玛氏巧克力豆大小的心脏。

可随后这种感觉忽然消失了。

她睁开眼睛，小山雀已经不知所踪。

这他妈……是怎么回事？

可就在这时，她再次听到了鸟鸣声，很近，就在不远处那块爬满五叶藤的石头上。它快活地蹦蹦跳跳，仿佛它在这个世界上没有任何的忧虑。它低头啄着什么，是种子，黑色的种子。"嘚，嘚，嘚。噗。"种子入了口。"嘟噜"，吞下肚。

米莉安觉得整个世界都温柔起来，像一种可怕的疾病。

她重新闭上眼。开始太难了，眼睑禁不住抽搐，好像她要拼命隔离一切的光。*放松，身体后仰，想想英格兰*。她像胡桃夹子一样紧绷的下巴松懈了下来，呼吸也渐趋平缓。吸，呼，啊……

好极。她又看到了那颗跳动的心脏。

她慢慢靠近，轻轻感觉着它的边缘，像小孩儿笨拙地剥橘子皮，找到入手的地方总是很难。一个缺口，虽然很小，但她欣喜若狂，用她精神的拇指伸进去，探索，探索——

一声刺耳的尖叫，高亢而婉转。

米莉安豁然睁开眼。小鸟依旧在石头上，但身体摇摇晃晃。她急忙冲过去，小鸟开始扑打翅膀，爪子蜷缩起来，紧紧贴在毛茸茸的白色胸脯上。它啾啾叫个不停，声音凄厉悲哀，连米莉安都能听出其中的恐慌。它在向同伴报警求援。不对劲。小东西的背部好像多出了一个关节。天啊，米莉安不由得捂住嘴巴——她弄断了它的背。

她是凶手，杀害一只小鸟的凶手。

"是我害了它。"她说。一句无声的话。而在她意识到自己在干什么之前，她已经伸手抓住了小山雀的脑袋，随后用力一拧。骨头折断的声音像捏破气泡包装膜上的气泡一样清脆。扼杀一个生命竟如此简单。

米莉安背靠石头，身体逐渐下滑，直至坐在草地上。她气急败坏地扯下爬在石头上的五叶藤，藤蔓挂在她的眉毛上，像戴了顶花环。她回想起杰克舅舅带她出去那次，她用他的气枪打死了一只知更鸟。干得漂亮，神枪手。那一枪打得可真准，小丫头。

她哭了，哭得稀里哗啦，仿佛死到临头一般。可恶的小鸟，愚蠢的小鸟。

34　死鸟埋骨地

巫师车停在两架旧飞机残破的机身中间——机翼早已无影无踪，只剩下两个有着密密麻麻凹痕和无数窗户的圆柱体，机身上像生了湿疹一样遍布铁锈。月亮又大又圆，悬在正中天，皎洁的月光射向大地，给原本可怖的夜晚平添了几分祥和与静谧。但愿，米莉安心想，它是今晚唯一盯着她们的东西。

逃出那个鬼地方——琼斯镇？末日风暴基地？管他呢——之后，她的脚便一直疯狂地踩着油门。她才不管车子会不会碾到坑或沟啊之类的导致爆胎。但旅馆职员这辆神奇的巫师车绝对不是盖的，在崎岖不平的道路上飞奔了那么久，居然没有出现一次故障。

她以为大门肯定关着，甚至做好了和门卫——黄胡子比尔或别的什么人——来场枪战的准备，可令她意外的是，大门敞开着，附近连个鬼影都看不见。她没有多想为什么，因为她一心只想逃出去。就好比身处着火的大楼，既然已经冲到门口了，又何必费工夫思考大火的来历和意义呢，此刻毫不犹豫地跳出火海才是最正确的选择。

她们开了差不多一个小时。首先沿着前往峡谷的那条土路，而后向北，再向东。每当看到前方或后方有汽车灯光，她就不自觉地绷紧浑身每一根神经，心想这下坏了，他们追上来了，他们找到我们了。然而对面的卡车疾驰而过，后面的车跟着跟着就拐了弯，于是黑暗的沙漠公路上就只剩下她和加比二人。

终于，她们看到什么东西了。一连串巨大的阴影和轮廓，就像一群行走的恐龙，或一片倒塌的建筑。米莉安很满意，她想就这里吧，她和加比总归有个藏身之处，于是她把车开下公路。很快她们就发现，车子驶进了一片旧飞机堆积场，里面有大飞机，小飞机，螺旋桨式的，喷气式的，都是过去几十年间用过的机型。还有几架直升机停在边缘，螺旋桨叶片有气无力地耷拉着，像死去的蜻蜓的翅膀。但这里没有一架军用飞机，全是民用的。

这会儿她已经下了车，但却不安地来回踱步，枪拿在手中。

巫师车的后门敞开着，加比坐在车尾，步枪平放在大腿上。她低头盯着它，犹如盯着一片占卜池。

米莉安一说起话来就没完没了。肾上腺素依旧在飙升，犹如一群黄蜂急着在她身体里做巢，她用边走边说的方式将它们烧掉。

"他们故意放我们走的，"她说，"不对劲，这其中大有问题。为什么？他们为什么放我们走？也许……也许他们在我们身上装了追踪器？我没有发现，可现在毕竟是晚上，就算有也看不见。操！奶奶的！不过也许他们终于发现咱们两个只会制造麻烦，所以像瘟神一样把咱们送走了？既然自己搞不定，那就干脆放我们出来祸害别人去。这不是没有道理啊，我们确实干掉了他的一个手下。"

加比说："是你干掉的，不是我……我没有杀人。"

米莉安忽然怒火中烧。要不是你像根木头一样傻站在那里不动，我怎么会开枪打死他？她很想这么怼回去，可最后还是忍住了，现在不是吵架的时候。

"也许我该把他们全都干掉，然后放一把火毁尸灭迹。人们肯定会以为是卡特尔干的。"

"那也太狠了。"

"没错，"米莉安停下脚步，冷冷说道，"是挺狠的。"深呼吸，集中精神，继续踱步。沙砾与矮树丛在她脚下嘎吱作响，黑暗中的某处传来丛林狼的嚎叫，"我看他们一定会试着找咱们。该死的，他们能找到格雷西，并让狙击手守株待兔。他们也是像我一样受了诅咒的人。他们会找到我们的，尽管我不知道他们用什么方式。他妈的！"

她气得大吼，并在一架报废的波音飞机上踢了一脚。那东西像铁皮鼓一样发出瓮声瓮气的回响，铁锈下雨一样纷纷落下，她脑袋摇得像个拨浪鼓，好把它们从头发上甩下去。

"怎么了？"加比问。

米莉安转过身，难以形容的狂躁。她意识到这是烟瘾发作的表现，只是这一波来势凶猛，她感觉自己好像要在颤抖中分离一样——手指离开手掌，胳膊离开肩膀，子宫像脱离了卡车排气筒的消声器从身体里弹出来。她也会像这些没有翅膀的破飞机一样彻底报废，只剩下一副没用的壳。我想抽烟，我需要烟，让戒烟见他娘的鬼去吧，我要烟。

"我想抽支烟，那能让我……看清事实，让我集中精神。我不能……唉，算了算了，我也不想这样，好吗？我才不在乎伊森想干什么，我也不想掺和。他的事跟我没有半毛钱关系。那不是我的人生。他想推翻美国政府，他想炸法院，他想要更大的权力——"

"等等，你说什么？炸法院？"

哦，对了对了，加比还不知情呢。

她只好给加比补补课。从玛丽的档案开始，不过她只看到了一个出生日期：1962年11月7日，法院大楼里的炸弹，枪手，以及枪手身上与末日风暴基地大门上悬挂的旗帜图案相同的文身。还有，玛丽·剪刀·史迪奇居然莫名其妙地出现在现场，而且她的最后一句话是"对不起"，她为什么要说对不起？为炸弹吗？或为别的？这句话她会不会是说给米莉安听的？通过灵视？这不是没有可能，阿什利就那么干过。

　　加比脸上的表情用震惊已经不足以形容。一下子听到这么多闻所未闻又错综复杂的事情，她的脑筋有点跟不上节奏。她愣在那儿，像台死机的电脑。

　　她经历的事情太多了。

　　阿什利·盖恩斯毁了她的脸。

　　如今米莉安又把这张脸摆到了她面前。

　　公路旅行，毒品贩子，还有米莉安许多丑恶情绪所引起的心灵上的飓风。而今，遭遇绑架，被拖到沙漠深处，被迫拿起枪，不得不看着一个男人在自己眼前脑浆迸裂。

　　还有现在这一大堆不着边际的疯话。

　　米莉安心想这下完了，加比估计要崩溃了。她怎么可能受得了这些？谁能在经受了这许多波折之后还能处之泰然？其实就连米莉安也并非像她表面上那样波澜不惊。

　　但加比却说："你错了。"

　　"什么？"

　　"这就是你的事，这就是你的人生。"

　　"胡说八道，我可没想要这样的人生。"

　　"但你却拥有这样的人生。这是……诅咒，也是天赋，但它是真实的。你有能力帮助人，那就要帮他们。法院大楼里的那些人？那个小男孩儿，艾赛亚？你有这个责任。"

　　"去死吧你，你懂什么叫责任？"

　　加比一愣，随后勃然大怒。她猛地推了一把米莉安，"你厉害什么？这一路上不都是我在照顾你吗？我对你负有责任。实话告诉你，你就是个大麻烦。你跟森林大火一样可怕，而我就是拿着水管防止你肆意蔓延荼毒世界的人。"

　　"放屁。我自己的事自己能搞定。你走吧，我一个人去找玛丽。没有你我照样能解除诅咒。你……你只管回家吧，加比。"

加比挥了挥双手，放声大笑，"哼，就因为我说了几句你不乐意听的话，你就想甩掉我？想得美呀，米莉安，你这个没良心的白眼狼。你休想把我打发掉，我理解你，我懂你——"

"别拔高自己了，没人理解我。"

"呵，你才在放屁吧，可怜的米莉安。没人理解你？你是神秘代码吗？你是未解之谜吗？如果没人理解你，那你做任何事都没关系啦，因为没人理解嘛，所以你做什么都是被允许的。多方便的借口。我明白，我理解你。不管你喜不喜欢，我他妈都理解你。而根据我对你的理解，你拥有常人没有的天赋，而你需要利用这个天赋去做该做的事，做我认识的那个米莉安。"

米莉安用手指戳了一下加比的胸口，"行，你想知道真正的米莉安是什么样的吗？我告诉你，我知道你将来会怎么死掉。"

"什……什么？"

她听到自己说出了最可怕的事情，她一直刻意回避的真相，可一吐为快的冲动难以遏制，那几个字争先恐后地冲出喉咙，任你怎么努力都咽不回去。

"你是自杀的。"

"不可能……我绝不会干那种事。"

"可惜你就是那么干了。也就是几年之后。你走进洗手间，抓了一大把药塞进嘴里。吞下之后你就死了。吞药自杀，这就是你结束生命的方式。"她的声音微微有些颤抖。

加比的震惊可想而知，她愣在当场一动不动，只剩眼睛一眨一眨的。她的双手握成拳头，而后又缓缓松开。也许她能忍住眼泪，但却无法掩饰脸部肌肉抽动那样的细微动作。

随后她大步走向米莉安，像个枪手一样俯视着她。

"这个问题我们改日再谈，"加比说，"今天我们有别的问题，你可以帮着解决的问题。你对他们负有责任，我对你负有责任，就这么简单。我们需要研究下一步该怎么办。我们。不是分开的你和我，是在一起的你和我。"

米莉安费劲地咽了口唾沫。

她像挨了一个耳光：

我以为加比需要我。

可到头来也许是我需要加比。

"我们的下一步应该是继续逃亡。开车离开这里，跑得远远的。"

"不行，我们不能坐视不管。"

米莉安的耳边响起一阵吱吱声，就像用手指摩擦气球的表面所发出的声音。她想象着，应该是红色的气球。加比没有看到，那说明这不是真的。她知道这不是真的。

然而气球不存在并不代表它所传达的意思也不存在。该死的。

"那个孩子，"米莉安说，"你说得没错，他处境危险。我不能——"

"我们不能。"

"我们不能坐视不管。我们首先要确保他的安全。"

"这就对了。"

米莉安叹口气，"是啊，这就对了。"

35　加油、吃饭、抛弃

巫师车静静趴在停车位上。副驾门咔嗒一声被人拉开，加比抱着一堆袋装食品爬上来，她左手上还拎着四罐怪物能量饮料。

米莉安一反常态地特别安静。

加比一定注意到了，因为系安全带的时候，带子拉到胸前她却停了下来，狐疑地斜眼望着米莉安。

"你刚刚准备丢下我自己溜的，是不是？"加比问。

米莉安尴尬地清了清嗓子，"不是准备，我已经溜了。我开出去大约一英里，越想越觉得不厚道，就又开了回来。"

"你这人没救了。"

"当然有救，"米莉安发动了车子，然后接着说，"顺便告诉你，怪物能量饮料喝起来就像瘾君子撒的尿。不过就这么着吧。"

打滑的轮胎啸叫着，车子冲出了停车场。

36 猎鹬

　　正午。赤日炎炎，地上像撒了凝固汽油，随时都有可能燃烧起来。四个捏扁了的怪物能量饮料罐在巫师车中间堆起了一个小小的"石冢"——那是对现代进取之神的献祭。喝过饮料米莉安只觉得头晕恶心。开车的时候，她的皮肤就像一直碰着通电的电线，酥酥麻麻的感觉一波接着一波。加比缩在副驾上，睡眼迷离地望着外面。

　　"我跟你说过，到后面躺一会儿去。"米莉安说。

　　"不，我要跟你保持一致，绝不放松。你绷着神经，我也绷着。"

　　"下一个地方是哪里？"米莉安问。

　　"嗯，呃。"加比探身拿起一张纸，那上面乱七八糟地写了些东西，"韦斯特盖特高地，哦，不对不对，我们刚去过那儿。特兰伯尔村。也就是说，哎，哎，在这儿拐弯。"

　　"向右向左？"

　　"右，不对不对，向左。"

　　米莉安猛打一下方向盘，车子尖叫着，仿佛要翻了一样。加比紧紧抓住头顶一侧的扶手，吓得脸都变了色。

　　毫无提防，特兰伯尔村突然就出现在眼前。他们经过一组存储装置：橘黄的颜色亮得耀眼，足可媲美猎人的背心，周围的栅栏有的弯曲变形，有的干脆脱落。前方有几栋出租的公寓楼和一些城市住房，窗户上焊着铁条。所有东西看上去都苍白荒凉，被吸血鬼一样的太阳压榨得干巴巴的。稍远一点的地方是一片小房子，方方正正，以实用为首要目的，像一堆用铁链围起来的巨型鞋盒子。所谓的草坪根本名不副实，草死得干干净净，取而代之的是遍地沙砾和泥土。有些人家修了游泳池，但即便从遥远的这里看也令人作呕：水是深绿色的，活像某个科研项目搞的大型试验。

　　人们漫无目的地乱转。老年人趴在板条百叶窗上向外窥视；游手好闲的年轻人坐在草坪椅上，椅子下面放着小小的棕色纸袋，短小的汗衫勉强遮住别在短裤或牛仔裤上的手枪。

　　她俩从街上经过时，人们纷纷驻足观望。

　　也许看的是车身上酷炫的巫师画。

　　"好和谐的街区。"加比感叹说。

　　米莉安耸耸肩，"在我看来美国大部分地方都这鸟样。"

　　加比只是发出一声喉音。"那个……"她说，米莉安一下子便听出来她有转移话题的意思，她就像经验丰富的老船长，可以预测风向的改变。"你说你要找那孩子的时候，我很惊讶。"加比说。

　　"我本来不想，但你说服了我。"

　　"你做得很对。"

　　米莉安叹口气，"老天爷，我知道，好吗？我明白，他是个孩子，没人照看。孩子最容易成为人们作恶的目标，最容易被狠心的父母忽视、虐待和伤害。为什么会有狠心的父母呢？因为这些父母曾经也有过狠心的父母，这是没有尽头的恶性循环。"

　　"将来你想要孩子吗？"

　　米莉安斜了她一眼，"什么？跟你吗？"

　　加比的脸抽搐了一下，她尽力掩饰，但无济于事，因为这个问题，或者说米莉安提问的语气，很伤她的自尊。

　　"将来有一天，"加比辩解说，"我是说……最终……总要和某个人生孩子吧。"

　　"我……"米莉安真心不想顺着这个话题聊下去，但是，"我怀过一次孕。"

　　"什么？哦。"

　　"嗯嗯，是高中时候，那时候的我有点压抑，有点叛逆。我遇到了一个喜欢的男孩子，叫本，我们偷喝了我妈妈的酒，然后像两只笨拙的小松鼠一样在树林里发生了关系。就那一次。唉，初尝禁果。谁知道那样居然能怀上孩子？估计学校不知道吧，妈妈可能也不知道，因为他们从来只会警告我们，别跟任何人上床！可十几岁的少男少女每天朝思暮想的事儿不就是和人上床吗？所以说他们的警告实在算不上合格的性教育。这就好比你一味警告人们不要出去，却不告诉他们出去之后究竟会发生什么。"

　　"在这里拐弯。"加比说。米莉安放慢车速，驶入一小片街区。更多鞋子盒，更多破栅栏，更多像核废料坑一样的游泳池，更多寸草不生的草坪。"那，后来怎么样了？"加比问。

　　"我妈妈让我把孩子生下来。我答应了，因为那个时候我还不知道能打胎这回事儿，谁让我生在一个宗教家庭里呢？尽管我不相信他们那一套，但我仍然不忍心让我那没成人的孩子下地狱啊，毕竟我心里还是敬畏某些神的，比如把流产的婴儿丢进永恒苦海的神。"

　　"你把孩子生下来了？"

　　"我……没有，呃，这事儿很复杂。"有什么复杂的呢？本饮弹自杀，他的妈妈气疯了，跑到你的学校，在厕所里找到了你，然后用一把红色的雪铲把你打了个半死，"孩子没了。"

　　"哦。"

"结果我就变成了现在的样子，"米莉安在裹着牛皮胶布的方向盘上把双手一摊，"我差点死掉，等我醒来时，就有了这种预知生死的能力。"

"上帝啊。"

"我觉得上帝跟这件事没关系。"

"对不起。"

米莉安耸耸肩，她很希望在讲这样一个故事时，嘴里能有支烟，"没什么对不起的。说不定这是好事呢，呃，至少从普遍意义上而言。想想看，我，养个孩子？即便回到那个时候也是一场噩梦啊。就算在我最好的时候，也不可能做一个称职的妈妈。"

"别这么说。"

"为什么不能这么说？人贵有自知之明。不是每个人都适合当妈妈或爸爸的，越多的浑蛋认识到这一点，这个世界就越美好。但出于某些原因，人类繁殖后代的生理冲动被赋予了令人深恶痛绝的社会性质。嘿，你怀孕了吗？打算什么时候要孩子啊？要吗？生一个？不生？你这人怎么回事啊？乃至形成了一种不生孩子就不配做人的社会风气。"

加比伸出一个拳头，"拉拉表示感同身受。"

米莉安也伸出拳头，准备和她碰一碰。

可是——

哟，什么鬼！

"快看！"她望着前方说。

"我都不知道该——呀！"

皮卡车。

她的皮卡车。

就安安静静地停在前面。

37 晚安，格雷西

踏破铁鞋无觅处，得来全不费工夫。

来这里之前，她们在凤凰城当地的一座图书馆稍作停留。她们——算了，蒙谁呢？是加比——专门做了些调查。一位热心的参考咨询员给了她不少帮助，用加比的话说，这位咨询员才是真正的巫师，他的神通可比她们车身上印的那位中看不中用的样子货强多了。

她们并没有用太长时间就从报纸上找到了一些线索：首先，那孩子叫艾赛亚，死过两回，如今活得好好的；其次，妈妈叫格雷西，亚利桑那站街女，或者以前是。有过被捕记录，数次是因为卖淫，还有几次是因为毒品。

是吸毒的事儿给了她们线索。

警方的拘捕记录簿帮了大忙：格雷西上次被抓是两年前，就在这里——新墨西哥州阿尔伯克基。当时她在她男朋友家里，她这个男朋友名叫赫尔墨斯·维拉，很可能是个皮条客，或者毒品贩子，他家的地址是特兰伯尔村，犹他街。

她们也就是在这儿发现米莉安的皮卡车。

米莉安没有立刻停车，而是缓缓从皮卡旁边滑过。

"你去哪儿啊？"加比不解地问，"那不是你的——"

"是，我知道。我想把车停到稍远一点的地方，以防万一。"

"哦，有道理。聪明。"

米莉安冲她挤了下眼，"不聪明点我早死一百次了。"

尽管她数次死里逃生。

她把车开到了一个破旧的游乐场上。那是个沙坑，大部分器材锈迹斑斑，但滑梯似乎最近才换了新的，在阳光下闪闪发亮，仿佛熔化了一般。

米莉安吻了下自己的手，按在仪表板上。

"这是什么意思？"加比好奇地问。

"该跟这车说拜拜了，"她迎着加比探询的目光回答说，"老娘要拿回我自己的车。"

随后她从储物箱里拿出手枪，两人开门下车。

猛然袭来的热浪让她们有些招架不住，感觉就像被车门夹到一样。全球变暖日益加剧，人类恐怕终究难逃被热死的命运，但是，米莉安庆幸地想，至少她这辈子是无福消受的（如果地球真到了热死人的地步，她在灵视中就应该能看到的。因此她可以肯定地说，这个星球至少在一百年内还不会变成热丸子）。

她们联袂走向目标房子。脚下是破烂的人行道，一条棕色的小蜥蜴见了鬼似的拼命逃窜，从这一簇枯死的灌木，逃进那一簇，这场景就像剧情颠倒过来的《哥斯拉》。

房子灰不溜丢的，庭院的颜色和它很配，只有乱石和泥土。车道上停着一辆破丰田车，后风挡玻璃烂了。车子一侧有辆儿童大脚车玩具，碎了，像是被车轮轧过。

"看起来这里好像住着小孩子。"加比说。

"看起来住在这里的小孩子光靠得各种肝炎就能学会26个字母。"

米莉安反驳说。她想到了HAV（甲肝）、HBV（乙肝）、HCV（丙肝）、HDV（丁肝）……以及1、2、3型。"随机应变吧，"她说，"你准备好了吗？"

加比点点头，但她并没有准备好，这一点就像天上的太阳那样显而易见。可已经到了这个节骨眼上，她也没办法了。米莉安走向房子的前门。

敲门，或者不敲门，这是个问题。

去他妈的。她试了试门把手。

门开了。

哈，好吧。

屋里，一股怪味儿直扑鼻孔。

哦，不，不，不。

变质的食物，但还有别的：死亡的气息。死亡不单指腐烂肉体的臭味。死亡是一切伴随死亡而来的东西：粪便、体液、一滴一滴或一团一团流失的生命。

加比捂住了鼻子，米莉安却径直走了进去。她在心里默默祈祷，老天爷，千万别是那个孩子。眼前闪过一个影子，空中飘着一个红色的气球。她停下来，闭上眼睛，而后又睁开。气球消失了。不，它根本就不存在。

公寓前厅里的地毯残破不堪，她俩向左一转，走进了像猪窝一样又脏又乱的客厅。崭新的平板电视摆在靠墙的咖啡桌上。对面是一张沙发，破旧得活似风烛残年的老头儿，仿佛随时都可能分解成无数尘螨和飘浮的纤维。坐垫上有个小孩子用的餐盘，上面印着迪士尼卡通人物，但已经褪色；餐盘里没有食物，只有一些药片、一个针头、一个小背包、一个戒指造型糖。活脱脱一幅毒品文化的静物写生。

从客厅有三条道可以出去，一个是她们刚刚进来那一条，另一条很短，看似走廊，通向哪里？大概是卧室；而与走廊相邻有扇小门，此时开着一条缝。

米莉安屏住呼吸，蹑手蹑脚地走过去，用鞋尖轻轻推了一下——

房间里坐着格雷西·贝克。

她的T恤上沾满了呕吐物，嘴巴张开着，眼白呈黄褐色，嘴唇苍白。米莉安走进来时，几只苍蝇仓皇逃离，嘴里嗡嗡叫着，仿佛在咒骂不速之客搅扰了它们享用饕餮大餐。

格雷西低垂的胳膊上还插着一个针管，晃晃悠悠的。她皮肤上的血色似乎正渐渐褪去，越来越呈现出一种可怕的死灰色。

"嘿。"她们身后忽然传来一个声音。加比尖叫一声，但迅速用手捂住了嘴，米莉安急忙转身，并本能地去掏手枪。

一个高高瘦瘦但肩膀很宽的男子从走廊里走进来。他白色的紧身T恤下露出一根根肋骨的轮廓，手里拿着一根筷子，正若无其事地剔着牙。他从两人身边径直走过，像一堆柴火棍子轰然倒在客厅的沙发里。

男子盯着电视——或电视后面——伸手从坐垫下摸出了遥控器。电视在继续，他开始说话，但眼睛好似望着千里之外，"知道，知道，你们要，呃，要什么来着？你们是来取货的吧？我有货，什么货都有。大麻、K粉、摇头丸。不过，锡那罗亚州的新品还没到，但你们应该了解的，是吧，除非你们是来打工的。"

首先开口的是加比，"你家洗手间里死了一个女人。"

"嗯……哦，那太可惜了，实在可惜，不过没关系，我们会想办法的，总不会让她一直待在那儿。"赫尔墨斯眨了眨眼睛，他的瞳孔像弹珠一样大，"说吧，你们要什么？嗯？"

"我们要那孩子。"米莉安说。

"啊？什么孩子？"但他随即摇摇头说，"哦，你们想要格雷西的孩子，艾赛亚，那个巫毒男孩。他就在后面的卧室里，往里第二个门。你们尽管带走吧。州政府又不给我钱，一大堆手续烦得要命。"米莉安估计这家伙应该就是赫尔墨斯，他有气无力地抬起一只手，朝房子后头

胡乱指了一下。

然后他俯身拿起那颗戒指造型糖，扔进嘴里。

他用力吮吸着糖果，嘴里发出啧啧之声，眼睛跟瞎了似的不知望着哪里。

米莉安向加比使了个眼色，低声说："走。"加比会意，轻轻点头。二人随即溜进走廊，悄悄来到第二个门前。尽管天气干燥异常，米莉安的手心却湿漉漉的。她害怕看到那孩子已经死掉的画面，心里不免有些七上八下。

他就在后面的卧室里，赫尔墨斯的话。

待在陌生男人卧室里的幼童，这是她最不愿意想象的事。

可事到临头，她还有什么别的选择呢？她硬着头皮打开了门。

屋里空无一人，只有一张凌乱的床，地上撒满各种零食。一个盛过麦片粥的碗里长了一簇像大脑一样的霉菌。到处都是脏衣服，臭烘烘的气味能熏倒一头驴。

这时，房间里传来一声响动，那动静来自壁橱。

她急忙走过去，一把拉开推拉门。

艾赛亚。穿着超人T恤的那个男孩坐在一堆摇摇欲坠的抽屉旁。"他说要是我敢离开这里，他就开枪打死我。"男孩儿说。他身上一股尿臊味儿，湿淋淋的裤子说明了一切。

"跟我走吧。"米莉安说着伸出一只手。

可男孩儿不敢接她的手，"我认识你，我见过你，你是开皮卡车的那个女人。"

"没错，没错，"她想微笑，可有点力不从心，"我就是她。"

"我妈妈在哪儿？"

"她死了。"这三个字就像三把锤子从她嘴里飞出来——"咣，咣，咣"——可现在收回已经来不及了。

男孩儿惊讶地眨了几下眼睛。他的眼睛已经湿润，但却一直忍着，没有让眼泪掉下来。

"好吧。"他说，然后把手递给了米莉安，但她拽住他的胳膊，把他拖了起来。

走廊另一头，加比压低了声音在喊她的名字，"米莉安，米莉安。"声音听起来有点急切。该死的，又怎么了？米莉安领着男孩来到卧室门口，但嘱咐他先在那里等着，直到她回来接他。

加比指着客厅的方向，起初米莉安并没有发现什么异常。

"有人来了，外面停了一辆车。"加比说。果然，当米莉安的视线越过客厅的窗户时，她看到了一辆黑色的SUV，车身脏兮兮的，遍布锈红色的尘土。

两男一女从车里下来。其中一个男的她之前见过，就在末日风暴的基地。他们手里都没有拿枪，但米莉安从他们鼓鼓的衣服推断，三人都带着武器。

难道他们也是循着米莉安和加比发现的那条线索找过来的？或者他们是为了别的事？难道凯伦·基又预见到了新的东西？天啊，她简直快要疯掉了。没时间担心这些了。

但眼下最要紧的是离开这栋房子，带走那个男孩儿。

动动脑子，动动脑子。

"赫尔墨斯？"米莉安试探着问，但愿这就是他的名字。

那家伙眨了眨眼，终于扭头朝她看过来，"干什么？"

"你有没有枪？"

"有啊，他妈的，放在哪儿了呢？"

她不愿冒这个险，但又别无他法。她把自己的手枪掉转枪口，递给了他，并非常严肃地告诉他说："外面来了几个人，他们要抢走你的货，就他妈现在。"

他松弛的下巴瞬间收起，肩膀也抖擞起来。

"你得保卫你的家。"她怂恿说。

"他妈的，那是当然。"他舔了舔嘴唇，站起身来。

米莉安抓住加比的胳膊肘，拉着她向房子后面走去。她找到重新躲进壁橱的艾赛亚，帮他出来，他们的手碰在了一起——

被泥土挤压的感觉分外强烈，她的整个身体仿佛都在收缩，呼吸越来越困难，嘴巴里、耳朵里全进了土，直到最后，她能尝到的只剩下肮脏的味道，能听到的也只剩下泥土冷却的声音和她自己越来越急促的心跳，所有东西都变成刺耳的噪声、难以承受的压力和令人窒息的死亡——

见鬼，这不是该有的灵视画面。这男孩儿不简单，正如伊森所说，他身上有着特殊的超能力。她不知道这能力是什么，但不管怎样，它是真的。

没时间想这些了。

三人匆匆冲向最后一个房门，那是另一间卧室，赫尔墨斯的卧室，比其他房间更脏、更乱、更臭。遍地的衣服让人无处下脚，两个大麻烟斗格外引人注目，水烟筒里的水流到了外面，散发出难闻的臭气。更恶心的是，到处丢弃着用过的和没用过的安全套，好像主人骄傲地把它们当成了装饰品。

后墙上有扇窗户，焊着铁条，但是有合页，可以从里面打开。米莉安一手打开窗户，一手帮着加比去开铁条上的锁。

房子前面似乎热闹了起来，有人一脚踹开了门。

接着是杂乱的喊叫。

随后便传来枪声。

"快走，快走，快走！"米莉安催促说，加比身子一缩钻了出去。米莉安把艾赛亚扶上窗口，在加比的接应下钻了出去，然后是米莉安。

他们一落地便拔腿狂奔起来。

然而尽管火烧眉毛，有一个念头——荒唐而又令人失望的念头——却像弹弓射出的石头一样击中了米莉安：我的皮卡车呀！

38　天使和魔鬼

男孩在汽车旅馆的床上睡得正香。这家旅馆简直是老鼠和蟑螂的王国，但也是为数不多愿意让他们用现金来付账的。

米莉安站在床前，注视着怀抱枕头缩成一团的艾赛亚。

她想象他把枕头当成自己的妈妈。当然，也许这只是她一厢情愿的瞎猜。他看起来似乎是个坚强的小家伙，或者说，他与格雷西·贝克这个所谓的妈妈并没有太深的感情。也许她也想做一个称职的妈妈，但生活却不会以每个人的个人意志而转移。米莉安深知这一点，因为她见过，经历过，并以此为生。

加比来到她身后，抚摸着她的肩膀。室外，印第安帐篷形状的旅馆标志闪烁着明亮的红橙相间的霓虹，给房间里撒下一层奇异的、地狱般令人毛骨悚然的色彩。

"我不知道接下来该拿他怎么办了。"米莉安说。

"你是说艾赛亚？"

"嗯哼。"

"有什么难办的呢？"

"说得容易，"她皱着眉头说，"他得吃东西吧？得穿衣服吧？他们平时洗澡吗？应该洗吧？"她闻了闻空气中的味道，"他身上有股水烟筒和尿臊味儿，他得洗个澡。"顿了顿，她又接着骂了一句"他妈的"。

"没事的。"

米莉安转过身，低声吼道："不，怎么可能没事？我可不会带孩子。这不是我的包袱，我对小孩子一无所知，对大人也猜不透。"我连自己都捉摸不透，"照顾他不是我的责任。"

"那你觉得该是谁的责任呢？"

"我不知道。老天的责任吧。"

"老天已经为他降过一次奇迹了，"加比双手叉腰说，"但也是老天让他羊入虎口，不得不面对伊森和他的同伴们的追踪。老天经常给人使绊子。"

"那你有什么意见没有？"

"我不打算提任何意见，我只想说，当务之急是我们要确保他的生命安全。天亮之后，我们得为他想一个合适的落脚点。"

米莉安若有所思地点点头，这时她耳畔传来一个声音，不是她的，而是属于几十个人，他们是路易斯、杰克舅舅、本、麦罗拉，甚至她自己的妈妈——*难道你不好奇这孩子能做什么？他拥有和你相似的能力，而你对自己的能力也说不出个所以然来。你相信全世界会好好对他吗？你觉得他能应付整个世界吗？*

"我需要睡觉。"米莉安说。

"好主意，你可以和艾赛亚睡同一张床。"

"不，"米莉安说，她意识到自己的口气有些冰冷，随即又说，"你睡床吧，我睡地板。明天一早我们就得确定下一步的计划。"

魔术师

一只小狼坐在石头上。它已经死了，只是仍旧保持着坐姿。它的一只眼睛里流着黏液，像煮过头的鸡蛋；身上的皮毛掉了一块又一块。肋骨凸显出来，灰色的舌头微微晃动。

米莉安坐在小狼对面，她身下也是块石头。

而他们周围，是夜间的沙漠。

一只鸟在某处发出一声尖叫，继而从月亮前飞越过去。它身躯庞大，遮住了月光和星星，就像一只手挡住了投影仪的光束。天空中某处，闷雷滚滚，犹如山崩地裂。

"这是做梦。"她说。

"你经常这样，"小狼说，它嗓音粗哑，像个感冒的老人，胸口里似乎有口痰在上下涌动，"总想确定自己看到的是真实的还是在做梦。"

"鉴于我的情况，这么做是明智的。"

她的膝头放着一包美国精神牌香烟。她的手仿佛忽然有了自己的意志，竟然不受大脑控制地向烟盒移去，拇指轻轻拨弄着盒盖。

"万一你错了呢？"那畜生问。

"我不懂你在说什么。"

"嘿，别装了，你当然知道我在说什么。我是说假如你以为自己醒着的时候其实是在做梦，而你以为自己在做梦的时候，实际上却是真实的生活呢？"

她假装震惊地用手虚捂住嘴巴，"假如我眼中的蓝色在你眼中却是红色！假如这只是一套逼真的电脑模拟程序！假如我们所处的空间只是某个残疾儿童的雪景球！"

她翻了个白眼，"少跟我来哲学那一套唬人的玩意儿。你有话直说，有屁快放。"

小狼脑袋前伸，湿答答、脏兮兮的鼻口距离她的鼻子只有几英寸。她闻到一股恶臭，就像死在高速公路上的动物尸体腐烂后散发出的气味，"不如这样想，假如这一切关于真实与梦境的纠结，都只是人在临死之前所产生的幻觉呢？"

"正如我妈妈所说，是什么就是什么。"

"也许你马上就要死了。也许你仍是一个小姑娘，躺在你高中时期的厕所里，下身流着血，身旁有一把红色的雪铲。你身体里面的微光摇曳着，渐渐熄灭，犹如一颗星星突然不再闪亮。而你现在经历的这一切都只是你临死之前做的一个梦。"

她口干舌燥，手也开始颤抖。这样的恐惧是她未曾想到的。*我真的怕死吗？*她假装不屑地扬起下巴。"去你妈的！"她说着，用拇指拨开了烟盒盖。

无数蜘蛛像喷泉一样突然从烟盒里涌出来。黑色的蜘蛛，令人毛骨悚然的大长腿。一群小蜘蛛爬上了她的手背——

她尖叫着跳起来，拼命将它们抖落下去。

蜘蛛不见了，烟盒也不见了。

小狼依旧完好的那只眼睛慵懒地眨了眨。

"或者，"小狼说，"当你身体里面的那颗星星陨落时，有别的东西填补了真空——一个目的，尽管它不会发光，但却使你不再空虚。它是一种力量，一种你自始至终都不知道珍惜和感激的力量，而你直到最近才开始完整地审视它。你有改变事物的能力，米莉安。你代表着混乱，因为你，秩序才不会使人的思想变得僵化。你充满生机，你用自由意志击碎命运的镜子。这是怎样的一面镜子呢？它只让我们看到了生命的样子，却掩盖了生命的潜力。所以，你为什么要抗拒？为什么要逃避呢？"

头顶上空，那个生着翅膀的庞然大物再次俯冲——巨大的阴影遮住了月亮。夜晚忽然变得冷气逼人，一阵凉意沿着脊背嗖嗖冲向大脑。

"我逃避是因为我力不从心，"她说，"因为我希望能抓住这次机会解脱自己，而不是为了——"

"不是为了拯救那个男孩艾赛亚，或路易斯、加比？你拯救了很多人。"

"我伤害了很多人。"

小狼给了某个逼近的东西一个拥抱——当然，是在犬科动物允许的动作范围内，"如果你这么说，那请你继续。拯救你自己。找到黑暗中那扇伟大的门。去吧，找到玛丽剪刀，化解你的诅咒。你逃避，因为你是个胆小鬼。你不敢正视自己的天赋，难道真的是因为你想做个普通人？经历了这么多事，你还能甘于平庸吗？鬼才相信。你永远都做不了普通人。但是没关系，你尽管可以放弃这一切，遁世隐居，做个隐士，但你永远都无法知道自己能做什么，自己的潜力有多大。你现在发现的只是你能力的一小部分，冰山一角都不及。这样的天赋让你拥有简直是明珠暗投，暴殄天物。"

"吃屎吧你，你只是一头狼啊。"

天上的鸟在尖叫。

小狼在笑。

　　黑色的轮廓从高空向她扑来，转眼已到头顶。它吞没了星星和月亮，而锋利的爪子抓住了她的肩和背，随即像叉子插爆一颗葡萄那样，刺穿了她的脑袋……

39 抽线

粗重的鼻息。怎么回事？

米莉安惊醒，从地板上一坐而起，忽然莫名恐慌。

他们不见了。加比不见了，男孩儿不见了。这不是梦。房间里一个人也没有。床上凌乱不堪，洗手间的门开着，灯关着，阳光从窗帘间的缝隙射进来，像火苗穿过裂开的石头。她忽然有种荒唐的想法：那只黑色的大鸟把他们抓走了！

这时房门外传来一阵窸窸窣窣的响动，门锁开启。米莉安翻身到床下寻找手枪，他妈的！她忽然想起自己把手枪给了毒品贩子赫尔墨斯——那蠢货吸毒吸得颠三倒四，可怜的格雷西死在他家里，他却若无其事。

米莉安只能靠自己的双手了。

这是我的利爪！

门开了，加比走进来，一手拉着艾赛亚。他浑身上下干干净净，加比也是。看来米莉安昏睡的时候他们洗了个澡。

他们提着一个印有康诺克石油公司标志的袋子——白色的纸袋，里面应该装着油腻的东西。她闻到了诱人的香味。

他们一边进门一边聊着天。男孩儿说："我觉得你脸上的伤疤让你变得更好看了。妈妈有一次撞碎了镜子，从那以后我就觉得她变得更酷了。"

加比似乎想哭，但却露出一个甜甜的笑。她摸了摸男孩儿板寸的头发，男孩儿把脑袋歪到一边躲开了——一个羞怯的举动，而非戒备。

"我去洗下手。"从米莉安身旁经过时，男孩儿说了声，"嘿。"

"嘿。"米莉安回应道，并冲他点了点头。

男孩儿进了洗手间，里面随即传来哗哗的流水声。

"什么情况？"米莉安问。

加比奇怪地看了她一眼，"什么什么情况？"

"他……我也说不清。"她确实不知如何表达。她不习惯和小孩子打交道，那让她浑身不自在。他们看起来总是那么脆弱，就像一堆茶杯摆在屋里，你很清楚不管多么小心都会撞翻某一个，"他看上去还不错。"

"我可不那么认为，不过他会好起来的。我觉得他正在自我调整，要么就是假装没事。我也不知道，"她冲米莉安晃了晃袋子，"早餐三明治、辣香肠和鸡蛋。"

"我操，真是雪中送炭啊。"

"说话注意点。"加比说。

"注意什么？"

"别带脏字呀。"加比压低声音说。

米莉安眨了眨眼，"为什么？"

加比的声音几乎变成了耳语，"废话，当然是因为艾赛亚啊。"

"我觉得一两个脏字对他来说不算什么，"米莉安凑近加比说，免得被艾赛亚听到，"你别忘了他刚刚死去的妈妈是什么身份，那可是个又吸又卖的主儿。他不一定有超能力，但那些疯子却把他奉若神明百般照顾，那些人自称爱国者，但保不准是叛国者呢。我看他们两者都是，总之不是什么好鸟；而今他落在了我们手里，我们是什么？两个行为怪癖的女人，还是偷车贼。所以我觉得我说话带个把脏字对他不会有什么影响。"身后传来脚步声，真是背后不能说人，那孩子坐在床沿上，米莉安扭头问他："你介意我说脏话吗？"

他无所谓地耸耸肩。

"你耸耸肩是什么意思？默认吗？还是因为你害怕我所以不敢说，但你心里还是介意的？"她问。

"你确实让人害怕，"他小声说，"但我真的不在乎你说脏话。"

米莉安把他上下打量了一番。他换掉了那套超人衣服，现在穿着一件绿色的T恤，中间有个类似指环的符号。她忽然想起自己看过的漫画书，因此问道："《绿灯侠》？"

"对。"

"酷。"

"《绿灯侠》中我最喜欢约翰·斯图尔特。"

她弹了下舌，"我只记得一个叫巴里·艾伦的？"

"那是闪电侠。"

"哦，我去，好久不看了。"

"也许你知道哈尔·乔丹？"

她打了个响指，"没错，就是他。你几岁了？"

"八岁。"

"八岁，嗯，很好，酷。"对话忽然陷入了僵局，"和你聊天很愉快，小朋友。"她拍了拍艾赛亚的肩膀，随后起身从加比手中接过吃的，"听见了吧？他八岁了，转眼就是十八，基本上就相当于大学生的年纪。咱们吃饭吧。"

"我们已经吃过了。"

"哦，这样啊，那我去吃啦。"她来到房间里那张摇摇晃晃的破桌前坐下，开始拆三明治。包装纸拆开的那一刻，腾腾热气伴随着一股又香又酸的味道扑鼻而来。她身后，男孩儿拿起遥控器，打开了四四方方的老式电视机。他在各台之间浏览了一遍，最后选了一个播放儿童节目的频道，熟悉而夸张的卡通音效顿时充满了整个房间。

"我给你带了件礼物。"

米莉安咬了一口三明治，热乎乎的，烫着了舌头，但她不在乎。含着满口的食物，她说："什么礼物？酒吗？猴子助手？绿灯侠的戒指？"

加比微微一笑，但笑容有点僵，"这恐怕又是好消息、坏消息那种情况了。"

米莉安皱了皱眉，咽下食物，说："我不喜欢那一套，我比较喜欢好消息和更好的消息。"

"要不然先说坏消息？"

"我的整个人生就是个坏消息，不过好吧。"

"我们没钱了。"

米莉安眨了眨眼，"不可能吧？我们不是有一大笔钱吗？好几百呢，袋子里装着。"

"没了。"

"怎么没了？"

"那辆巫师车还记得不？"

"当然记得，那是辆好车，也是现在唯一能让我满意的东西了。"

"以后它就不再是巫师车了。"

"什么？你把它最美的东西给毁了？完了，这世界完了，没希望了，只剩下黑暗了。"米莉安叹着气说，"我猜猜看，你重新喷漆了是不是？"

"是，而且为了赶工还多加了点钱。"

"也许这是明智的做法，你很聪明，但我还是恨你毁了我的车子。所以坏消息是没钱了，那你所谓的好消息就应该是给巫师车重新喷了漆对吧？唉，多好的巫师，可惜了。不过我想我能挺得住。"

"我还偷了个车牌，是从另一辆厢型车上偷的，没有摄像头，我查看过。"

米莉安满意地点点头，"我喜欢这个版本的你，像个调皮的小毛贼。"

"我就知道你会高兴的，但好消息还没说完呢。"

米莉安眉毛上扬，"是吗？"

"实际上，坏消息也没说完。"

"我去！能不能别大喘气？你遛我玩儿吗？"

加比把手伸进衣兜，"我账户上的钱也花光了，我的借记卡，现金也光了。"

"都是今天上午花的？花哪儿了？买早餐？加油？坐游轮出海？买了镶钻的卫生棉？"

"花到这个上了。"她递给米莉安一张纸。

纸上是图森市的一个地址，米莉安看了看，蹙着眉问："这是什么？我知道是地址，谁的地址？教皇吗？"

"是她的地址，"加比说，"玛丽的。"

她眨眼睛，一下，两下。

"什么？你怎么搞到的？"米莉安问。

"有专门的网站可以查个人资料，只不过得花钱。既然玛丽·史迪奇仍在缓刑期间，那她的资料就应该在系统中，所以，利用你说的那个出生日期，我就查到她了。"

米莉安双手拿着地址，出生日期无疑是把钥匙。一条简单的数据便打开了这扇令她束手无策的门。

"我还没说完。"加比说。

米莉安挥了挥手中的地址，"有这个就足够了。你别再说了，加比，真的，你快把我搞疯了。到底还有什么？"

"你大概知道接下来会怎样。"

"对，"米莉安笑着说，"我们去找玛丽——"

"不，是你去找玛丽。"

"我？那你呢？我们是一体的呀，是你让我相信我们是个团队的。"

"我要走了。"

加比的话犹如晴天霹雳，米莉安惊讶得几乎喘不过气。"不，不，不，我需要你。我们已经决定了的，是你说服了我。"忽然之间，她明白了，"是因为他，对吗？那孩子。"

"他不能留在这里。"

"我知道，咱们可以把他送到某个警察局——"

"我告诉过你，我们的社会制度会把他生吞活剥掉，尤其这里。我在网上查了，亚利桑那州的收养体系在全国都是最差的。他们让小孩子睡在政府机关的走廊里。因为没有足够的寄养家庭，很多孩子最终不得不流落街头，这他妈都是不健全的制度造成的。"

"那就暂时让他跟着我们——"

"你会给他带来危险的。"

"我？"

加比看了她一眼，仿佛在说：对啊，装什么无辜，除了你还能有谁呢？

"我有个姐姐，"加比说，"她在弗吉尼亚州生活。我们平时联系很少，但她以前帮过我很多。我已经给她打过电话，她给我汇了车票钱，所以我们今晚就动身离开这儿。"

米莉安颓然向后靠去，她就像个被掏空了填充物的洋娃娃，失去了所有人的特征，只剩下一副破烂的躯壳。她垂头丧气地盯着地毯。

她想发火，想发泄，想抓住加比使劲摇晃，想咬她，冲她大叫，把她摔倒在地板上，和她做爱，直到她们精疲力竭，但她只是用力挤了挤眼睛，及时止住将要溢出的泪水，装作无所谓的样子。她不生气，不难过，这一切再正常不过。

"你会后悔的。"她只说了这一句话。

"你知道我不会的，"加比回答，并吻了吻她的额头，"我得去收拾一下了。希望你能开车送我们去车站。"

40 触发器

米莉安站在汽车旅馆的房间外面。没有烟，但她渴望抽烟。烟民都有各自的烟瘾触发器，她深有体会。人们常说，改掉一种坏毛病其实很简单，换一种风景，养成一种新的习惯，进入不同的环境——所以当年那些在越南吸上海洛因的大兵一回国就成功戒掉了毒瘾，而其他瘾君子却很难做到。

瘾，像许多事情一样，环境的作用很重要。

对米莉安而言，整个世界为她提供了环境。这是一个庞大的触发器，而她的手指就放在触发器的旁边，随时可能按下。狂风从高速公路上吹走尘土，车流的声音，废气的味道。该死的，只要来到外面。走路，站着不动，哪怕只是简单的存在，这些事都能勾起她的烟瘾。

但是，她抵御住了香烟的诱惑。

她的整个身体向内紧收，像握紧的拳头，像谁都解不开的绳结。

旅馆房间的门在身后打开，出来的是那个孩子，艾赛亚。加比还在里面，大约在洗澡，或者收拾行李。

"你在干什么？"艾赛亚问。

"在忍着不吸烟。"

"哦，"他走近了一点，"我妈妈偶尔也吸烟。"

"不只吸烟吧，嗯？"

"是。"

她的手指滑到嘴巴上。她几乎能尝到烟纸的味道，感觉到烟头上的热度。烟，那是她的肺朝思暮想的尤物。她的手指像把小剪刀，咔嚓，咔嚓，咔嚓，"呃，你以前坐过公共汽车吗？"

"没有。"

"那我可得告诉你，坐公共汽车特别爽。公共汽车简直就是轮子上的收容所。你想象一下，一根偌大的金属管，下面长了几个橡胶轮儿，沿着滚烫滚烫的柏油路呼哧呼哧往前跑，里面装的都是什么鸟啊，傻子和变态。就去年，在迈阿密，有个吃了浴盐的流浪汉，知道什么是浴盐吗？就是僵尸药，他把另一个人的脸给吃了——我看过新闻。"

"你是真不知道怎么跟小孩子聊天，对吧？"

"有点，不好意思。曾经我以为自己知道，或至少还有那么一点悟性。"但那一点点可怜的悟性现在也丧失殆尽，"坐公共汽车其实也挺舒服的，车上也有好人。比如老爷爷老奶奶，回家探亲的兵哥哥，第一次出来看世界的大学生。总之很棒，别担心，小超人。"

"是绿灯侠。"

"哦，对，绿灯侠。"

"我想我妈妈了。"

"我也想我妈妈。"

"她也死了吗？"

米莉安眨眨眼说："差不多吧。"

"哦，对不起。"

男孩儿抬起胳膊抓住了她的手。她低头看了看，正准备甩开，像碰到火炉那样甩开，可她忽然又觉得这样拉着手也蛮舒服的，所以也就任由他拉着，好歹让这只手有个着落，总比夹着一支烟强。至少这一次和他牵手并没有给她带来活埋般的感觉。这孩子到底是什么人？他有什么异于常人的地方呢？

"哎，"她说，"我听说你也像我一样……有特别的本领？呃，天赋异禀……"她尽量说得通俗易懂，"就像超能力？"

他抬头望着她。大大的眼睛，一眨也不眨。"不是超能力。有超能力的都是好人，就像超人维护正义，绿灯侠保卫地球，"他低头看着自己的脚，"可是我……我就像个超级大坏蛋，我总是伤害别人。"

"怎么伤害别人呢？"

但男孩儿却沉默不语了。他的眼睛里放着光，拉着的手握得更紧了。

"小朋友，我也总是伤害别人。"她说。这跟她的灵视能力无关，米莉安伤害别人根本不需要超能力。

两人手拉手站了好一会儿，看着偶尔经过的汽车沿着尘土飞扬的公路驶向不知名的远方。

41 走吧，没良心的

灰狗汽车站，新墨西哥州，盖洛普。这儿离汽车旅馆不远，且靠近新墨西哥州与亚利桑那州的边界。从厢型车里下来，他们在浓浓的夜色中相互道别。米莉安叮嘱艾赛亚要保护好加比。他点头答应，并抱了抱她。她假装拥抱让她感到不自在，但心里却分外舒坦。

最后的诀别时刻。加比和米莉安相视而立。两人之间的距离仿佛突然间无限展开——尽管她们相距只有几英尺，但她们同时有种咫尺天涯的遥远感。

"你接下来有什么打算？"加比问。

"我要去找玛丽。不知道怎么回事，她和伊森的人居然扯上了关系，或至少和他的计划有关联。我得尽快找到她，免得她在法院袭击事件中被炸得粉身碎骨。"玛丽那莫名其妙的道歉再度回响于她的脑际。

"然后呢？你要去对付伊森那帮人吗？"

米莉安犹豫了。

加比继续说道："你必须得做点什么。他们要害死很多人，而且他们也不会放过艾赛亚。"

　　"我知道，我不会袖手旁观的。"但这也许是个谎言。米莉安能做什么呢？她忘了提醒加比，若要逆天改命，她需要拿另一个人的命去换，甚至不止一条性命。要阻止知更鸟，她得杀死一家人。那这一次呢？她需要杀死伊森？凯伦？或他们每个人？怎样的牺牲才能维持天平的平衡？炸弹袭击的幕后策划是谁呢？

　　倘若玛丽可以轻松让她失去这种能力，就像走过一扇门那样简单，然后呢？她会坦然接受这样的馈赠，而对即将发生的恐怖袭击置若罔闻吗？

　　就像玩了一场魔法8号球占卜游戏？

　　答案尚不可知，回头再作考虑。

　　"你明白我为什么要走吧？"加比说。

　　"嗯，明白。"又一个谎言。

　　"你看起来很生气，或者很受伤。"

　　"我没事。"米莉安勉强撑起笑脸，艰难得如同高举一面广告牌，"走吧，车在等着了。"

　　"你不会有事的，我们都不会。"加比说着探身过来，轻轻浅浅地吻了她一下，"我们还会再见面的。"

　　米莉安努力维持着笑容，点着头说："我知道我们会的。"

　　最后一个谎言。因为她也搞不清楚自己是否相信。

42 一往无前

夜晚。

米莉安开着她那没了巫师的厢型车。

她越过州界回到亚利桑那。前方的路比夜色还要黑暗，那是魔鬼的舌头，涂了焦油，光滑无比，且画着一条分叉的黄线。

没开多久，她便把车停在路边哭了起来。起初只是难过的呜咽，后来变成愤怒的号啕。她用力捶打方向盘，狠踢仪表板，因为用力过猛，仪表板上很快出现了一个坑，一道缝。而与此同时，她的胳膊肘一次又一次击打着座位的靠背。

她想念路易斯，想念加比，想念车身上的巫师。

操！操！操！操！

一只鸟从月亮前飞过，或许是只秃鹫。

雷声随之而来，听上去十分遥远。

"你哭什么呢？"

米莉安惊得倒抽了一口气。加比竟然坐在副驾驶座上，正对着她微微笑。她缓缓扭过头，鲜血在月光下闪闪发亮。鲜血从她脸上的裂缝中渗出来——像打碎的瓷花瓶上的裂缝。皮肤和头骨犹如浮动的拼图，合拢又分离。

"去你妈的！"米莉安大骂入侵者。

"不，去你妈的，竟然想摆脱我。"冒牌加比噘着嘴说。黑色的液体冒着泡泡从她嘴唇之间的缝隙汩汩而出，沿着下巴顺流而下。

"我受够了，我不想见到你。"

"被抛弃的滋味不好受，是不是？"

"滚开，我不需要你了。"

"走着瞧，说不定你还会需要我的。"

说最后这句话时，她只剩下一团红色的雾——像一缕深红色的蒸气在米莉安眼前蒸发。

沙漠深处传来野狼的嚎叫。

米莉安又坐了一会儿。她双手紧紧握着方向盘，直到手指因为缺血而变得麻木。振作起来，她鼓舞自己，你马上就能找到那个你苦苦找了一年的人。也许你终于能找到答案了。也许你终于能摆脱这一切。打起精神啊，浑蛋。该做个了结了。

她大喊一声，心中吹响了最后的冲锋号。

贱人就是矫情。自己既当演员又当观众，她想：我听不见你。

第二遍冲锋号，更嘹亮，更振聋发聩。很好。

她把车子开回到公路上，用力踩下油门。她看着不断下降的油表指针。油够用吗？她伸手到座位下面，摸到了一些零钱。一张卷起来的钞票。她继续搜寻了五分钟，最后点了点，总共大约两块五毛钱。天助我也，她看到前方有座加油站，于是停车加了两块钱的油，又买了一根瘦吉姆肉肠。重新上路，嘴里吃着香喷喷的肉肠，脚继续狠狠压着油门踏板。

打开广播，唯一能收听到的电台播放的是西班牙语脱口秀。米莉安听不懂。作为一个来自宾夕法尼亚州的白人女孩，中学时她必须选修一门外语，她有意学西班牙语，因为觉得这是一门实用的语言，但她的妈妈却奚落说：怎么，你立志将来要做个洗碗工吗？另外一个选择是法语，但那同样遭到了妈妈的白眼。所以，她最终学了德语。时至今日，那操蛋的20世纪70年代教科书上她唯一还记得的一句话是：*Hallo, ich möchte Ihre Wurst essen*!

你好，我想吃你的香肠。

多好的时代。

她不由得笑了笑，疯狂地大笑。

随后她关掉广播，大脚踩下油门。

一路向南，路越来越烂。补丁挨着补丁不说，裂缝还连着裂缝，看起来就像瘾君子的静脉——黑不拉几，仿佛皮肤下面藏着饥饿的虫子。地面更加崎岖，如残缺不全的牙齿，露出红红的牙龈。

月亮就挂在头顶，肥肥的、圆圆的，像个等着孵化的蜘蛛蛋。

她真的有点热血沸腾了。好像她真的接近了目标，前所未有地接近。一年了，她找了这个女人整整一年。许多年前，这个女人曾经帮助过休格的妈妈解除诅咒，给她指了一条走出迷宫的路。可玛丽·史迪奇就像百货商场自动售货机里的超级弹力球，蹦蹦跳跳，撞到墙上，撞翻台灯，撞翻盛着玛氏巧克力豆的糖果盘。

米莉安追寻着她的足迹，从科罗拉多到内华达，到新墨西哥，如今又来到亚利桑那。她的经历自然也丰富异常：科尔布伦的通灵师，里诺的赌徒，新墨西哥的飞车党，如今在这里又遇到一堆烂事儿。飞扬的尘土，干燥的空气，还有噼啪作响的静电……

（她又想起法院里的一幕幕画面——墙倒屋塌，尖叫连连，死亡与毁灭将那些人瞬间碾成齑粉。她不由得战栗，耳畔响起加比的话语：你得做点什么。）

这一切不久即将结束。

折磨了她十年之久的诅咒，环绕在她脖子里的死鸟，几乎将她击垮的人生经历，这一切都将结束。这一刻，米莉安仿佛看到了解放的曙光。

她想过回普通人的生活。她想象着未来的种种可能：当一切变得不同，她会怎么样呢？她该如何继续自己的人生？她想到了路易斯，可如今路易斯无法成为她的指望。当然还有加比，毕竟加比也是她人生的一部分（这时，一个冷酷的声音提醒道：除非你能阻止她吞药自杀。如果你失去了诅咒的力量，那你是否还有能力改变你看到的命运？或者直接一点，为了阻止加比自杀，你打算牺牲谁的性命？何眼还此眼，何牙还此牙？她大骂自己的脑子，闭嘴，闭嘴，闭嘴）。

米莉安踢打着心里的那面镜子。当她看那些破碎的玻璃，会看到什么？当混乱结束之后她会变成什么样的人？或将何以为生？当服务员？每天围着桌子转，过普通人的人生？也许她会拥有一家餐馆。嗯，一个早餐店。哦，他妈的，早餐。

也许她能当个邮差，为人们递送百货传单、税金账单、圣诞卡片，而非命运的结局。

握方向盘的手抓得更紧了，踩油门的脚蹬得更用力了。车速表的指针不断攀升，攀升。

她决定上午打理早餐店，下午当邮差。晚上就看无聊的电视剧，在自己的家里。他妈的，不仅仅是家——她会拥有一栋大房子，地道的豪宅，有炉子，有沙发，有装满食物的冰箱。

这不一定只是白日做梦，对吧？她提醒自己：白痴，你以前试过这样的生活。还记得路易斯吗？他给你找过一份工作，那时你有自己的小房子，和普通人一样过着平凡的生活。结果怎么样呢？

然而她相信这一次会有所不同，必需的。

难道不是吗？

43　无神论者的家

　　一只猫卧在喂鸟器里，汽车经过时，绿色的眼睛在车灯照射下闪闪发光。它一动不动，只是卧着，拿眼睛观察。喂鸟器前的房子不是民居，而是一栋破旧的教堂：一间白色的小教堂，尖顶上的十字架没了，钟也不见了。教堂前立着一个信箱。

　　这里是图森郊外。北部，具体位置不详。

　　远处的灯火若隐若现，但教堂孤零零的，周围并无其他建筑。

　　米莉安准备开到别的地方去，静候日出之后再作打算——不然呢？难道三更半夜踹开人家的门？怎么说？我需要拯救？我要解除诅咒？给我来口热饭，来杯龙舌兰，早上叫醒我？

　　可就在这时，小教堂里亮起了一盏灯。

　　前门口的廊灯也亮起了起来。

　　小猫受到了惊扰，她爹膨起浑身的毛，竖起尾巴，噌一声蹿得无影无踪。

　　巫师车的发动机空转着。教堂的前门兴许很久以前刷过红漆，如今斑驳脱落，像晒伤的皮肤。这时，门开了。

一个女人站在门口。头发花白而且很长，五十多岁年纪。她在法院灵视画面中见过这个女人，在威尔顿·史迪奇家的照片中也见过她。她就是玛丽·史迪奇——玛丽剪刀。

女人冲她喊道："你到底要不要进来？"

深呼吸。也许只是白跑一趟。也许她并无过人之处。所以不要抱太高期望。可她的期望值偏偏高得离谱，高得穿透了大气层，碰得到月亮和星星，甚至飞出了银河系，高到连高都失去了意义。

她熄掉车子，向屋里走去。

44 闪电之心

米莉安走进屋时，玛丽已经离开了前门。这房子果真是间旧教堂——礼拜室里仍旧保留了一半的长凳，但大部分已经损坏。布道坛曾经的位置被改成了厨房：米莉安看到了电炉和烤箱，一张小桌子上放着一个电水壶，下面还有一台迷你冰箱。与此房间相连的有两扇门，通往旧教堂的深处。

玛丽再次出现时，手里拎着一瓶喝的和两个杯子。她走路的架势很像嬉皮士，晃晃悠悠的。她曾经的黑头发多半已经灰白，而且她看上去很衰老，比她的实际年龄要老得多，就像岁月磨掉了她身上的某些东西，榨干了，或死掉了。

"来，来，来，"她摆手让米莉安到里面去。两人穿过歪歪扭扭的长凳，来到房间一侧的一张小牌桌前。玛丽先用腿把一张小凳子挪到桌前，而后又拉来一把小学生坐的椅子。她在椅子上坐下，对米莉安点头示意那张凳子，"坐。"

"啵，啵。"两个杯子放在了桌上。"砰"，拔出瓶塞。瓶身上没有标签，不知道是什么东西，反正是透明的液体。她倒了一杯，挪到米莉安近前，"喝吧。"

米莉安端起杯子喝了一口。有点龙舌兰的味道，但口感还算平滑。

"麦斯卡尔酒？"她问。

玛丽"嗯"了一声表示确认，"边界南边的朋友酿的，有人叫它'神的万能药'。这酒的背后还流传着一个神话故事，世界万物的背后都有神话故事。故事说，在一次风暴中，闪电从天而降，击中了一棵龙舌兰。轰，龙舌兰被从中劈开，从烧焦的芯儿里流出来的液体就是最初的麦斯卡尔酒了。这是上天赐给人类的礼物。"

"味道不错。"

"嗯嗯。"玛丽也举起杯子一饮而尽，"米莉安，你平时要比现在谨慎得多。"

"啊？你怎么知道我叫什么？"

玛丽探身看了她一眼。这一眼分明在说"别逗了，亲爱的"。

"我可不是第一次见你这样的人。你还年轻，尽管目光中透着老练，但年轻就是年轻。我在这里已经很久了。我知道你在找我，我一度还担心你有没有找到我的能耐。看来你有，喏，否则咱们也不会这样面对面坐着喝神的万能药。但你丝毫没有害怕的意思，端起杯子就喝了。我很有可能给你下药啊，或者干脆给你倒一杯马尿。你给我的印象应该是个谨慎多疑的人，可你居然想都没想我会害你。这就说明你必定有求于我，而且非常迫切。"

你想象不到有多迫切。

"我……受到了诅咒。"米莉安说。

"谁又何尝不是呢？说说看。"

"我能看见别人会怎么死掉。"

"那一定很恐怖。"

"是啊。"

玛丽给自己又倒了一杯麦斯卡尔酒，随后也给米莉安的杯子加满，

"所以，你认为我能干什么？帮你解除？"

"对，这就是我的心愿。"

"迫切的心愿。我能从中得到什么呢？"

"呃……"

"你没有考虑过这个问题，对不对？心里从来只想着我，我，我；给我，给我，给我。这可不合规矩，米莉安。"

不，不能失去她，别搞砸了。米莉安做了自己最鄙视的事情：道歉。而奇怪的是：她的道歉真心诚意，"对不起，我没有……你说得没错，我确实替自己考虑得比较多。我想改变，想换一种方式活着。这就是原因。所以，你尽管开个价吧。"

玛丽不屑地哼了一声，靠在椅背上，轻轻晃着手里的酒杯。

"我想让你开车带我去个地方。"

"然后呢？"

"没有然后。我有些事情需要料理，你也看到了，我没有车。最近我在和一些药剂师合作。他们是来自亚利桑那的一个小团伙，准备和卡特尔抢生意，就是自己制造冰毒、合成海洛因、水培大麻。"

米莉安点点头，"我和一个毒贩聊过，是他帮我找到你的。"

"哈，那好。他们欠我钱，你开车送我过去，我拿到钱，咱们就两清了，到时我就把你需要知道的事全部告诉你。"

米莉安看着玛丽，她每眨一次眼睛，光明被眼睑短暂蒙蔽的瞬间，她总能看到玛丽·史迪奇在法院时的情景。她在临死之前小声说着对不起，好像这女人能未卜先知似的。她眯起了眼睛。

"你在看什么？"玛丽问，"你看到什么了？"

"只是想猜透你的心思。"

"我又不是个谜，亲爱的。谁都不是。我们都只是希望得到自己想要的东西。"

"可我们为什么会有想要的东西呢？"米莉安仿佛自言自语般说，

"这才是矛盾的地方。"

玛丽轻笑两声，说："想必是这样的。总之，我知道你想要什么，我已经说了，你想知道答案，唯一的方法就是开车送我去个地方。我看咱们还是现在就动身吧。"

"现在？"

"你还有别的事要忙吗？"

米莉安摇摇头。

玛丽耸了耸肩，"那不就得了。"

45 玛丽的故事

两人一同走向米莉安的车子，玛丽忽然说："哦，该死！"

米莉安转过身，"怎么了？"

"我想把酒带上，等我一下。"

那老嬉皮士闲庭信步似的走回小教堂，边走边把头发扎了起来。

米莉安靠近车头站着。她望着远处沙漠中的灯火，有人家窗口里的灯光，有汽车的灯光，遥远得仿佛处在另一个世界。头顶，夜晚的天空像一张庞大无边的巨口，深邃、黑暗、永远饥饿。

她听到锁门声，继而是脚踩在碎石上的声音。米莉安说："这里的景色很美，也许有一天我也会生活在这样的地方。"

"也许吧。"玛丽说。

米莉安转过身，她愣了有两秒钟的工夫才反应过来是怎么回事。那女人仰着下巴，阴沉的面容像拧烂的苦柠檬。

她手里拿了一把枪，一把小巧的自动手枪。

"这可能会有点疼。"玛丽坦率地说。

随后，她扣动了扳机。

米莉安浑身抽搐了一下，一种强烈的感觉倏然袭来，就像当胸挨了重重一拳。

所有的东西都在下沉，像一个巨大的锚砸穿冰面。她拼命转过身——快逃，离开这里，可她只迈出了一步，便感觉身体中央仿佛有个深不见底的黑洞，把一切都吸了进去。光亮，声音，她全部的能量。她膝部一软，瘫倒在地。喘息，却无法呼吸，手指抓着地面。

玛丽来到她跟前，弯下腰，把她翻了个身。

空气啸叫着钻进来，挤出去，发出高亢的哀鸣。黑暗开始吞噬米莉安的视野。

"保持清醒，"玛丽说，她晃了晃手里的枪，"这是把点22口径的手枪，懂吗？听我说，集中精神，子弹很小，比我小拇指的指尖还要小。"她的小拇指像条毛毛虫一样扭了扭，而后继续说道："子弹穿过了你的右肺，相当于大炮打穿了海盗船的船帆。现在空气会从枪口钻进去，胸口是不是有股重压的感觉？"

蒙眬中，米莉安眨了眨眼。她感觉到了，好像灵魂正被一股说不清的力量抽出躯体，飞向饥饿的天空。

玛丽哼了哼，点点头，"这就是人们说的吸气性创伤，和飞机飞行时打开舱门一个道理。它能产生一种叫气胸的效果。要不了多久，你的胸口就会充满污浊的空气，并开始压迫你的心脏和另一半的肺。随后你很快就会心肺骤停，五分钟之内必死无疑。"

米莉安胡乱挥舞着双手。她想象自己掐住了玛丽的脖子，越掐越紧。这是梦，是幻觉。不。

她想大叫，想哭，想喊。怎么都行，但却力不从心。

只有空气嗖嗖穿过胸前冒着血泡的伤口。

"你从没问过我有什么天赋，对不对？"玛丽若无其事地说，"我确实有一种天赋，而且它给我的人生带来了很多好处。我能看到弱点——人、物、建筑、制度甚至思想的弱点。我能看到你如何毁掉一样东西，把它分割成碎片，就像剪刀咔嚓咔嚓剪碎一片布。我知道该朝你的哪个部位开枪。但我知道得还更多，与你有关的每一条线我都知道。哦，说线似乎不太合适，它们应该是锁链才对。"她深吸了一口气，好像在强迫自己集中精神，"为了即将发生的大事，米莉安，我们需要你活着。这是我的新朋友们要求的。"

大地震颤起来，由弱到强，汽车灯光撕裂了黑夜。玛丽伸手到口袋里，掏出一个小小的东西，是张卡片。

"纸牌，"玛丽说，"红桃Q。"

"去……"米莉安大口吞着空气，像孩子试图抓住罐子里的萤火虫，"……你妈的。"

"愤怒，那也是你的锁链之一。"玛丽弯下腰，把纸牌在手中翻来翻去。然后她把手伸进米莉安的衬衣——她的手既冰彻肌骨，又灼热难当——将那张纸牌按在伤口处。

米莉安的身体像被巨浪拍打一样颤抖起来。

可忽然间，她又能呼吸了。

尽管喘息之声依旧刺耳，但却自由顺畅。

"这可以减少空气的进入，"玛丽眨了下眼睛，"能让你多活五到六个小时。这些是我的新朋友。我想你们应该认识。"玛丽直起身，她的膝盖像气泡包装膜一样嘎吱作响，"伊森，还有奥菲利亚。"

米莉安听到了伊森·基的声音。"你好，玛丽，谢谢你了。"

"浑蛋！"米莉安怒不可遏地骂道。

"她很急躁，"玛丽说，"也很笨，轻易便上钩了。"

伊森的脸缓缓进入视野。

依旧挂着微笑，但冰冷、空洞，像咧嘴笑的骷髅。

"该回家了，米莉安，"他说，"我们会让你好受点的，然后我们得好好谈谈，你也正好反思一下你都干了些什么。"

第五部分

没有太阳，处处黑暗

岩鸽牧场偶遇大个子

　　她坐在内华达州一家妓院的外面。这个地方叫岩鸽牧场，或简称RDR。它的车道一直通到高速公路，两旁各竖了一排立柱栏杆。从此地往北大约十分钟就能到里诺。

　　米莉安坐在外面悠然抽着烟，背对妓院。她不知道这样的场所里面会是怎样的情景，她一度甚至异想天开地给妓院虚构了一些古老西部的氛围。血红色的会客厅，窗户上嵌着货车轮子，老鸨浓妆艳抹，头戴用白孔雀羽毛做成的帽子。处处可见网眼丝袜和自动钢琴，橡木地板上充斥着威士忌的味道。然而这里，看上去却像办公楼。方方正正，颜色深沉，像高尔夫球鞋一样朴实无华。

　　她的目标是一个名叫丹·霍登的赌徒，外号丹丹。他每周五晚上都来这里，赌场得意时，庆祝自己赢了钱；赌场失意时，就扑在某个热情小姐的温柔乡里痛哭流涕。他是米莉安寻找玛丽·史迪奇这条路上的又一个关键人物。忍耐，不能错失任何一个机会，更不能半途而废。她的目标始终如一：找到玛丽，做回普通人。

　　又是周五，天色已近黄昏，她走进妓院，四处打听他的消息。老鸨是个邋里邋遢，身穿灰色T恤，戴着一副有着硕大粉色镜框猫眼眼镜的女人。而这里的妓女则形形色色：金发、黑发、紫色头发、厚嘴唇、大屁股、小屁股、假得像威浮球一样的大咪咪、奶头像生奶油上的樱桃一样迷你的小咪咪、光滑的大腿、芝士蛋糕一样的屁股、妊娠纹、弹孔疤痕、黝黑的、苍白的、化妆的、素颜的……

而这些女人唯一相同的可能就是身上那股子风骚劲儿。每个人都含春带笑，搔首弄姿，伶牙俐齿，非一般人能够招架。就好像她们全都知道该如何说话，如何走路。米莉安和一个长得跟摩天楼一样高的女人聊了几句，她金色的头发一直垂到屁股下面。这个女人自称叫达妮卡·德雷姆斯，她说："在你眼里我们是妓女，可实际上，我们认为自己是推销员。我们每个人都能把沙子卖给蜥蜴。这里面的窍门儿不是这个——"她晃了晃自己身上那对儿除了有点不对称之外堪称完美的奶子，"因为这个只是入行的本钱，能不能挣钱关键得靠这个。"说着她指了指自己的太阳穴还有嘴巴。

"脑子好使还要会说才能挣到票子。"这时她像个评审员一样打量了一番米莉安：从上到下，而后又回到上面。"你姿色不错，像年轻版的莫利·林沃德，只是气质上有点像瘾君子，而不是白富美。你身上小阿飞的痕迹太重了，就像是某股热风把你刮到这儿来的。不过萝卜白菜各有所爱，有些男人喜欢你这种类型的。男人们的口味总是千差万别的嘛。你有兴趣吗？有些姑娘会在这里先做一个星期试试看。"

米莉安笑着说："我倒乐意，不过就怕我会忍不住踢爆某个乡巴佬的蛋蛋，或者像掰胡萝卜似的弄断谁的老二，那对你们的生意可不好。"

"有些男人就吃那一套啊。"达妮卡略带顽皮地说。这时米莉安才告诉她自己正在找一个人，是经常光顾这里的嫖客。达妮卡说在里面到处乱转可不太合适，而丹丹又是个颇为大方的嫖客，尽管他也是个浑蛋，所以她劝米莉安最好到外面等。这无异于下了逐客令，尤其在米莉安明确表示自己不打算接客之后。她说得有道理，既然不愿做鸡，还待在鸡窝里干什么呢？万一被哪个想换换口味的老色鬼看上，免不了一通尴尬。

所以，米莉安就来到了外面。她无所事事，只有坐着抽烟。

太阳西沉。

该死的太阳。

呸！

她为什么总到这些地方来呢？我需要找个地方，黑暗潮湿的地方。西雅图、温哥华，某些令人毛骨悚然的新英格兰的阴森小岛。总之是常年见不到太阳的地方。

远处驶来一辆车，银色的轿车。余晖下，车身闪闪发光。该死的白昼之星。

米莉安脸上的肌肉微微抖动了一下，站起身来。这一定就是丹丹了。

轿车驶入铺满砾石的车道。

一个男人钻出车子。

不是丹丹。

"我操！"米莉安惊呼道，"你他妈还活着。"

汤米·格罗斯基探员站在车旁，戴着一副雷朋旅行者太阳镜。"我收到你的信息了。"他说。

"威尔顿·史迪奇。"

他走近几步，绕过车头，双臂交叉抱在胸前。米莉安看不到他的眼睛，但能猜出他肯定提防着她，就像小孩子在动物园里既想看老虎又害怕老虎会突然跳出来把自己吃掉一样。格罗斯基比谁都了解她。

"我可清楚你是什么鸟。"他说。

"还是你懂我，"她把烟头弹出去，"你怎么找到我的？"

"有什么事是政府做不到的吗？我们眼线多着呢。一旦发现你在科罗拉多的落脚点，顺藤摸瓜就容易得多了。"

"摸瓜，有意思。"

他咧嘴一笑，"俄似不似很可耐？像泰迪熊一样。"

"嗯嗯，相当可耐。那，摸瓜的到底是你啊，还是政府啊？你来是要再抓我一回吗？"

他掸了掸胸前和领带上的面包屑，"不，只是我个人。"

"你干吗跟踪我？"

"因为你太迷人了呗。"

"嘿，谢谢。我也爱你，大个子。"她已经使出了吃奶的力气挖苦对方，就像拼命拧一块吸了水的海绵。

"我可是说正经的，你有异于常人的天赋。很多人都想知道自己会怎么死，米莉安。因为这种事不到最后一秒我们谁都无法确定。卡车上飞出来的砖头，谁知道什么时候会砸到自己头上呢？"

她不屑地哼了一声，耸耸肩说："嗯，是啊。我知道，而且这并不是什么好事。知道别人是怎么死的呢？死得穷，死得惨，死得毫无尊严。总之离不开屎尿、口水、呕吐和鲜血之类恶心的东西——死，并不是头往枕头上一放等着天使把你带上天堂那么简单，它总会涉及各种体液和疾病；死，是比不能撒尿拉屎更痛苦的事；死是酒驾出车祸后活活烧死在车里；或者孤独的老太太死在自家的厨房里，而她疼爱的宠物吉娃娃，一顿吃不上饭就啃掉了她的脚指头。所以说，这是一个人们不应该追求答案的问题，是一个任何人都不应该打开的盒子。可对我而言，这个盒子总是打开着的。"我想合上它，懂吗？那不就是我来这里的原因吗？要不然，看到倒刺，人总是想揪的嘛。

"我只是说，你可以利用这种天赋做些有意义的事情。你想象一下，只要拉一拉每个FBI探员的手，告诉他们会不会因公殉职。或者碰一碰我们的保护对象，看看他们是否会遭遇不测？你摸一摸今天才出生的孩子，知道他能活一百岁，天啊，你就是先知啊。你能看到我们的未来。"

"悬浮滑板，"她说，"马上就要实现了，等着吧。"

"我想让你加入，和我们一起做大事，成为英雄。"

她舔舔嘴唇，"抱歉了，格罗斯基，我帮不了你。实际上我正在朝相反的方向努力。我想当个普普通通的小人物，只关心生死，其他一概不管。我要摆脱这种天赋。现在我就像个坏了的水龙头，但也许我能修好呢。"

"那太可惜了。"

"也许对你来说是可惜了，可于我却未必。"

"我大可以强迫你、威胁你，把你抓回去。"

邪恶的笑容将她的脸一分为二，"那你试试啊，上一次什么结果还记得吗？汤米，你是个聪明人，不会那么干的。"

"没错，"他点头叹气，"我是个聪明人，所以眼下恐怕只能这么着了。"

"眼下唯有如此。"

"你要是什么时候想通了，或者有什么要求，尽管打电话给我。"

"嗯哼。"

当格罗斯基转身走回车子时，米莉安又叫住了他，"嘿，你和那个啪啪后来怎么样了？"

"让他溜掉了。"

"哦，真悲摧。不过至少你没事。"

"我逮到了他的同党，戈尔迪和杰杰。戈尔迪被打死了，杰杰被捕，他坦白了一些关于啪啪和其他当地犯罪分子的信息。啪啪现在转入了地下活动。迈阿密的那家夜总会，飞碟客，仍然是他的地盘。FBI现在还没办法捣毁它，也许有朝一日会吧。"

"那祝你们好运啦。"

"那已经不是我的事了。我目前正在休假。"

　　"哦，那真遗憾。"

　　"我过得很自在啊，"他点了点头，转身拉开车门，"回头见，米莉安。"

　　她竖了竖中指。

　　他笑了笑。

　　格罗斯基的车子开走了，米莉安继续等待丹丹。

46　休克疗法

　　"你快休克了。"玛丽说。世界在颠簸颤抖，每一次振动都给米莉安带来难以形容的周身疼痛——就像子弹击在镜子上形成蜘蛛网一样的裂纹，痛感沿着同样的网络传遍全身。一切都摇摇晃晃，什么都靠不住。她的心脏怦怦乱跳，像廊灯下没头没脑的飞蛾。她试着抬抬胳膊和腿，但力不从心。泪水在眼眶里积聚，打着转流下脸颊。颠簸、颤抖、振动：梆梆梆。

　　我不知道自己身处何地。

　　玛丽站在跟前，低头看着她。

　　她身后有人。

　　是路易斯。

　　冒牌的路易斯。

　　入侵者。

　　他把手指竖在嘴巴前。"嘘，"他说，"你在车上，你的巫师车。你快死了。"

　　玛丽·史迪奇毫无反应，她听不到也看不到他。因为他是幽灵。

我不想死。

他咧嘴笑笑。粉虱像弹钢琴一样在他的牙齿上跳来跳去，"很好。"

米莉安闭上眼，她感觉自己的身体正堕入黑暗，就像一把铁勺沉进了肉汤。

无数双手抓着她，无数牙齿撕咬着她，无数的喙啄着她，喧闹之声不绝于耳。

身下铺着瓷砖的地板冰凉彻骨。她两腿之间流了一摊的血。一把红色的雪铲丢在近旁。头顶，玛丽·史迪奇对她吼道："你害死了我的孩子。你肚子里怀的是祸水，是寄生虫，是恶魔，它不配存活在这个世上。你是个贱货，活该你受罪。你的子宫就该像木乃伊的坟墓，里面充斥着尘土和死亡，任何生命都别想在里面安家。"

呼吸臭不可闻，像融化的雪水和腐烂的食物。

一个红色的气球顶撞着天花板，"嘣，嘣，嘣。"

一只蝎子在气球内乱窜，吱吱嘎嘎。

"嘣，嘣，嘣。"

她开始奔跑。靴子踏在泥泞里，每一脚下去，靴底便增大一些——她的靴子渐渐变得像砖头，双脚像水泥墩。她想，我一直在跑，一直在变得更好、更强、更快，我凭什么做不到呢？可胸口的洞像烧水壶一样呜呜作响，随后便喷出血来。噗！一团深红。半边肺缩了下去，可怕的连锁反应。她倒了下去。

她没有倒在泥泞中，而是倒进了河里。一连串泡泡冒将上去，光滑的水草缠住了她的脚踝，把她拉向松软的河床。河水在上涨，暴风雨就要来临。路易斯游过来，抓住了她。他也死了，且没有嘴唇，似乎是被鱼吞吃了。牙龈收缩，露出黄色的牙齿，他声嘶力竭地哭喊着："雷恩[①]在哪儿？你把她怎么了？难道你不知道她会干什么吗？"

说完他的头一阵颤抖。他的脑袋中央有一个洞，血染红了河水，越

[①] 雷恩：《知更鸟女孩2沉默之歌》里米莉安从女子学院拼死救出的女孩。编者注。

来越浓，像乌贼的墨汁。她再次跌入黑暗，睁开眼，大口呼吸。

上方是蓝色的天空，早晨的天空。云朵被无形的手指划成搓衣板的样子。世界颠倒了。嘣嘣嘣。上面出现了几张脸：玛丽、伊森、奥菲利亚。她感觉自己好像躺在吊床上。

够了！求求你，让我醒来吧！

"你已经醒了，笨蛋。"入侵者说，这一次他顶着她妈妈的脸，加入了其他三个人，帮着他们抬她。"你是不是以为我们是你的抬棺人？"她妈妈笑着说。她的眼睛里有火焰在翩翩起舞。

一张床，简易的小床。什么东西在嘟嘟直响，什么东西拉着她的胳膊。有人在用玛丽·史迪奇的口气说话，"我们打算把子弹留在你体内，这是凯伦的主意，她说这颗子弹留着给你提个醒，算是你残忍行为的纪念品。"

随后另一个人说："这是吗啡。"

她顺流漂走，一忽儿像个气球一样浮起来，一忽儿又沉下去。游泳、飞翔、坠落、溺水……循环往复。

某个地方，有什么东西在查探她的意识，畏畏缩缩的，像手指试图偷一块馅饼。米莉安咬紧牙关，她想凭意念赶走那些手指：竖起高墙，降下铁闸。任何东西想来触碰她，她就张口咬它——

嗷，嗷，嗷。

奇怪的感觉在渐渐消退，水蛇从浑水中滑了回去。

这种情景重复了一遍又一遍，米莉安从床上向上看，而她看到的景象一开始让她感到安心，但马上又令她心惊胆寒。

在一顶帐篷里，艾赛亚正站在床边。风吹皱了床沿上的被单。他又穿上了那件超人T恤，肩膀被血浸透，衣服变成了紫色。他说："对不起。"

她问他为什么。

他回答说："因为加比和我妈妈在一起了。"

这时她才忽然意识到，这不是幻觉，这是切切实实发生着的事情。如同用一把锤子敲打铜钟，她忽然清醒了过来：那些戳着她的手指是凯伦的；她在寻找着什么。她在寻找那个孩子，而且根据米莉安浅显的猜测，她已经找到了他们。米莉安迷失在吗啡中，就像电台广播着莫名其妙的频率——哦，天啊，凯伦得手了。他们知道加比要去找她的姐姐，于是劫走了艾赛亚。

他们杀了加比，抢走了艾赛亚。

米莉安输了。

某处传来声响，像是汽车。越来越近了，是嘈杂的高速公路的声音。米莉安一阵紧张，她想大喊——

可已经晚了。SUV冲进了帐篷，撞倒了艾赛亚。他手里的红气球——他手里拿着气球吗？他什么时候拿的气球？——飘向了天空，与此同时，米莉安再一次沉入了大地。

而后来有一天，米莉安真的醒了。

47 黑色开心果

咔啪，咔啪，咔啪。玛丽·史迪奇坐在那里，用指甲剥着开心果，偶尔也用牙咬。开心果上裹着一层东西：肉桂粉，或者辣椒粉。总之颜色红得发黑。玛丽把果仁塞进嘴里，小口轻咬，随后把果壳丢进旁边的一个咖啡杯。

米莉安面色苍白，浑身发冷，人不像人鬼不像鬼，她注视着玛丽，像注视着一头慵懒的山地狮。她的手滑进轻薄的白色被单，伸进白T恤，发现胸前的伤口上盖着纱布。摸到伤处，她疼得咧了咧嘴。

床边有台机器发出哔哔的声音，一根注射管插在她的胳膊上。

玛丽盯着一颗开心果若有所思，"这算不算是坚果？"

"什么？"米莉安说，或竭力说。她的嗓音嘶哑发干——犹如摩擦两块墓碑发出的声音。

"花生不算坚果，它们跟豆子差不多，应该属于豆类。那开心果到底是不是坚果咧？西红柿不是蔬菜，而是水果。草莓不是浆果，虽然我也不知道它算什么。"她先舔一舔开心果的外壳，然后才剥开放在嘴里吃，"我们对很多东西都存在误解。一样东西，我们的头脑首先对它的本质产生直观的认识，且认为这种认识没有错的理由，因此我们就认定它是正确的，即便有大量证据表明事实恰好相反。就像我，你以为我会毫不犹豫地帮助你，对不对？好像我手里拿着什么密码，像你一样拥有某种特别的天赋？可惜我没有。真的。我只在乎我，我在乎得都有点累了。"她耸耸肩，"你把宝押在我身上，但你押错了。"

"你……打了我一枪。"

"嗯嗯，没错，天是蓝的，沙漠是干的，涓滴效应经济学就是一堆狗屎。米莉安，这样的废话我们可以说上一整天。"

"为……为什么？"

玛丽环顾左右。帐篷在风中鼓动，那不安的劲头好似急欲上天的风筝。"哦，这个嘛，也不难解释。原因只有几个，第一，沙漠里的那几个人都挺不错，他们有求于我，而且他们有钱，我们正在合伙干一件事。我跟你说过，我很善于发现弱点，不仅限于人，还包括制度、建筑。"

米莉安恍然大悟：那天晚饭时，凯伦从我心里偷走了玛丽的名字，那对会读心术的她来说简直易如反掌，就像空手抓住了一只苍蝇。他们打算在她的帮助下炸毁法院大楼。

而我实际上成了他们的牵线人。

又一次，米莉安勒紧了她一直试图解开的绳索。

米莉安想哭，可她的双眼干燥得如同沙漠。她的眉毛湿漉漉的，但别的一切都干得要命——她的手指像浮石一样磋磨着彼此，指甲刮下大片的皮肤。她的嘴唇干裂起皮，几乎渗出鲜血。

"但是——"这时玛丽向前探着身子，"真正的原因是你杀了我的哥哥，威尔顿，你这个下流的小婊子。这是我无法容忍的。"

"他是个畜生啊。"

"他是我哥哥。"

"他强奸了你，侮辱了你。"

一声夸张的大笑。玛丽说："你真以为是那样？哦，亲爱的，你看，我刚才还说，我们对很多东西都存在误解。威尔顿从来没碰过那些孩子。他花钱让我干，就像后来他花钱请别人干一样，他只是看着。惩罚他是上帝的事，不是我的，不是你的，也不是法律的。他不是魔鬼，我也不是，你才是。你以为自己在为民除害，你以为你在匡扶正义，可实际上你不是。"

"你……你真是禽兽。他也是。我真高兴砸烂了他的狗头。"米莉安剧烈地咳嗽起来，直咳得昏天暗地，每一寸皮肤都收紧，身体也不由自主地颤抖起来。疼痛，无处不在。

当她终于止住咳嗽只剩下喘气时，玛丽站了起来。

"好话我只说一遍，我知道很可能说了也是白说，因为我看得出来你不是那种听得进好话的人。他们请我帮忙，而我能够帮忙的理由之一就是我很清楚你的软肋。我说的可不单纯指身体上。我知道怎么做能伤害你，让你流血，让你哭，让你的心死掉。我知道怎么打垮你，摧毁你。所以，我要和你做的交易是：你告诉他们艾赛亚在哪儿，我就满足你的要求。我会告诉你如何解除诅咒，摆脱灵视。如何让你过上普通人的生活。如果你不答应，那么对不起了亲爱的，大人游泳时间到了，小孩子得离开池子了。"

她心头升起一线希望：艾赛亚不在他们手中。

而第二种感觉汹涌而至：她的条件是如此诱人。

美味多汁的葡萄就悬在头顶，她只需伸手摘下便可享用。她心里矛盾极了：他们不会伤害艾赛亚。他们会把他当成家人看待。他的妈妈已经死了，我和加比不可能一直带着他。寄养这条路似乎也行不通。谁会在乎？她又想起那句古老的波兰俗语：不是我的马戏团，不是我的猴子。哦，甜美的葡萄，她甚至已经感觉到了它们的味道。

"你说话算数吗？"米莉安问。

"说一不二。"

"你们不会伤害他，以及和他在一起的人？"

"根据我的理解，不会。"

米莉安闭上眼，深吸了一口气。

随后她把地址告诉了玛丽。

玛丽满意地点点头，起身便要走开。

"等等，"米莉安喊道，"你答应过的，你得告诉我方法。"

玛丽·史迪奇耸了耸肩，"我自然乐意履行承诺。但我首先得通知伊森，然后由他定夺我要不要帮你。"

"你他妈的！"

玛丽笑了笑，弯腰钻出门帘，不见了。

48 投资回报

时间像出了故障的变速器。

夜晚忽然便过去，两晚？也许三晚。白天在她面前像高速公路一样无限拉长。太阳升起，从帐篷上掠过，阳光偷偷摸摸地钻进来，早上在帐篷的右侧，傍晚在帐篷的左侧。或者反过来？米莉安也说不清楚。反正她不记得。她什么都不知道。

试着移动，或者假装自己可以移动。一只手被铐在床栏杆上。

她觉得热，又觉得冷。发抖，咳嗽。前一分钟，她心跳快得像蟋蟀，后一分钟却又慢得像糖浆。有人进出帐篷，但没留下什么印象，只剩快进镜头下的一系列身影。大部分是穿着迷彩裤和深色衬衣的男人，看着像军人，但实则不然。其中还有个高个子女医生，叫拉蒂娜，一头短发干净利落。检查绷带或者量体温的时候她很少说话。米莉安试着和她攀谈，但这女人常以沉默回应。就这样来来回回，翻来覆去。

在她双眼背后的黑暗中，是无梦的干净睡眠。无形的虚空。入侵者不知所踪；就连这万物背后的幽灵也抛弃了她。

后来有什么东西拉她的手；不，不是东西，而是人。她睁开眼睛，看到了那个年轻小伙子戴维——人类测谎仪。他握着她的手说："你搞砸了，你知道吗？"

她艰难地点点头，嘴里咕哝道："嗯嗯。"

"他们来了，很快就到。来解决你的问题。但首先，这儿。"他把一张纸巾塞到她的手中，"伤口感染了，他们是不会帮你治疗的。不过我给你弄了些抗生素。医生不肯给你开这些药。至少现在还不肯。给。"他帮助她吞下两片，然后让她看看纸巾里包着的另外几片——随后他会把纸巾藏在她的身下。"他们有可能会给你换床单，或者检查你有没有褥疮，到时候你要提前把药藏好。怎么藏我就不知道了。抱歉。"他扭头瞥了眼身后，接着小声说，"今天吃两片，明天两片。如果有机会我会给你多弄点，不过……"他不必说出来，因为在这里承诺是毫无意义的。

然后戴维便站了起来。

"等等。"她说。

"抱歉。"

"请等一下。哪儿都别去。站着，站着别动。"

"对不起啦。"

说完他出去了。

她能感觉到手中的药片。她尽力把它们往身下塞，手刚抽回来，有人便挑开了帐篷的门帘。一个士兵模样的小伙子，顶着一头姜黄色的头发，鼻子和脸颊上长满了雀斑，推着轮椅走了进来。当然，轮椅上坐着凯伦·基。伊森紧跟他们走进来。

"长官？"小伙子说。

伊森晃晃脑袋，示意小伙子退下。小黄毛刺溜一下窜了出去。

他叹口气，把凯伦向前推了推，但不会靠得太近，相距仍有五六英尺。伊森拉来一把椅子，坐了上去。

米莉安努力集中精神。

终于，她看清了伊森的脸。他有点气急败坏。

米莉安实在忍不住。她哈哈大笑起来，笑得差点岔了气，笑得满脸通红，而伊森气得满脸通红。很快他们就发展成了一种竞赛，看看谁的脸更红；一个快气疯了，一个快笑傻了，像两个温度计，争着要把自己的玻璃管给撑爆掉。

米莉安终于笑不下去，她大口喘着气，要死要活地咳嗽起来。

喉咙里有东西蠢蠢欲动，她本能地用手捂住嘴。

手拿开时，掌心已是红红的一片。

"我死了两个手下。"伊森终于开口说。

米莉安说："白痴，那是你咎由自取。"她又咳嗽了一阵，随后才接着说，"你能蠢到什么地步？我把孩子的下落告诉了玛丽，我知道你不相信我，可你就那么相信玛丽能拿到真实的消息？你不是有戴维吗？鼻子底下现成的测谎仪，干吗不用呢？失算了吧？"

她给玛丽的地址——当然，这个地址最终肯定会传到伊森那儿——其实是个假的。

她是这么对玛丽说的，加比的老家在佛罗里达，她回老家了，带着那孩子一起去了迈阿密。那儿有家夜总会，名字叫飞碟客。他们就藏在楼上。

这帮土包子当然不会知道飞碟客曾是或现在仍是啪啪的地盘，那是他庞大的毒品和犯罪王国的老巢。那里原先的老板叫英格索尔，那可是个头上长疮脚底流脓的坏家伙，而她竟让伊森派了两个手下冒冒失失地跑到人家地盘上去要人？想想都觉得痛快。

哈哈哈哈！

活该！

她又咳嗽起来，这次咳出了更多的血，可她的脸依旧笑得跟花儿一样。

"你简直是个女魔头。"伊森咬牙切齿地说。

她咽了口唾沫——啊，仿佛吞下了一棵仙人掌，"我发现你挺搞笑的。"

"你打死了我的一个手下，你骗我把两个手下派到非法移民的毒窝里去，害他们白白送死。你对韦德·齐见死不救，你不在乎这个国家和它的人民的死活。我想尽量对你公平，我给了你一个又一个机会。每一次我递出橄榄枝，你都把它摔在地上，真是不识抬举——"

"你再递一次，看我能不能把你的手指咬掉。"她龇牙咧嘴，可却无力做出咬合的动作，因此并没有达到鲨鱼的效果，反倒像只顽皮的小猫。

"你以为我们奈何不了你？"

说完他起身来到她跟前，一把掀开被单，她想阻拦，却无能为力。伊森伸出大拇指，狠狠压在她胸前的伤口处。

她疼得大叫起来。

拇指把纱布深深按进了伤口。很快，他的手指便被纱布完全包裹，像戴了个安全套，直插进伤口。

米莉安眼冒金星，她甚至看到了一片白光。疼痛猛烈得难以形容，她甚至不再感觉到痛，只剩下声音和热度——像曾经试图淹死她的那条河一样紧紧包裹着她。而今，这是一条用火焰组成的河，要把她活活烧死。

"这一定很疼吧，"他咬牙吼道，"不过玛丽说，疼痛，身体上的疼痛并不是你的弱点。你很能挨嘛。因为顽固，所以你什么都不在乎；因为愚蠢，你倒活得结实。所以折磨你其实毫无意义对不对？可我还是要这么干，因为这种感觉实在太他妈爽了。"

这时他猛地抽回手指，指尖上沾着血，就像他刚刚把手指插进了樱桃派。他晃了晃手。

米莉安拼命忍着不哭。眼泪依然缺席，而整个身体也学眼泪罢工。一阵阵干呕，好像有东西想出却出不来，但这时她最想做的还是大哭一场，也许只有哭出来感觉才会舒服些。

"你干脆杀了我吧，"她说，"反正你脑袋里长子弹的老婆能……"她又按捺住一波喊叫的冲动，"等我死了，就让她读我的心，把你想知道的东西告诉你。"

他点点头，"这倒也是个办法。但她也不敢保证——"他用指关节敲了敲米莉安的脑袋，"——能顺利钻到你这里来。而一旦你死了，我们就前功尽弃了。不过你的伤口已经感染，迟早会要了你的命。所以放心，你求死的心愿终究不会落空。但在你死之前，我们会想尽办法让你生不如死。玛丽说她知道你的软肋，所以也就知道从哪儿下刀最方便。还想笑吗？要不要像电影一样来段预告片？她看到了一个名字，就一个名字。"

不，不，不！

"亲爱的路易斯。"伊森奸笑着说。

"不。"所有的热量都涌上了她的脸颊、脖子和腋下——她能感觉到它们像巨浪一样逃离她的身体。她双手抓着床单，试图坐起来。"不！"

"哈，这可由不得你。我们已经有了他的名字，找到他住的地方只是时间问题了。我们当中有警察，有军人，有前国税局的，人口普查局的。找个把人的地址简直小菜一碟。我们会亲自找上门去，好好问候他，比我们对你的方式更热情。到那个时候我们再问你艾赛亚的下落，你不说，我们就杀了他。"

伊森的脸上再次露出笑容。

这笑容阴森恐怖，冷酷无情。

49 知更鸟的故事

蚂蚁在她的胳膊上爬来爬去，她能感觉到，但却只能偶尔看到它们。小小的红色蚂蚁，红得像糖豆，像甘草汁，在她的胳膊上，在汗毛之间，像水流一样蠕动。当她拍打时，它们就张口咬她，不远的某处，有人大笑。这人在帐篷的另一侧。她努力忽略这些昆虫。米莉安用自我催眠的方法假装它们不存在，可它们的存在真真切切，于是她转而思考：它们为什么会在这儿？她无法感知身体的所有部位。她的双脚毫无知觉，像一块烤肉搁在她身体的另一头。这些蚂蚁饿了吗？她被抛弃了吗？他们放弃了基地，留她一个人在这里自生自灭吗？

这时她忽然想起：药。

我有药。

我得吃药。

我得吃药才能活下去。

她一只手滑到身体下面，没被铐住的那只手。她大部分身体都已麻木，连手指上的触觉都消失了。

而更糟的是，她找不到私藏的那些药片。

有人拿走了。

我死定了。

然而就在这时，她的手指碰到了什么东西。

纸巾的边缘。找到了。她把手伸过去，抓住，拖出。她的手指能感觉到纸巾里的硬物。四颗药片。吃——吃几片来着？

两片。一天吃两片。

她开始用参差不齐的指尖小心翼翼地摊开纸巾，拇指和食指摸索着捏起两片药。圆圆的药片摞在一起，像块超级迷你的三明治，不含任何甜美之物的冰激凌三明治——但说句实话，有什么能比活下去更甜美的呢？——她伸出舌头，犹如展开一张砂纸。药片放在舌头上，粘得倒挺牢固，任她如何使劲吞咽，竟岿然不动。这时她开始尝到了甜味，越来越甜，嘴巴里仿佛含了一颗糖。

戴维骗我，这些根本不是药。

而他妈是几颗糖果，嘀嗒糖或别的之类。

妈的！

为了打败她，他们可谓费尽心机。他们太清楚怎么能让她不爽了，怎么能一点点击碎她、打垮她：一个研钵，一根杵，慢慢把她捣成粉末。

可接下来，甜甜的味道突然变得苦不堪言——药片的糖衣融化在舌头上。是药，她告诉自己。可心里又不敢确定。

反正米莉安横竖把两个药片吞了下去。它们艰难滑下她干涩的喉咙，半路上还卡了一会儿。与她的食管相比，它们似乎巨大无比，就像硬把鹅卵石塞进吸管中。

她像只要死的狗一样呜咽起来。

她痛恨不争气的自己。

"你弱爆了。"韦德·齐说。他站在那里，浑身上下惨不忍睹，活像一根烤过头的热狗香肠。他最外面的一层皮肉已经被烧焦了，一片片脱落下来（在某些脱皮的地方，她看见裸露在外的红色的血和肌肉）。他的牙齿亮晶晶的，眼睛也一样。

他说："为了你，我忍受了非人的折磨，看来我那么做不值得。没想到你这么尿，你得坚强起来。"

"我做不到，我不知道该怎么坚强起来。"

"那你只有死路一条了，不然还能怎样？"

他笑了笑，随即消失不见。

帐篷外有动静，似乎是两个人在说话，也许三个。

"坠机了。"

"6757航班。坠毁在沙漠里……把骨头挑干净。"

"玉米就行，玉米最吸血。"

笑声响起，"这可不仅仅是血，这是钢铁，是灵魂。"

"灵魂就像分币一样不值钱，它们数量虽然多，但实际上等同于垃圾。量大，但廉价。"一声咳嗽，湿答答黏糊糊的咳嗽。

"深蓝色的林莺。"

"深红色的唐纳雀。"

更多的笑声，又有人咳嗽。

"我怀疑她听着呢。"

"小山雀。"一个人含混不清地说。胡言乱语。

有人笑。她想喊叫，可叫不出声。她的下巴仿佛被铁丝捆住了一样。

"欢迎来地狱，对吧？"

哈哈，"没错。"

"她知道咱们已经抓到路易斯了吗？"

"她很快就会知道的。"

"他差不多都快死了。"

米莉安奋力挣扎起来。蚂蚁在啃噬着她。她想：看来这次我在劫难逃了。细菌感染，这就是我的下场，或者被蚂蚁咬得过敏，总之死在这该死的沙漠里。

"嘿。"停顿。"嘿。"拍打。"嘿。"

米莉安感觉到肩膀上有只手。哦，是奥菲利亚，异能者之一。会……她会干什么来着？催情。她能刺激人的性冲动，让对方或自己欲火焚身。"你？"米莉安虚弱地说。

"这里面是有故事的，"奥菲利亚说，她既没有咬自己的拇指指甲，也没有用拇指指甲剔牙缝，"不是托赫诺族的故事，有点像霍皮人的故事，我也说不清楚。"指甲又开始剔牙了，就像拿块玻璃刮黑板。米莉安的身体僵住了。

"你……你在说什么呀？"

"你只管听着。很久以前，人类被困在黑暗的地下。懂吗？就像地狱一样，只不过没有魔鬼。活人的地狱。他们常年栖居在黑暗中，有些人很善良，但大部分人都很凶恶。他们在巨蛇的怂恿下变得暴戾狠毒。这些人都是暴力分子、地痞、恶霸、强奸犯和杀人犯。坏人总是欺负好人，终于有一天，好人们决定：我们得离开这个鬼地方。你听懂了没有？"

米莉安想说点什么，可是嘴巴不受控制，况且药片还卡在喉咙里，于是她想：哦，妈的，这些药快噎死我了。她手里依然拿着纸巾和里面的两片药。

她悄悄攥紧手掌，像捕蝇草捉住了一只苍蝇。她不能让奥菲利亚发现药，否则一定会收回去的。

也许她只能靠那两片药才能苟延残喘个一天两天。

奥菲利亚似乎并未注意到她的小动作，她喋喋不休地继续说着："这段时间根本不存在太阳，到处都是黑暗，因此找出路有多难就可想而知了。他们不断地摸索寻找，可结果一无所获。他们试着种树和高高的向日葵，好通过它们向上爬，可没有阳光，植物干枯柔弱，根本长不高。后来，飞来了一只小鸟，知更鸟。小鸟说，我知道我很渺小，但我能帮上忙，因为我有翅膀。人们不相信小鸟能帮他们逃出去，但也并不认为它能伤害他们，所以他们说，哦，当然了，好啊，你走吧，小鸟，走吧，飞得高高的。小鸟失望地飞走了。然而呢？日复一日，一切仍和过去一样，坏人继续欺负好人。后来……"

说到这里，奥菲利亚吐了一口，吐的是被她咬下来的一块月牙状的指甲。

然后她继续说道："后来小鸟又飞回来了，它告诉人们说它找到了一条逃出去的路。一个位于地下的洞穴，因为太高，没有人能到得了。于是，知更鸟教大家唱一首歌，所有人一起唱，树和向日葵在歌声中开始疯狂地生长，越长越高，他们就沿着树干爬上去。"她哼了一声，耸耸肩，"这只是整个故事的开始，但我想你应该能从中看出点什么了。一只小鸟帮助人们逃出了地狱。"

米莉安咳嗽一声，"姐们儿，故事不错。"

奥菲利亚又耸耸肩，"嗯，我觉得你对我有些偏见，不过没关系，我无所谓。我们了解彼此。我有点恨你，但这意味着我对你的了解已经有所深入，我恨你可能是因为我们是相似的人，而且相似的不止一点点。我们都是幸存者。所以，我能给你提个醒吗？"

"就只提个醒？"

奥菲利亚撇了撇嘴，"闭嘴。我要说的是：你是个幸存者，到了万不得已的时候，你会为了生存吃掉自己的同伴。Es hora de comer（该吃饭了）。懂吗？告诉我们那孩子叫什么，我们不会伤害他。他是家人。我爱他。我们全都爱他。我们会保证他在这里绝对安全。"

"我这个人是很固执的，"米莉安低声说，"所以你还是省省吧。"

"固执得连死都不怕？"

米莉安最大努力地耸了耸肩。

"我看未必，"奥菲利亚说着站起身，"我告诉你吧，你得想办法从地狱里逃出来。因为导火索已经点着了。"

说完她转身便要走开。

米莉安心想：赶快把药藏起来。可转念又一想：别，别，别，还是等她出去之后再说，目前她还没有发现什么异常。可米莉安的手抽搐了一下——

两个药片从纸巾里滚出去，掉在了地板上。

"吧嗒，吧嗒。"

奥菲利亚停住了脚步。

她慢慢扭过头，目光徐徐向下，看到了米莉安手里的纸巾，而后继续向下。

"哈，"她走过来捡起药片，"你掉东西了？"

"我需要它们。"米莉安的嘴唇在发抖。

"这是什么？"

米莉安忍住哭说："壮阳药。能让男人硬得跟牛一样。"

奥菲利亚笑着说："真能编啊，小贱人，佩服。这是什么，抗生素吧？有人偷偷给你抗生素？"她在掌心里拨弄着药片。

米莉安闭上了眼睛。妈的！

奥菲利亚走过来，摊开手掌，"喏。"

药片躺在她的掌心。

两个。

米莉安伸手去捏。

奥菲利亚手一倾斜，药片滑落到地面上。"吧嗒，吧嗒。"

"哎哟，不好意思。"说完她一脚将药片踢到了床底下。

"你他妈的——"

"快点寻找逃出地狱的路吧，小鸟，不然坏人就要找上你了。"

50 骨头汤

勺子碰到嘴唇，热，但不烫。汤汁缓缓流下喉咙。"骨头汤，"玛丽边喂米莉安边说，"听说现在很流行。但这是老做法了，奶奶级的，把骨头放在水里熬，一直熬化。动物身上的全部精华都在这汤里呢。好了，咱们打开天窗说亮话，我让你活着并不是因为我喜欢你。听说你偷偷吃了几片药，你的烧已经退了，也许这就是你没死的原因。我们让你活着是为了让你见证最后一刻。我让你喝东西是为了润润你的喉咙，好方便说话。因为我们需要你说话。如果你想让我帮你，那你就得先帮我们。"

汤很美味，这让她火大。她浑身的每一个细胞，每一个分子都在朝她呐喊：把汤吐掉，吐到这个女人的脸上，吐瞎她的眼睛，然后挠她，把她脸上的肉挠掉，用里面的骨头炖汤喝。可她的胳膊不听使唤。她的毅力更是不堪一击。汤太好喝了。你需要力量，她告诉自己。她太早轻举妄动，结果给自己带来了灾难。

米莉安又喝了一勺之后才开口说："我来这里多久了？"

"两周了。"

她不假思索地脱口而出："只剩一周了。"

"嗯？什么只剩一周了？"玛丽问。

"你知道的。"米莉安冷冷说道。

"哦，我确实知道，法院的事。问题是，你怎么知道？"

"我就在你的大脑里。"

玛丽斜了她一眼，"蒙谁呢你？那不是你的手段。你是从某个人的死亡中看到的。"她向后靠去，把勺子放进盛汤的特百惠盒子里，"你用你的超能力干的净是替人掘墓的勾当。现在，"玛丽换上一副嘲讽的语调，"如果你有办法摆脱诅咒，如果，如果……"

"为什么？为什么选择法院？"

"简单地说，它是我们要推倒的第一块多米诺骨牌，是我们扔进烟花厂的一根火柴。复杂点说，那一天，会有三个罪孽深重的家伙同时出现在法院里。一个是法官，他对美国真正的爱国者毫不留情，总是挖空心思要惩罚像伊森·基这样为了捍卫普通人天赋的宪法权利而起来斗争的人；另一个是州参议员，此人一门心思帮助移民，但却想方设法剥夺公民持有武器的权利；还有一个人是地区检察官，两年前他下令霹雳小组突袭了科奇斯县的国民自卫队，结果导致两名妇女和三名儿童无辜遇害。除掉这三个人就是一个强有力的信号。"

米莉安挣扎着想要坐起来，不由得疼得一阵呻吟，"胡说八道！这些屁话恐怕连你自己都不相信吧？我并不觉得你是出于什么正义的目的，你根本就不在乎。我看你分明是被人当枪使，你就是一把剪刀，谁给钱给谁干活。"她喉咙里咕噜着，强压下一阵咳嗽，"这里面还有别的事，这些人的目的绝不会如此单纯。"

"你不了解我。"

"我知道你是怎么死的。"

"不可能。我知道你那一套是怎么操作的。"

"史迪奇，也许你知道得并没有你想象的那么多。"

"也许吧。"玛丽重新镇静下来。她像嚼牛肉干一样咀嚼着米莉安刚刚的话，"也许你的确看到了我的死。当我看着你，我曾经以为自己和你一样。怀揣一些善良的念头，想做一个充满正能量的人。帮助人们修复受伤的心灵，而不是雪上加霜将他们摧毁，"她的脸像疯狗一样扭曲着，"可最终呢，我发现了真正的自我，从此便随心所欲。如果你能挺过这一劫，你也会大彻大悟的。"

"我已经认识了自我。"

"我深表怀疑。我能看到人的弱点，也能看到如何消除这些弱点。在你身上，我看到了缺口和空虚，就像瑞士干酪上的洞，密密麻麻。我的天啊，你的内心戏实在太精彩了。我把手指伸进去搅一搅，便看到了路易斯，还有加比。你的自我意识与自我憎恨斗得不可开交。你过于自负，又过于自卑。还有你的妈妈，她对你做过什么，她遇到了什么事。拿红气球的男孩儿——雷恩，艾赛亚。你跟孩子倒挺有缘。"

她不屑地哼了一声，"我看见了你捆在自己身上的所有的线。自杀，流产，死亡，还有人，其他的人。是他们让你变得软弱。你和他们绑在了一起，就像那个男孩拴气球的绳子。气球飘走了，你追它而去。这种异能让你更在乎别人，而你讨厌这样，对不对？"

米莉安勉强咧嘴笑了笑——虽然比哭还难看。她眨了下眼，随后说："至少我不在乎你。"

"我很怀疑这是不是你的真心话，"玛丽一边点头一边站起来，"你想知道法院的事？确定？那大楼简直丑破天际。金特罗是个傻逼，我不想每隔一段时间都得去向她报告，我累了。"

"你没必要这么做。"

"我没必要做任何事。像你和我这样的人有这个自由，但它也是负担，你不觉得吗？"这女人的脸乌沉沉的，像鬼缠身了一样。可究竟是什么原因，米莉安也不得而知。也许是因为她的所作所为。她认识的人，或者她伤害的人。幽灵牵住了捆着她的绳索。玛丽直挺挺地站着，忽然，她很夸张地哼了哼，说道："反正这一切很快就会结束。到时候你就知道，我给你准备了一个惊喜。哦，亲爱的，这个惊喜会让你低下你高傲的头，像狗一样摇起尾巴，嘴里不自觉地哼起《圣者进行曲》。"

51　斯库拉和卡律布迪斯

舌尖上依然留有骨汤的味道，而她的眉毛上却渗出了颗颗汗珠。米莉安等待着。她闭着眼睛，双手紧握。形势迫在眉睫，她必须做好准备。准备什么，她不知道。但她不能妥协。她要克服困难。不能坐以待毙，不能就这样被怪物吃掉。

夜幕降临，光明像退潮的海水，从帐篷的边角下渐渐隐去。

门帘被挑开，她继续闭着眼睛。轮椅的声音传来，还有凌乱而有力的脚步声，来人似乎不止一个，除了伊森肯定还有别的人。他们朝床边走来。

米莉安浑身一抖，睁开了双眼。

"这是要干预治疗的阵势啊。"她一脸厌恶地说。一干人等全都望着她，有伊森、玛丽、奥菲利亚、戴维，当然还有凯伦，她的脑袋呈直角歪在一边，好像她那瘦骨嶙峋的肩膀是全世界最舒服的枕头。除了他们，没有别人，也没有全副武装的保镖。他们觉得很安全。因为米莉安伤病在身，苟延残喘，况且她的手还铐在床栏上。这个样子，她还能掀起什么浪呢？"可我已经戒掉烟了。"

说到戒烟她猛然意识到，她已经好几个星期没有烟瘾发作了。

天空最黑的一团云被镶了一道蜿蜒曲折的银边。

伊森上前一步。他不说话，但举起一个药瓶子，并随手晃了晃，就像一只猫或一个小孩儿在调皮地诱惑她。然后他伸出一只手，奥菲利亚连忙把一台山寨iPad递了过去。伊森因为举着胳膊，米莉安看到了他腰间的手枪——镀镍的枪身闪闪发亮。

屏幕一直对着他的胸口。

终于，他说："东海岸现在仍是一片黑暗，那里的时间大约是8点。我们找到了你的朋友，路易斯。我们抓到他了。"恐惧突然向她袭来，像划过手心的棘铁丝。

伊森把屏幕反过来对着米莉安，他一张张翻着照片：看起来似乎是某栋排屋里的画面，光线很暗，照明工具是手电筒。她看到了一支步枪枪管的影子，似乎是军用的。每张照片都很容易让她想到路易斯，但又轻易地引起她的怀疑——挂在冰箱上的拖车日历，摆在前门口的笨重靴子，棕色的大衣，门口碟子里的钥匙。门已经烂了，地上撒满碎玻璃。一张客厅的照片显示那里曾经发生过打斗，墙上的平板电视都被打落下来，咖啡桌也翻倒在地。米莉安心想：*凭这几张照片，我根本无法确定那就是路易斯的住处。他们肯定是在唬我，就像我唬他们一样。*

可就在这时，照片显示了楼上的情景。

一张床，空空如也。床单和枕头都被撕破，床上有血。

床边有张照片。

是路易斯和另一个女人的合照。他蓄起了胡子——软软的、黄黄的，比上次见他的时候长了些。黑色的头发，灿烂的笑容，明亮的眼睛。他穿着肥大的夏威夷衬衫，那个女人则穿着宽松的白色上衣，两人身后是高大的棕榈树。地点也许是佛罗里达。他们在亲吻。*那是他的未婚妻，萨曼莎，对吧？*

正是他们。

米莉安周身的血液似乎冷却了，凝固了。

伊森又摇晃着手里的药瓶，"我最后再给你一次机会，别怪我没提醒你，我已经够仁至义尽，所以你最好给我竖起耳朵听仔细了。最后一次机会，告诉我那孩子——艾赛亚——在哪儿。只要你老实交代，我可以保证两件事：第一，你不会死，因为我们已经开始给你用药，这是庆大霉素，是药力很强的抗生素。第二，你的朋友路易斯不会死，当然，还有他的老婆。"

"她不是他的老婆。"米莉安咬牙切齿地说。

"不管怎样——"

"我要见他，我想和他说句话。"

"你没有谈条件的余地。"

"你想知道那孩子的下落，我可以告诉你。但我需要确认路易斯没事。行吗？行吗？我就这一个要求。"

伊森阴沉着脸说："我完全不必答应你任何事。我对你已经够仁慈了，不要得寸进尺，更不要敬酒不吃吃罚酒，免得我们谁都不好看。你这辈子总得有点信念才好啊，米莉安。那在这桩交易中是不言而喻的条件。你要相信即便你对我撒了谎，我对你仍会以诚相待。"

"那我请你答应我的条件。"

"况且路易斯也受了伤。我们怎么对你，就怎么对他。你肺部中弹，他也一样。不过他现在很安全，可是几个小时之后就很难说了，除非我们把他送到医院。所以，他现在应该很难开口和你说话。他在我们手上，而且他时间有限——"

"撒谎。"

这两个字是从戴维口中飞出来的。他震惊地睁大了眼睛，双手捂住嘴巴，可惜那已是多此一举。撒谎。米莉安的心几乎停止了跳动——

"我是说，"戴维慌忙解释，"等等——"

伊森拔出了手枪——"乓！"

　　一团血从戴维脑后喷将而出，他的身体像被踢掉支座的人体模型倒了下去。

　　米莉安心中一紧：

　　不好。

　　伊森一跃跳上病床，骑在她身上，用枪抵住她的头。面具被揭穿，也就不再需要面具，现在只剩下赤裸裸的愤怒。他气急败坏地大吼大叫，唾沫星子四处飞溅。

　　"快说！那孩子到底在哪儿？不说我一枪崩了你——"

　　米莉安把全身的力量都积聚在膝盖上，对着伊森的裆部狠狠顶去。他疼得弓起腰，低下了头。米莉安一只手伸到他的手腕下，猛然向上一推，枪在她耳边响了起来——

　　"乓！"

　　一声刺耳的尖叫，他的尖叫，还有枪声的回响。他的头重重朝她砸下来，他的两只眼睛像探照灯一样亮——

　　她张嘴便咬了上去。

　　牙齿陷进长满胡茬的脸颊，直至遇到他的牙齿。她的舌头上满是鲜血，味道很奇怪，有那么一瞬间，她竟有种喝到古龙香水的错觉。

　　伊森的惨叫惊天动地。他猛地向后挣，在米莉安的嘴里留下了一块血淋淋的肉。在他挣脱的同时，米莉安变换手型，用拇指扣住他腕部最柔软的地方用力一捏——

　　手枪掉了，一半悬空，一半在床沿上。米莉安松开伊森，他直起身子，脸上像开了一个水龙头，汩汩而出的鲜血顺着脖子流下来。

　　她毫不犹豫地拿起枪，对准铐着她的手铐便是一枪。"乓！"铐链断了，米莉安翻身下床，双脚重重落在铺着小地毯的地面上。

　　众人一下慌了神，纷纷夺路而逃。奥菲利亚推着凯伦便窜出帐篷，而凯伦则张大嘴巴，发出一声可怕的号叫。

　　米莉安的双腿像残废了一样，虚弱无力，晃晃悠悠，麻木得不听使唤。伊森抱头冲向门外，她对他连开了三枪。可手枪很重，她连举起来都感觉困难，更不必说瞄准了。帐篷上多了三个洞，但伊森逃脱了。

在她的头脑中，一个时钟开始嘀嗒嘀嗒响个不停。

她的身体就是一根保险丝。热量在积聚，当保险丝熔断的时候，她的路也就到了尽头——她自然不会爆炸，但会发出滋滋声。断了的保险丝形同废物，她会像块石头一样落下。胸口枪伤未愈，身体虚弱不堪，感染像加州的森林大火一样席卷全身，没有药物可以控制。

他们定会卷土重来。伊森也许逃脱了，但可以肯定的是，他的手下和同党定会抄起家伙向她扑来。大战一触即发。

她只有一个选择。

一个字，像水晶铃铛一样在她耳边响起——

逃。

52 米莉安再度逃亡

她身穿T恤，还有一条她也不知道是谁的瑜伽裤。夜里的空气依旧温暖，这让她身上的那股怪味儿更加明显。绝望和恐惧驱使着她奋力奔跑，她的身体像散了架，感觉已经不再属于她。

她用意念命令自己的双脚移动起来。

米莉安奋力奔跑。说是奔跑，实际上只是跟跟跄跄地朝前挪，因为地心引力是个缠人的小婊子。米莉安使劲向前伸着脑袋，可双腿的速度仅能勉强跟上，保证她不会一头栽倒在地。

基地环境复杂，到处是小房子和帐篷。身后传来大呼小叫，还有枪声："乓，乓，乓。"子弹嗖嗖飞来，落在身边，激起一道道尘土。她急转向右，钻进一条过道，一边是一个简易车库，一边是一辆小型拖车。前面停了几辆小车，有吉普，有悍马，有一辆落满灰尘的白色轿车，还有她的厢型车——巫师车——那辆神奇的魔法车。她只有一个念头：太好了，逃，开车逃。可这时前头出现了动静，有人在车子中间说话，而且她明显听到了枪械的声音。

米莉安深知自己应当停下，思考，想想自己的处境和选择。可讽刺的是，思考并不是她的选择。她根本无法控制身体向前冲的势头。不能停，否则她就会像用积木搭起来的塔一样倒掉。她已经没有多少斗志，就像电力不足的瓶中闪电，身上仅存的力量还需要维持双腿的运动。

逃，逃，逃。

她猫腰左转，躲在车库和一栋瓦楞锡棚之间。从这里她可以看到一间长长的温室，树脂玻璃上遍布灰尘、污垢和裂缝。沿温室长了许多小仙人掌。脚跟上阵阵疼痛，粗糙的地面可能磨伤了她的脚——碎石，土块？她不知道，也来不及停下来查看，逃命要紧。

溜进温室，外面传来更多枪声。子弹穿破树脂玻璃，噗，噗，噗，玻璃摇摇欲坠。一个陶盆被流弹击得粉碎，尘土漫天飞舞。一个西红柿被爆了头。米莉安使劲弯着腰，几乎是爬着蹿到了一张长桌旁。前面突然出现一个女人，拉蒂娜，那个黑皮肤的老女人。她举起双手哀求说：求求你，别杀我。米莉安没工夫理她，径直从她身边挤了过去。

她来到温室的一头。

前面有道栅栏。

栅栏很高，不低于十英尺，以铁链相连，顶上架着带倒刺的铁丝——不是盘成线圈，而是朝外弯曲成一定的角度。看起来不像是用来防止里面的人外逃，因为和卡尔·基纳的连环杀手游乐场截然不同，而更像是防止外面的敌人进来。

那些栅栏的状况也不怎么样，显然他们并没有尽心去维护。有些地方栏杆变形，使得栅栏歪歪斜斜。可即便如此她仍没有越过去的把握。

她做不到。

但她已经退无可退，唯有破釜沉舟。因此她又给脚底加了点料，咬牙向栅栏冲去，临到栅栏跟前时，她用力一跃。

手指像鹰爪一样伸出去，双手抓住铁链，双脚自然也没闲着，而后沿着颤颤巍巍的栏杆向顶上爬。

"嗒嗒嗒"，冲锋枪的声音。栅栏上火花四溅，离她最近的一颗子弹击中了一尺外的栏杆。她终于够着了带刺的铁丝网，倒刺深深扎进掌心的皮肉。她顾不了疼，只管用力将自己的身体向上拉。倒刺几乎已经触及骨头，但她的身体总算爬上了栅栏顶端。生锈的铁刺像牙齿一般噬咬她的肚子。拼尽全力继续向上，翻过去，自由落体。双脚触地，钻心的疼痛从脚一直传到膝盖。她扭伤了一个脚踝。

她要逼退疼痛，或逼退对疼痛的感知，把它逼到精神的角落里，用带刺的栅栏围住，因为她没时间疼痛，没时间顾及别的任何东西。再一次，她咬紧牙关，开始做自己最擅长的、一直以来都在做的且在丰富的经验中早已百尺竿头更进一步的事：

逃命。

53　活死人的长途跋涉

太阳终于升起来了，尽管过程犹如难产。它奋力翻出地平线，像僵尸爬出自己的坟墓。米莉安一刻也没有停歇，该死的，她活像一只不知疲倦的电动兔子。

她已经跑不动了，只能用走。不，连走都算不上，是挪。她的双脚烂得面目全非，腰上仿佛被人戳了三刀六洞，而她的肚子更为壮观，犹如两只野猫在上面你死我活地干了一架，或者来了一场天昏地暗的交配。

每隔几分钟，同样的念头便会在脑海中闪现一次：

我需要那些药。可是已经太晚了。她搞砸了，药又被那家伙拿走了……

她的整个胸口都呈麻木状态，而身体中的水分却在不断流失，虽然她没有撒尿，吐不出口水，哭不出来，甚至连血都没有流出一滴。她的嘴巴感觉像一道填满灰烬的峡谷，双眼却像煤球。干燥，充血。

周围的地面时而崎岖不平，时而一马平川。树形仙人掌像哨兵一样挺得笔直，果实上开着粉色的花。石炭酸灌木的枝杈一水儿向着天空，犹如一根根扎满黄色小花的绝望的手指。

这里很美，她心里想。尽管这里并不属于她。这是别人的王国。太阳，天空，干燥贫瘠的沙漠中的春花。换作任何别的日子，她会来这里抽烟，发呆，吐槽一切荣华。操这个，干那个，鄙视所有美好的东西，等等等等。可现在她毫无兴致。

今天，她只是想：**这里真美**。

这很可能是因为她快死了。

她知道，仙人掌知道，万里无云的天空也知道，这并不是什么秘密。她还剩下半边肺可用，每次呼吸都像被人拿牛排刀戳胸口一样疼。她的脚犹如走在奶酪刨丝器上。感染正从内到外侵蚀她的身体，她感觉自己像一根生锈的热炮管。所有的东西都被烧焦了，熔化了。

她不知道自己身处何地。她跑了一阵，走了一阵，而今正拖着笨重的脚步穿过一片不毛之地。没人来追她，前面影影绰绰的像是一片高山，至少也是丘陵。不是城市，不是小镇。她在向北吗？或向南？向东？向西？毫无头绪。

没有水，没有吃的，没有药。

我真该把药瓶抢过来。

再抢一瓶可乐，还有热狗。

*我真该老老实实告诉他们艾赛亚的下落。让他们该干吗干吗去。我又何必自找麻烦呢？*她对自己说：我不在乎。我只是太固执了，不愿轻易向人低头。这毛病迟早会害死她，毋庸置疑。她甚至连艾赛亚具体在哪儿都不知道。对他们而言，她实在毫无价值。

她跪倒在地。

胸口微微起伏，每一次呼吸都令她痛不欲生。

她忽然有种异样的感觉，于是缓缓扭过头，在一根轻轻摇晃的石炭酸灌木的枝桠上有个东西，起初她误以为是红色的花。但那不是花，而是只鸟，一只朱红色的捕蝇鸟。她说不清自己怎么知道它的名字，但过去这几年间，她的确了解了不少关于鸟类的知识。她读过很多本介绍鸟类的书籍，虽然看得浮光掠影，但某些零碎的资料就像扎在手上的刺一样留在了她的脑海中，也许有比这更复杂的原因将她和鸟类联系在了一起，比如灵异那一套。但此时此刻她心里却想：这只红色的捕蝇鸟知道自己是捕蝇鸟吗？为什么？为什么一只鸟会在乎人类对它的称呼？除非它真的在乎。除非它的出现就是为了人类。也许万事万物都是为人类而生的。他们全都是上帝的子民，而上帝创造这个世界却仅仅是为了人类，大约就这么一个故事。她想到这里不由得觉得好笑，倘若上帝果真存在，那他也太不是东西了。

"我需要你的帮助。"她对那只鸟说。她的声音非常低，几乎听不到。小鸟冲她叽叽叫了几声，"你不是知更鸟，但我需要你带我逃出这地狱。请你给我指一条路。"

"吱吱，叽叽。"

米莉安向前倒去。

第六部分

雷鸟

末日风暴

伊森·基用一个马口铁茶缸吃着燕麦粥。这是他的早餐。勺子在茶缸里刮来刮去——粥煮得时间有点长，所以茶缸壁上粘了厚厚的一层硬皮。他坐在后院的露台上，双眼盯着不远处的地平线，似乎在望着特定的某个东西，又似乎在望着一切。他从茶缸里捞起一颗黑莓，塞进嘴里慢慢咀嚼。黑莓不太甜，倒有点酸。

不知哪里冒起一团无名火，他一把将茶缸扔了出去。"当啷"一声，茶缸落在十步开外，里面剩下的燕麦粥撒了一地。

"你钻进牛角尖了。"玛丽·史迪奇说。伊森吓得浑身一哆嗦，脖子像被电击了一样僵住。

"老天爷，玛丽。"他气呼呼地说，"下次能不能先打个招呼？"

玛丽·史迪奇——她是他们的救星或是灾星？他不知道。但有一点可以肯定，玛丽并非真正的信徒。而他很难相信一个为钱卖命的人。钱只是一种媒介，它甚至连实物都算不上；它并不代表任何真正的价值，无非是衡量人们欲望的一种无聊手段。

那么，她究竟抱着什么样的目的呢？

"你已经萎靡不振很久了，"她说，"已经发生的事，你无法改变，遗憾有什么用？吸取教训，继续向前——"

"你少在这里教训人，我不需要，也不想要。"

她拉来一把椅子坐下，手里端着一杯咖啡，小口抿着，"她死了。"

他们两个都知道玛丽口中的"她"指的是谁。

米莉安·布莱克。

"现在还不能确定，"他说，"我们还没有找到尸体。"

"外面地方太大了，她死在哪里的可能性都有。石头下面，山沟里。那样的环境，一个小姑娘是很难幸存下来的。我看到了她的弱点。她的身体很结实，比很多人想象的都要结实，但她从里到外已经垮了。"

伊森咕哝了一声，他拍着自己的胸口说："但她这里很强大。"

玛丽不屑地笑了笑，这让伊森更为恼火。他不喜欢被人嘲笑，但他忍住了没有发火，因为他要顾及玛丽的面子。他不希望任何事疏远他们的关系，至少不能在这儿，不是现在。

"那姑娘哪里还有心啊？"玛丽说，"她胸膛里只剩下一个沾满污秽的巢，又黑又臭，里面盛着一只已经风干的死鸟。我早该知道的，因为我和她一样。"

"那你告诉我，怎么才能杀死一个没有心的东西？"

又是一声轻笑，比上一次更加充满挖苦的味道，"问得好。也许你用不着杀死它。"

伊森把心中的忧虑说了出来："没有一件事是顺利的。她死了，戴维也死了。"这时头脑深处忽然有个声音纠正他说：不，戴维是你杀的。你一枪打爆了他的头，"而我们依然没有找到那孩子。"

"我提醒过你不要拿那个卡车司机的事诈她。"

"我本来用不着后悔的，现在你倒好，用马后炮来轰我？怎么跟我妈一样。她也总是对我说，别担心，做个男子汉，要有自己的主见。可一旦你做了什么事——哪怕刚刚开始——她就开始一盆一盆地泼冷水了，说你把事情搞砸了。她说她鼓励我们犯错误，可实际上我们无论做什么，在她眼里都是错的。也许她把我们这个家都看成了一个错误。我也不知道。都无所谓了，反正她已经死了，生活还在继续。"

远处的沙漠上空，秃鹫在盘旋翻滚。

玛丽深吸了一口气说："这就是你的一个软肋。"

"什么？"

"家庭。"

"家庭怎么会是软肋？"

"对你来说就是，伊森。你在你的头脑中创造了家庭这个观念，而这其中的原因多半是你的妻子挨了一枪，从此再也不能像正常人一样。所以你创建了这个地方，并把这里的人视为家人，如此一来就意味着他们对你产生了依赖性，你对他们也是同样。你以为这就是群体，但它只是你的弱点，说明你并不是在为自己而活。"

"你又来了。"他警告说。

"你把戴维当儿子看待，可他背叛了你。还有你对那个孩子艾赛亚的热情。你根本就不需要他。我们已经制订了计划，一个切实可行的计划，而且它眼看就要成功了，我们甚至能闻到闪电之前臭氧的气息。你马上就要干一件惊天动地的大事，你将改变这个国家。"

"也许吧。"他说。但他们仍然没有找到那孩子。而他的妻子——她不愿和他说话，她就坐在自己的房间里一动不动地发呆，嘴里嘟囔一些他完全听不清的话。她把他冻结了，他知道为什么，因为他失败了。他败给了米莉安，精心准备的骗局也搞砸了。他还打死了戴维，而最终，艾赛亚仍然下落不明。

"你又开始想那孩子了。"玛丽说。

"麻烦你别在我身上用你的超能力，可以吗？我瘆得慌。"

她得意地笑笑，"我以为你喜欢我们这些异能者。"

"我是喜欢异能者，但是除了你，玛丽。"

她沉默了片刻。眼睛直勾勾地盯着他，锐利的眼神几乎要把他撕碎，就像手指撕下鸡腿上的肉。忽然，她脸色柔和了下来，低声吹了个口哨说："原来如此。"

"什么原来如此？"

"你失去了一个孩子。"

他浑身一震，"你什么都不知道。"

"谁说的？"她说，"凯伦遭到枪击时是不是已经怀孕了？"

"没有，"他坚决地说，"枪击之前一个星期孩子就没了。"

"那一周可真是祸不单行啊。"

"你根本想象不到。"

"所以你对家庭，还有对那个孩子才会如此执着——"

"请你出去。让我好好吃顿早餐——"他低头看到自己空空的双手。早餐不是被你扔出去了吗？"让我安静一会儿。你就让我一个人坐在这里发会儿呆行吗？我们只剩下几天时间，坦白地说，在那之前我不想看见你。"

玛丽站起身，咖啡冒出的热气像被驱离身体的魔鬼一样环绕着她，"顺便说一句，我也想去。"

"去哪儿？"

"法院。计划实施的时候。"

"这可不行。我要你留在这里。免得你被卷进去。"

她哼了一声，耸了耸肩，"好吧，既然你不想顺顺当当，那就随便了。"

"你什么意思？"

"我是说，如果你希望计划顺利，我就需要到现场去。我知道计划的每一个环节，所以我想确保它能够顺利实施，不出纰漏。在这方面我也是有名声的。"

"玛丽剪刀。"

"没错。"她用没端咖啡的那只手比出一个剪刀的姿势：咔嚓，咔嚓。

"那好吧，你去帮他们布置安排，但不能逗留，明白吗？那些爆炸物威力了得，能把人炸成灰。"

她点点头，"谢谢你的提醒。"

"好了，你出去吧。"

她舔舔嘴唇，抿了口咖啡，转身走了。

54 走鹃和丛林狼

秃鹫在天空盘旋，画出标准的圆形，仿佛有根绳子一头拴着它的翅膀，一头固定在一个看不见的轴心上。被太阳炙烤的空气形成滚滚热浪从沙漠里蒸腾而起，将秃鹫推向越来越高、越来越高的空中。另一只秃鹫加入了进来。

第一只鸟的头脑开始跳跃。在短暂的一瞬间，他们共有着同样的意识，一个念头像温热的太妃糖形成的缎带在他们中间展开——可转眼间，头脑入位，从第一只秃鹫进入了第二只。

这头脑一度曾属于一只朱红色的捕蝇鸟。那是一只雄鸟，红得像火，像血，嘴里衔着一只蝴蝶。它把蝴蝶送给另一只捕蝇鸟，这一只是雌的，栖息在一株树形仙人掌上。那是求偶的礼物，但它遭到了无情的拒绝，于是蝴蝶被它吞下了肚。嘎吱，嘎吱，咕噜。

捕蝇鸟懒懒散散地过着日子，虽然名字听起来似乎是很勤奋的样子，但实际上捕蝇鸟的懒惰是出了名的。尤其是雄鸟。它们大多时间都坐在枝头，看着，等待着。

做着白日梦。

梦想过上不一样的生活，不是作为一只鸟，而是作为别的生命，有着长长的四肢和坚韧的手指——没有喙和爪子的生命。粉粉的，没有羽毛，可以栖居在大地上，拥有滚石一样的优雅。

这时，捕蝇鸟飞起来了。从白天到黑夜再到白天。然后一只知更鸟，在天空划出一道银灰色的线，时而闪避，时而俯冲。捕蝇鸟心想，真是讽刺，可它连讽刺是他妈什么意思都不知道。与知更鸟擦肩而过时，它变成了知更鸟。

捕蝇鸟继续向前飞，知更鸟留了下来。

无论经过什么，它总要偷走对方的声音，占为己用：心脏的震颤，小鸟的叽喳，手机，口哨，哔哔响的手表。知更鸟理解这些声音，脑海中似乎还留有关于它们的一点朦胧记忆，只是这些记忆分外遥远，也许并非它自己的。最后它选中了一种叫声，这叫声为它带来了新的记忆。它隐约记得一个粉粉的、没有羽毛的东西平躺在桌子上，手上的血几乎变成了黑色。一个用带刺的铁丝编织的月桂花环。一只更大的鸟类正在接近，它有着坚硬的皮，看起来就像爬行动物。

知更鸟放弃了这种叫声，毅然从秃鹫群中穿过，现在，它成了它们的同类了，一只秃鹫。它的喙和咽喉中塞满了腐肉——愉悦的感觉，死亡创造纯粹和完美，因为死亡的目的显而易见：死亡就是为了饲育生命。一个生命死去，变成另一个生命的食粮。新鲜的或腐烂的。被一点点分解，被牙齿咀嚼，被喙吞食，被风和雨的利爪撕碎，从生命到死亡再到生命，生生死死生生。这是世间万物的根本目的，秃鹫只是其中的一个分子。

如今这道理似乎浅显易懂。但那粉粉的、没有羽毛的东西却无法理解。

因此，从一只秃鹫，到另一只秃鹫，而后第三只，最后它同时变成了一群秃鹫。它们盘旋着。沙漠里升起汗和血的味道，它发现了那无形气息的源头。于是一群秃鹫像箭一样俯冲而下，它追随着这些箭，循着臭味，找寻死去的生命。

目标出现，一具尸体。

粉粉的，没有羽毛。

它的头发大部分是黑色的，但有几缕挑染的彩色。

一个女人。

秃鹫感觉似曾相识。

其他秃鹫聚集起来，像一群身穿黑袍的法官，警惕地站着，仿佛在集体思考刚刚的审判。

有一只秃鹫与众不同。就像她是她自己一样不同。这只秃鹫的一只眼睛只剩下一个皱巴巴的洞，而另一只眼根本不是秃鹫的眼，那是和鸟类完全不同的器官。

人类。

"这人还没有死，"这只秃鹫说，它每说一个字，喙都会发出咔嗒咔嗒的碰撞声，"坐在轮椅上的那个女人是怎么说的？哦，对。"这时，秃鹫的声音变成了一个女人的声音，"死神看不到你。"

这只独眼秃鹫弯下腰和长长的脖子，用它那灰色的、弯弯的喙推了推"尸体"。"尸体"抽搐了一下，背部微微拱起，随后又落下。

这个粉粉的、没有羽毛的东西还活着。

秃鹫的头脑感受到一股不可抗拒的力量，这力量就像地心引力一样拉着它，越来越深，越来越近，直到将意识从这只食腐动物的大脑中拉出来，拉进这具粉粉的、没有羽毛的"尸体"。

不。

这是秃鹫不愿意看到，也不愿意想的。如果这个人还没有死，那到嘴的美味就算泡汤了，也许他们还要争斗一番，而此时此刻秃鹫只想要容易得手的猎物。这个人类可没那么好吃，而倘若不能用来填饱肚子，那她还有什么用呢？

秃鹫又愤怒又害怕，一气之下飞了起来。

独眼秃鹫追在后面喊:"时间飞逝。这人离死已经不远。即便死神现在还没有看到她,但也不会太久了。"

可那只秃鹫已经不在乎了(它也不想在乎)。

它一声长啸,借着热浪的推力飞上了更高的天空。

而另一只身体更小的鸟却伶俐地飞来。它显然是个狩猎行家,这时:秃鹫的身体扭摆了一下,头脑伸展开来——

一只百舌鸟,体态轻盈小巧,瘦得像道闪电,灵巧得像把刮胡刀。它已经开始了它的狩猎行动。而它狩猎的方法也格外特别。小小鸣禽的心里却藏着杀气腾腾的旋律。这只百舌鸟目光如电,很快就看到了猎物:那是一只正从一块石头跑向另一块石头的小蜥蜴。百舌鸟伸出利爪,飞扑过去。

这小鸟抓起了蜥蜴,带着它越飞越高。

随后爪子一松,将蜥蜴摔向地面。

噗!蜥蜴掉在一棵仙人掌上,身体登时洞穿。但它依然在蠕动,徒劳地张大嘴巴挣扎。百舌鸟早已是饥肠辘辘,现在它可以安心享用它的猎物了——就这样,无助的蜥蜴任由它撕扯,啄食。然而一只蜥蜴对它来说顶多只算个开胃小菜。它的胃口大得很呢。因此从白天一直到夜晚,它又先后猎到了蝗虫、飞蛾,甚至还有一只小老鼠。它每次都采用相同的战术——把猎物高高带起,摔下来,让猎物暴尸仙人掌上,然后再从容享用。它灰色的小胸脯几乎被染成了鲜红色。

她从一个猎手跳到另一个猎手。她一会儿是猫头鹰,一只一只地吃老鼠;一会儿是只游隼,从高空俯冲而下,在半空捕捉到一只岩鸽,还未落地便将它杀死在口中;一会儿是只啄木鸟,从仙人掌的枝干中捉虫子吃;一会儿又是只鹩鹩,扯下盲蛛的腿。这时她想,我想来只蝎子。黎明来临时,她想办法进入了一只走鹃的身体,于是拥有了矫健的双腿、锋利的喙。

它一整天都在不停地奔跑,寻找猎物。

她——它？——干死了一条响尾蛇。它叼起蛇猛地往石头上摔，直到蛇脑浆迸裂。它攻击了一只角蜥，把它倒着吞掉，免得被角蜥身上的钩和刺剌破或卡住喉咙。后来它看到了一只蝎子：金色的身体几乎透明，走路时发出吧嗒吧嗒的声音，尾巴一晃一晃。蝎子左躲右藏，走鹃速度惊人，它前伸着头，尖尖的喙像骑兵的长矛刺向蝎子的身体。它成功啄到了蝎子并把它吃掉，蝎子甚至没有机会放出毒液。

这种鸟行动起来可谓风驰电掣，而且似乎永生不死。

走鹃抬起头。

它看到了一头丛林狼。

讽刺的念头又一次出现，尽管走鹃也不知道它是什么意思，也不知道这念头从何而来。

哔——哔——

丛林狼是个污秽不堪的家伙。它的皮毛光溜溜的，牙齿泛黄。让她感到熟悉的是它也是只独眼龙——瞎掉的那只眼只剩下一个烂坑，另一只不出所料是人类的眼睛。丛林狼眨了眨眼，冲她喷了口气，然后瘆人地笑起来：呵呵呵。

丛林狼的身后是那具"尸体"。秃鹫依然守在那里，等待着。等待什么呢？那人一定还活着。

走鹃绕了个大圈又回来了。是凑巧吗？还是有意为之？

头顶，傍晚的天空昏暗起来。浓云聚集在太阳周围。遥远的地方，雷声滚滚，像饥饿时的肚子。

"快醒过来吧。"丛林狼说。

走鹃伸着脑袋，像只好奇的狗。

"风暴要来了。倘若再经历一场这样的风暴，你就必死无疑了。"脏兮兮（也许已经死了）的丛林狼说，它瞎掉的那只眼睛里有蛆虫在蠕动，"死神一次次绕过你，对你视而不见。十年前你就被死神打上了记号。他以为你已经死了，因为你给了他一个生命，不是你的，但却蒙混过关。可死神很快就明白了是怎么回事。命运迟早会找上你。命运和死亡是一回事，你懂吗？他们都把人作为狩猎的目标，且在不知不觉中一点点靠近你。"

然而走鹃有它自己的想法，这想法根本不像出自一只鸟：哼，那又怎样？这只鸟是希望这个人死掉的。说实在的，它觉得这人应该已经死掉了。果真如此，它就不必再客气了。走鹃擅长做这种事，从一具尸体到另一具尸体，从一只鸟到另一只鸟再到另一只鸟。它从来不会为了一点点肉和骨头束缚自己。它不停地飞啊，跑啊，寻找猎物，俯冲，高飞，坠落。它们是红毛红嘴的不朽生命。

远处又传来一声炸雷。

走鹃转身便跑——

可丛林狼挡住了它的去路。它低着头，龇着牙，粉状的舌头舔着腐烂的牙齿，"这次你跑不掉了。"

走鹃心想：奔跑就是我的生命啊，除了奔跑我还能干什么？

丛林狼说："可你不是一只走鹃啊，明白吗？米莉安，是时候了。"又一声响雷。乌云越来越厚。远处的群山雾蒙蒙的：那边已经下起了雨。

当走鹃抬起头时，丛林狼已经不再是丛林狼，而是变成了一个高高大大肩膀宽宽的男人。他一头沙色头发，戴着卡车司机帽，一只眼睛瞎了。可转眼间他又变成了一个满脸伤疤的年轻女人。那些曾经红色和粉色的疤痕如今变得苍白，如同幽灵躯体上的血管。这时，女人变成了小孩，他手里拿着一只红色的气球；而后是一个穿着超人衣服的小孩；接着是一个上了年纪的女人，她一脸不屑，长长的花白头发好像给双眼加了个框。她手里拿着一把闪闪发光的剪刀，咔嚓咔嚓剪着空气。她说："可怜的米莉安。"

在走鹃的胸口，有什么东西像热煤一样燃烧起来。

"撒谎。"一声枪响。

两只手掐住了她的喉咙，一支枪抵住了她的脑袋。

一连串的爆炸，自上而下。

砖块，火焰，死亡。

"其他人，是他们让你变得软弱。你和他们的关系，你们之间的情感锁链，像锚一样拖住了你。"

走鹃心想：我已经斩断了所有联系。我很坚强。

但丛林狼甩了甩它那臭烘烘的脑袋。

"那不对，"它吼道，"让你软弱的不是人，人只会让你坚强起来。为了他们，你该回来了，米莉安。不为你自己，就当为了他们。快回家吧。回到你的肉身上来。回到你的家。"

雷在天空炸开了一个洞，闪电趁机从里面钻出来。大雨倾盆而下，劈头盖脸，无所顾忌。见情况不妙，走鹃急忙溜掉了。

而米莉安——她的身体依旧躺在地上，脸朝下——喘息着、颤抖着，发出一声无言的怒吼。

55 阴影

眼睛眨呀眨呀眨。

米莉安忽然恢复了意识。脑子里乱糟糟的，没有一件事说得通。她的世界在摇摆颠簸，这一点她的脊椎和脖颈感受最真切。眼前黑乎乎的，全身都在疼。周围有许多黑色的轮廓，左边，右边，对面，人类的轮廓。但他们聚集在那里就像——

就像一群开会的秃鹫。

她依旧头脑昏沉，疲惫的感觉格外强烈，整个人就像被撕烂的衣袖毫无生气。她想：不对，那是一群猫头鹰，不是秃鹫；但它们看上去更像一群人——一群有着身份和地位的人，一群等着投票的法官或政客。

他们似乎已经做出了决定。

也许决定性的那一票就在她手中。

"你们是什么人？"她对着黑暗问。

"我去，她醒了！"一个男人的声音说。附近的一个影子慢慢拉长，眼前出现了一点光。她看到五个人影，而且他们好像在一辆车上——军车的可能性很大。她左右两侧各有一人，对面三人，四男一女，全都身穿沙漠迷彩。开灯的是一个长着小胡子的男人，胡子硬得像鞋刷毛，黑得像煤灰。他首先开口说："小姐？"

"操！操！什么情况？"她慌得深吸了一口气。她忽然感觉自己被困住了，不由得起了一身鸡皮疙瘩，"怎么回事？"

有人递过来一瓶水。她用两个膝盖夹着，用手扶稳，然后迫不及待地大喝了一口。水很凉，但咽下去的同时也有种火烧火燎的感觉。

"我们无意中发现了你。"男子说。

那个女人朝前探了探身子，她的眼睛又小又黑，像两块黑石头；鼻子又长又平，像斧头的刃。向前靠的时候，她腰带上的装备——手电，刀，和红牛罐差不多大的手雷——叮当直响，"是卡特尔干的吗，女士？女士，你是毒骡吗？你身上有没有带毒品？藏在哪儿？嗯？说话呀，也许我们能交个朋友呢。"

"妈的，当然不是。"米莉安咳嗽着说，"不，不是你们想的那样——"

鞋刷胡对那女人说："沉住气，内兹。我看她不像。"

那个被叫成内兹的女人耸了耸肩，身体往后靠去，双臂一抱，盯着米莉安。

坐在米莉安旁边的一名男子，胡子瘦得像支铅笔，看起来像拉丁裔，他把一个黑色的小手电递给了鞋刷胡。

"谢谢，唐尼。"鞋刷胡说。他打开手电，从米莉安的眼睛前晃了一遍——就在这时，汽车忽然向右来了个急转弯，米莉安差点歪倒在唐尼的腿上。鞋刷胡关掉手电说："女士，我是肯·凯斯考利，这是德纳·内兹、唐尼·比盖、吉姆·洛佩斯和奥克塔维奥·基诺。"吉姆头发蓬乱，娃娃脸，笑得跟花儿一样；他的脸可真红，说他在外面被太阳晒了一天可能都是轻的，他简直就是太阳本身。坐在她另一侧的是奥克塔维奥，这小伙子帅得一塌糊涂，根本不像凡人，倒像是几千年前风和水孕育的产物，"还有一个人你暂时见不到，那就是哈尔·柯蒂斯，他在开车。现在你知道我们的名字了，你还记得自己的名字吗？"

她当然记得。

这倒让她有点意外。

"我叫米莉安。"她说。

鞋刷胡继续说道："你好，米莉安，有姓吗？"

当然有，可她不愿说。于是鞋刷胡继续下去："我们是ICE的追踪小组，ICE就是移民和海关执法局，知道吗？我们在托赫诺保护区边缘发现了你。你的身体状况很糟糕，所以我们要带你到医院看看，然后我们再聊聊——"

"如果我们能活过这场大暴雨。"吉姆·洛佩斯依旧笑着说。

鞋刷胡点点头，继续对米莉安说："这一带天气不佳。风暴正好从这里过，说不定会有洪水，所以我们也在尽快撤离。"

"不，"米莉安说，"我没……我不能。我没受伤。"

可她的的确确受了伤，这她很清楚。疼痛的感觉依然遍及全身，只不过现在有一点点不同了，不再像之前那样生龙活虎，现在痛感更强，面积更大，但却并不活跃。好像疼痛变成了一个羞羞答答的鬼东西，藏在石头和尘土底下。她本能地将手伸进脏兮兮的衬衣，抚摸胸口上的枪伤——

她发现伤口处有些干燥毛糙的东西，是干草，从皮肤里穿进穿出，伤口就那样被缝了起来——

雷声滚滚，闪电划破夜空。她坐在沙漠里喘息不定。一只乌鸦跳到了她的肚子上，另一只跳到了肩膀上。乌鸦用喙掀开她的衬衣，钻了进去。向前爬时，那只鸟用爪子抓着她的肚皮，她想把它拉出来，可这时乌鸦的喙猛地啄进了她的伤口，她疼得大叫起来。乌鸦似乎在伤口中寻找着什么，脑袋一会儿前伸，一会儿打旋。她觉得有空气从身体里嘶嘶冒出，血在不停地向上涌，不大一会儿，乌鸦钻了出来。疼痛像天上的雷和电让人无法忽视。乌鸦扭过头，嘴里叼着一个闪闪发亮的东西。那是一颗沾满血的子弹头。它脑袋轻轻一晃，子弹吧嗒一声落到了地上。另一只乌鸦嘴里衔着一撮干草，头一只乌鸦上前啄了几口，两只鸟同时钻进衣服，在伤口前又是一通鼓捣，最后它们用喙做针，把伤口缝合了起来——

这一段果真发生过吗？

或者那仅仅是她的想象？

可缝合伤口的干草……

"我没事，"她说，"用不着去医院。"

叫内兹的女人上下打量了她一番，"我说女士，你绝对需要到医院看看。你那样子看着就像刚生下来似的。瞧瞧你浑身的血。你被强奸了吗？你可以告诉我们。是卡特尔的人干的吗？你被丛林狼袭击了，还是土匪、走私犯或者沙漠里那些脑子不正常的浑蛋？到底是谁？"

唐尼轻轻碰了碰内兹的膝盖，"嘿，你让她静一会儿。况且我们又不是警察——咱们只管把她带出去就是了。"

"我遇到了……邪教，"米莉安说，"也不算邪教，是一群人，一个民兵组织。"

奥克塔维奥傻傻一笑，手舞足蹈地说："小姐，那种组织在这一带到处都是。美国是个自由的国度，可亚利桑那，他妈的简直是果蝠的世界。"

"他们……我可以带你们去找他们。他们……他们在北边？那里路不好走，只能开越野车。我想想——"车子一沉，哐当一声巨响，大概又碾过了一个坑。雨点像锤子一样砸在车顶，"好像叫坟墓峡谷路。"

"我知道那儿。"内兹说。

"我们不会去的，"鞋刷胡说，"这场风暴威力惊人。你需要治疗，而我们也需要尽快离开这片沙漠。"

这个念头刚一闪现她便脱口而出："你们是暗影之狼。"

"没错。"鞋刷胡说。

"你看！"奥克塔维奥用胳膊肘碰碰内兹说，"我早说过人们知道咱们，看来我们很出名嘛。"

唐尼说："没人知道咱们是谁。这个国家的人跟断电的灯泡一样瞎。他们甚至不知道去哪儿投票，吃的食物里有什么，或自己有哪些权利——"

急刹车。每个人都控制不住地向前倾倒。车头一沉，紧接着，砰，金属撞击，随后便是一阵嘎嘎吱吱的声音。

那之后，一切便归于宁静。

"搞什么！"内兹说。

驾驶舱与后排之间的小隔板哗啦一声拉开，一双棕色的眼睛出现在窗口里，有人（想必是哈尔·柯蒂斯了）随即说道："前方有大水。车前轮掉沟里了，看来需要推车。"

"撒尿啦！"奥克塔维奥骂道。

"要湿身咯。"洛佩斯笑着说。

"你们两个谁敢再开下流玩笑，"内兹说，"我就拿刀割掉他的蛋蛋。"

鞋刷胡起身打开车后门，冲他们挥了挥手，其他人于是纷纷戴上宽边软帽跳出车外。

雨点打在米莉安的脸上。闪电像灰色天空的脉搏，雨声则犹如永不停歇的咆哮。鞋刷胡是最后一个下车的，他伸手止住米莉安，说道："你留在这儿。很快就好。等车一推出来我们就换条路，总之会把你送到安全地点。"

他跳下去，随后关上了车门。

米莉安坐在车里。

车子挂上倒挡，在众人合推的力量下艰难后退。引擎轰鸣，轮胎空转。但它们的声音几乎彻底湮没在风暴中。

她不想去医院。

　　乌鸦为她缝合的时候，秃鹫们就站在周围。天空降下第一滴雨时，一只鹰落在附近的一棵仙人掌上。一只小百舌鸟飞来飞去。一只知更鸟在嘲笑她。她就像迪士尼电影里的公主——只不过她没有一群侍女为她更衣，而有一群鸟为她处理伤口。它们等待着。

　　等待什么？

　　一个黑色的影子掠过灰色的太阳。

　　她抬起头，看到前面坐着一个人。

　　路易斯。冒牌路易斯。入侵者。

　　然而此时此刻，这情景却意外地令人欣慰。

　　"有钱难买后悔药。"他说着伸出舌头。一只蝎子在他的舌尖上跳舞。他把它一咬两截，任由蝎子蠕动的残躯在牙齿间挣扎。她想起了蝎子的味道，她想起了所有东西的味道：蜥蜴、老鼠、蝴蝶，甚至阿什利·盖恩斯被塘鹅撕碎的骨头和肌腱，"这是你欠下的债。我们还有活儿要干。"

　　"我知道。"她说。

　　米莉安小心翼翼地打开车门，尽量不发出一点动静，随后她跳出去，钻进了风暴。

凯伦·基

雨停了。风暴的喧闹渐渐远去。在基地中心他们的小房子里，凯伦·基耷拉着脑袋，坐在床边的轮椅上。她的身体虽然残废，但头脑依旧灵活——像许多破碎的镜片，每一片都是一把锋利的武器。伊森跪在她前面，和往日一样头枕着她的大腿轻轻哭泣。凯伦用一只颤抖的手习惯性地抚摸着他的头发，虽然最近以来她一直克制这种习惯，拒绝碰他，甚至看他一眼。但如今，一切都处于运作当中，每一个环节都已经开动，多米诺骨牌一个接一个倒下，啪嗒，啪嗒，啪嗒，就像自行车辐条的声音，筹码的声音，一切土崩瓦解但又有条不紊的声音。快了，快了。

她听到了思绪的声音——零散的思绪，像飘荡在城市街头空气中的一段段音乐，像随风飘散的远处餐厅里美食的香味——她抓住这些思绪并据为己有。大部分零散的思绪都肤浅无聊，毫无价值——

为什么偏偏今天下雨？

臭娘子不让我看我的孩子谁能理解做父亲的苦。

我喝的水足够吗？很可能不够。

这咖啡一股屎味儿不过我还是喝了吧。

天气一年比一年热得早。

——因为大多数人都浅薄无聊，但他们依然能给她带来同样的安慰，因为她与他们不同。凯伦已经好多了。之前很糟，但现在还不错。感谢她脑子里那颗子弹。

至少不是沙尘暴。

吃太多甜甜圈了。

墨西哥垃圾。

人的头脑很简单，整天想些毫无意义的东西：天气、食物、短暂的安慰、香烟、糖果、鞋子里的石子、是不是忘了关炉子或有没有把旗子插在信箱上。但偶尔人们也会深刻反思：对癌症的忧虑、对陌生人的恐惧、暴力的冲动、强烈而又隐秘的性兴奋；这些念头总是试图把凯伦拖入黑暗。多数人的头脑只是一碗平平淡淡的清汤，直到真正美味的配料冒着泡泡浮上表面，才会焕发出诱人的香味。但即便枯燥无味的想法也可以发人深思：对暴雨或炎热天气的忧虑演化成对全球变暖的恐惧，以及对死亡和控制的焦虑；关于食物的想法引出对癌症或糖尿病的担忧；忧郁症像饥饿的野兽在人间崛起；还有那熟悉的对死亡永恒而普遍的恐惧；对短暂安慰的欲望转变成对一个人是否配得上这种安慰的怀疑。

这是一个无底洞。

凯伦无法到达太深的地方。除非他们死了。只有在人刚刚死去，思想和灵魂短暂停留的那段时间，她才能天马行空地深入别人的思想。她在韦德·齐身上用过，在许多走私犯、毒骡和盗贼身上用过。戴维死的时候她也用过——并非因为他心中藏着秘密（尽管那是事实），而仅仅是出于对他所做牺牲的尊重。他是个好孩子，但却被迫走上自我毁灭的道路，许多人都是如此。他拥有自我毁灭的冲动、强迫观念和瘾嗜，他见不得别人撒谎，总是不由自主地在第一时间揭开撒谎者的伤疤，让他们付出流血的代价。

她想让米莉安·布莱克死掉，那样她就可以像遁土的小虫一样钻进她的心里。将自己隐藏其中。但她从来没有试过钻进异能者——像她一样拥有特异功能的人——的心里，对这些人而言，即便最浅显的闪念也不容易捕捉到，因为它们绝不像空中的飞蛾那样好对付，而更像水沟里的冰锥——坚硬，冰冷，不易捉摸。

米莉安本该成为他们计划的盟友。

但她间接履行了她的使命，虽然是在不知情的情况下。

那个名字，玛丽·史迪奇。

一个可怕的女人，但拥有无比神奇的力量。

很快，一切都将不同。现在凯伦知道了。这是不可避免的。必须有人推动世界的进步，但这绝不是一蹴而就的事。它需要灵巧的手，暴力、强壮且充满自信的手，而其动机则是真理和荣誉。

对他们来说，不成功，便成仁。她心知肚明。她已经预见到自己的结局，在她死亡与复活的过程中：美国陷入一片火海。庄稼在燃烧，街道上传播着各种疾病。人们被自己的食物或被彼此毒害。天空中出现红色的降落伞：侵略。街上到处是死人：瘟疫。因为冬季的寒冷迟迟不去，星条旗被撕成一条一条生火取暖。这是注定的未来，它深藏在她的心里。而且她知道这一切都是我们的错。我们软弱的领导，我们的社会体制。美国像一朵低垂的花儿弯下腰，乞求着被人采摘。

虽然过程必定漫长而艰苦，但它已经开始了。

他们定能成功，因为他们代表公理和正义。

如今他们有了越来越多的追随者。人们从网络上或经过口口相传知道他们的存在。在大众心里，他们是真心想要改变现状的人，他们是即将来临的风暴，一场席卷整个国家、推枯拉朽、荡涤一切污垢的风暴。

短暂的一瞬，她有种胜利和饱足的感觉。

可一转眼的工夫，她就觉得好像有什么东西——像一只饥饿的耗子——在挠他的脑干。"不……对……劲……"她说。短短三个字，蹦出脑海只需电光石火的一瞬，可说出口却要费尽百般周折。

伏在她腿上的伊森抬起头——他在为自己做过的事情哭泣，为他们做过的事情，以及即将到来的事情哭泣——他吸了口气，用手背擦了擦眼睛和鼻子，"你指什么？"

"我……不……知道。去叫……奥菲利亚。"

不知何处传来动静。那些零散的念头忽然像积聚的静电达到了最高峰。

伊森起身准备出去，但他立刻愣在原地——窗户上一个摇晃的黑色影子吓了他一跳。

一只乌鸦，也许是大乌鸦。有分别吗？这一只个头很大，喙全黑色，脑后的羽毛几乎和花岗岩石料一样方正。那只鸟张嘴叫了几声："哇，哇，哇。"

随后啄了啄玻璃，"笃，笃，笃。"

它身后又出现了一个影子。

基地里零散的思绪开始集中。

它们终于找到了共同的主题。

那只鸟可真大。

它们大概要在温室上拉屎了。

瞧它们。

也许它们被风暴吓坏了。

透进窗户的光——灰色的光，但却带有初升朝阳的色彩——忽然暗了下来。一阵声音传来，听着像雨声，但凯伦知道那不是雨，不是风暴，也不是雷声。

而是鸟。

56 屠戮之眼

米莉安步履蹒跚地走着。

起初雨很大，就像某个报复心很重的天神意图把世界上的人全都淹死，然后再来一遍。但米莉安很清楚这场暴风雨很快就会过去。鸟善于规避风暴——这是她从关于鸟类的书籍中学到的，当然，通过侵占它们的头脑，她也有了切身的体会。风暴来时，鸟类会寻找风暴的边缘，而后沿着边缘飞翔，在某棵相对安全的树上或石头下栖身。

因此，它们自然而然也就知道风暴的边际。

这场风暴正向东移动。

米莉安在往北走。

北边是基地的方位。伊森的老巢。米莉安知道这些是因为鸟儿知道。它们有时会到基地中觅食——凡是有人类的地方，食物总是很充足的。从袋子里掉落的种子，从三明治上脱落的面包皮，种满水果和蔬菜的温室。鸟儿们知道怎么吃，人类知道怎么不动声色地为它们提供食物。

因此，米莉安朝着既定的目标继续前进。

不久，雨果然停了。

远处，她已经能看到建筑的轮廓。温室弯曲的屋顶。几辆轿车和卡车——现在变成了大卡车，建筑之间似乎开进了几辆牵引式拖挂车。房子和拖车。

她心里想：为了艾赛亚，为了戴维。但最重要的是：她要阻止即将发生的悲剧——法院大楼众多无辜平民的死亡。这是一个极其严重的事件，可以肯定的是，它绝对不是末日风暴的结束，而只是风暴的第一声响雷。

米莉安自私地想，如果我能阻止他们，就能救玛丽了。

坦白地说，玛丽和其他人一样都不是什么好鸟，也许她更可恶。她聪明又冷酷，基本上属于无情无义那一类。如果米莉安的命运要靠她来拯救——也许不一定——那她就必须要阻止爆炸的发生。

米莉安环顾四周。鸟儿们开始聚集。成群的乌鸦落在石炭酸的枝头。而大乌鸦则栖息在仙人掌上。鹰和秃鹫在天空盘旋——鹰不时下降俯冲，而秃鹫只是滑翔。此外还有百舌鸟、乌鸫和知更鸟。捕蝇鸟像红色的闪电。金翅雀露出赭色的肚子。棕曲嘴鹩鹩翩翩起舞。更多的鸟飞了过来，起初有几十只，接着翻倍，后来又翻倍。就在她跌跌撞撞赶路的时候，更多的鸟聚集而来。

她的思维出现了断裂，好像米莉安的人格面具是一面边缘有许多缺口的镜子——她的每一块反射玻璃都埋藏在一只鸟的身体中。她是它们，同时又是她自己。她分享了每一只鸟的生命，也许，只是也许，那些鸟也分享了她的生命。

这让她感到恐惧。她的血变成了冰凉的尿，尿变成了血，肚子变成紧握的拳头。这不是人类。她知道。她走路，群鸟跟随——而她的头脑又与它们相随，虽然处于外围——她努力不让自己发抖，可她控制不住。身上又湿又冷，心里战战兢兢，她不由自主地哆嗦个不停。可即便如此她也没有停下脚步。

光脚踩在石头上，脚底磨得伤痕累累，但此时已经结痂成茧，像她的身体一样总能以超出常规的速度复原。胸口的枪伤，被鸟儿用干草缝合，听起来犹如天方夜谭，除非是幻觉。可现在谁又说得清呢？她的肚子上也结了痂。明明浑身是伤，可她却感觉身轻如燕。

就像一颗只剩下一点点氦气的气球，仅能贴着地面飘荡。

一些鸟——与她同命相怜的鸟——已经先行飞往基地。

她很快也将到达。

等待她的是高高的栅栏，锋利的铁刺像爪子一样一律朝外，仿佛只要一声令下就能把她撕得粉碎。但她知道栅栏年久失修，这里的地面土层较浅，那些柱子很可能并没有看上去栽得那么深，那么稳固，因此她只需动动脑子，一个念头就足以解决问题，一个希望栅栏倒掉的念头——

秃鹫们俯冲而下。秃鹫，名副其实的大鸟。

重量级的鸟。

它们一个接着一个撞向栅栏，每一次撞击都引得铁链像马铃一样叮当作响。这一刻，秃鹫化身成了一个个身披羽毛的破碎球，上升，俯冲，撞击。有些秃鹫已经撞得浑身是血，其中一只折断了脖子，坠落在地。米莉安浑身一震，把头扭到一边——属于她的那一小部分灵魂从死去的秃鹫上脱离出来，她感到了疼痛。

然而，栅栏依旧岿然不动。

不过鸟儿们很快就改变了策略。它们不再一只一只地往上撞，所有的鸟——秃鹫、乌鸫、乌鸦还有鸣禽——同时飞上栅栏，用它们的爪紧紧抓住铁丝网，就像啄木鸟紧紧抓着树干。它们挤挤挨挨地填满了栅栏上的所有空间，形成一堵密不透风的墙，一堵由羽毛组成的黑墙，不过黑色中间偶尔也有鲜亮的色彩。全部的鸟一齐开始摇晃，它们叽叽喳喳叫着，同时向前用力——

栅栏开始摇晃，并缓缓向前倾倒。一根柱子从土中翘了出来，接着是另一根。

栅栏倒地的那一刻，群鸟腾空而起。铁链砸在地上，发出嘈杂的巨响。

米莉安从栅栏上走过去，脚下的金属凉冰冰的。

不知什么地方，有人在笑，但有人大喊着发出警报。她听得到，虽然有些朦胧，这不仅仅是凭她自己的耳朵，更凭借她那些浑身长满羽毛的朋友的耳朵。

怎么这么多鸟？

我靠，快叫人！

情况不对。这一定是报应来了……

米莉安走过她逃出时经过的那个温室。此时这里空无一人。温室里的作物已经转移。他们一定在为什么事做准备。也许是要撤离了？这是明智之选。因为一旦炸了法院，自然会有人找到这里。或许他们在故意隐藏锋芒，避免暴露这里，从而为即将发动的袭击做准备。韦科、琼斯镇、红宝石山脊。

透过头顶的树脂玻璃屋顶，她看到无数鸟在飞来飞去。

不是简单的鸟，而是她的鸟。

穿过温室，从另一个门出来，基地就在眼前。几辆拖车停在那里，窗户上钉着木板。有人在一辆卡车后面拉上了铁丝网栅栏：如此看来，他们还在继续深入。

米莉安偷偷观察了一会儿。一个女人把一个看似装满罐装食品的箱子放在脚下，抬头望着成群的鸟——此时鸟儿们纷纷落在屋顶上、窗户上、卡车上以及弯曲的铁丝网上。这简直是希区柯克风格的天启景象。两个肩上扛着黑色步枪的男人也在好奇地观望。其中一个笑嘻嘻的，看得饶有兴致，另一个似乎并未从中看出什么好玩的地方。

第三名男子从附近的一辆拖车中走出来，这是个年轻白人，头发黄得像小姜饼，腰里别着把手枪，胳膊底下夹着几块木板。

他看到了米莉安。

米莉安也看到了他。

他愣了好一会儿才认出米莉安，脸上立刻露出惊异的神色，仿佛不敢相信自己的眼睛——哦，天啊，她那样子算是惨到家了。她能透过鸟儿们的眼睛看到自己：她看起来就像被魔鬼吃掉，经过布满仙人掌刺的肠道，最后又拉了出来。

年轻小伙子吃了一惊，脸像融化了一样，而双眼则犹如超新星爆发睁得老大。

夹在他胳膊下的木板哗啦一声掉了一地。

慌乱中，他伸手到腰间拔枪。

然而他的动作太慢了。

米莉安只需要眨一下眼睛。

一个黑影从他面前一闪而过，位置刚好在他的下巴底下。羽毛轻轻一抖，一团红色飞溅而出，他的喉咙上开了个口子。喷涌的红色液体就像切开红橙之后流出的汁液。

他举起了枪，但枪却从手中脱落。

一切发生得那么快，且无声无息，甚至没有一个人注意到。小伙子的身体倒下时，米莉安走到他跟前，捡起他的手枪。现在，那个搬箱子的女人也看见米莉安了，还有她脚下抽搐的尸体和那一摊血。

女人尖叫一声，转身便逃。

两个扛枪的男人——一个是拉丁裔，光头；另一个是白人，脑满肠肥，留着红色的大胡子——转身查看怎么回事。他们自然没想到会看见如此可怕的画面，更没想到会看见米莉安。

他们举起了枪。

但米莉安的手枪也不是吃素的，虽说她不是百步穿杨的神枪手，可她也没有浪费子弹。这一枪打中了其中一名男子的胳膊，他惨叫一声，丢掉了步枪。

另一个人也开了火。

但米莉安已经躲开了。

嗒嗒嗒嗒，半自动步枪声音清脆。她闪身躲在一辆拖车的车头后面，子弹击中了散热器格栅，叮叮当当响成一片。

但枪声到此为止，随即便传来男子撕心裂肺的尖叫——

米莉安根本不需要看就知道怎么回事。她能体会到小小的游隼兴奋地扑到男子脸上的感觉，它尽情发挥着尖利的爪子，就像平时撕碎一只白头翁。

眼珠被抠了出来，鼻子被鸟嘴啄穿，一片嘴唇被撕下，从喉咙里冒出来的尖叫顿时有了湿漉漉的感觉。

更多的喊叫，更多的人从屋里、车里、帐篷里钻出来。

好极了，让他们来吧。

深呼吸，闭上眼睛。

暴雨已经停歇，可这里刮起了新的风暴。就像扣动扳机，简单，轻松，一个小小的动作却能引起惊天动地的后果。

无数只鸟从天而降，或从周围的建筑、卡车、头顶的电线上飞扑下来。不同的叫声合在一起，形成一片喧闹的海洋，再也分不清这种鸟和那种鸟。

米莉安从车头后面走出来，继续向前，寻找她真正的目标：伊森、凯伦、玛丽和奥菲利亚。近处，一名高个男子正抡起一把枪身锯短了的霰弹枪，他的敌人是一只围着他的脸转悠的金翅雀。米莉安抬手就是一枪。他的头猛然一颤，鲜血四溅，倒了下去。

另有一人正被两只鹰轮番攻击。它们又撕又咬，在那人身上掀起血雨腥风。那人的腹部已经惨不忍睹，一截肠子被扯到了外面。米莉安一脚踢开他的枪，继续走路。

不知哪里传来玻璃破碎的声音，人们叫喊着，漫无目的地放着枪。一个满脸疙瘩的老家伙龇着一嘴烂牙，拿着一把刀向她冲过来。但他的脸被一团灰不溜丢、毛茸茸而且似乎还沾着血的东西撞了个正着，一只死兔子。丢兔子的是一只草原隼。老家伙挥手挡开兔子的时候，草原隼向他发起了进攻。

其他人四散逃窜。一只大乌鸦落在一个女人的后脖颈上，不由分说便是一通乱啄。一只乌鸦看中了一个男人的脸。地上躺着一个死胖子，膝盖上的皮肉被剔得干干净净，几乎露出骨头。他扭来扭去，用一把左轮手枪对着空中乱射，好像那能救他一样。

米莉安像游客一样从他们中间穿过。

前面就是伊森的房子了，她绕到屋后。基地里，男人和女人惊恐的哭喊迅速湮没在愤怒的鸟叫声中。米莉安打算从后院的露台潜入房子，但她很快就发现露台已经被木板封了起来，木板上还钉着胶合板，包括大部分窗户上也有。

但有一扇窗似乎专门为她而留。

她甚至不需费心去下命令——只要动一个念头，就像精神之手轻轻扣动扳机——无数只黑鸟组成一道蜿蜒的轨迹，像条可怕的鞭子高举在房子之上。乌鸦，大乌鸦，组成一列翻滚不息的过山车，扶摇直上，随后朝着房子的后院俯冲而下——

它们聚成一团，一窝蜂冲进那扇没有封闭的窗户。那么多鸟，像一条舞动的蛇，迅速填满有限的空间。米莉安能感受到它们如入无人之境地在房子里左冲右突，落在咖啡桌上、沙发上、案台上，啄食剩在外头的面包，翅膀把挂在墙上的照片打落在地，像龙卷风一样穿过走廊和每一个房间。

直到发现她的目标，或目标之一？

米莉安从窗口爬到屋里，如今她也成了一个入侵者。她蹑手蹑脚穿过狼藉一片的房子。墙上到处是斑斑驳驳的鸟粪。画和壁纸上留下喙和爪子破坏的痕迹。

她沿着走廊向最后一间卧室走去。伊森坐在床边，双手放在膝上，没有武器。他一副战战兢兢的样子。这就对了，他理应感到害怕。在这个房间里一共有四十二只鸟，多半为乌鸦和大乌鸦。还有少数猛禽和鸣鸟。一只猫头鹰站在梳妆台上，头上的两簇毛活似魔鬼的角，两只黄色的眼睛注视着伊森的一举一动。

米莉安走进房间。伊森的腿发起抖来。

米莉安说："你以为天启是很遥远的事，可是你瞧，伊森。它就在你周围。原来你也有看走眼的时候。我才是你的世界末日。我。"

"你……你怎么还活着？"

"你的妻子说过，死神对我视而不见。我的死期还没到，不会那么轻易死掉，"她耸耸肩，咬了咬下嘴唇，"我就是一只打不死的小强，懂吗，伙计？"

他连连摇头，嗓音嘶哑地说："你为什么还要回来？干吗对我们不依不饶？"

"你知道原因。"

"那个孩子？"

"不单单因为那孩子。所有事，你做过的和你想做的。他，戴维，法院，玛丽，我。我恨你。我想让你消失，在你伤害那些人之前消失。"

她看到恐惧正离他而去，像鬼魂离开死去的人体：飞升的雾气。他皱着的眉头忽然下移，变成自鸣得意的笑，仿佛他刚刚听到了一个最好笑的笑话。米莉安也跟着笑起来，有何不可呢？为什么不能跟着他们一起疯狂？从前在考尔德克特家，后来与阿什利·盖恩斯在船上，那时她还无力控制自己的作为，但现在她可以了。她放弃了某些东西：梦想、关于自己的想法和一点点人性（反正做人也没什么大不了的），然而如今她站在这里，做着自己该做的事，而她的周围则是成群饥肠辘辘的鸟。

"你没明白。"他说。

"我明白得很。"

"不，你没有。你太晚了。"

她感觉就像被一把冰锥戳破了肚子，顺便还搅上一搅，"什么？"

"结束。炸弹一个小时之前就已经爆炸。那些人都死了。"

她双膝一软，差点瘫倒在地。鸟儿开始焦躁不安起来，喙碰撞着，惊恐的叫声不绝于耳。

玛丽死了。

还有金特罗。

前台那个女人，复印机旁的那个男人。

警察、律师、职员、罪犯、法官，所有人。

"你撒谎。"她低声喝道。

"我没有撒谎。你已经离开好几个星期了。我们都以为你已经死了。"笑容在他脸上继续逗留，刻在墓碑上的冷酷的笑，"还有那孩子，哼哼，米莉安，我们也找到了艾赛亚。"

"胡说，胡说。"

"一个好心的陌生人今天把他送过来了。他被发现时孤身一人。你的朋友抛弃了他。关键是，那孩子想到这儿来。他只知道我们。对他来说我们是家人，所幸他认识到了这一点。"伊森顿了顿，打量了她一番，"想见他吗？"

"我想让你死。"

身后有动静。鸟儿们纷纷转身，或飞起避让，透过它们的眼睛米莉安已经知道了动静的源头。凯伦。凯伦·基藏在一个该死的衣柜里，而她身后还躲着奥菲利亚。奥菲利亚拿着枪，一把小手枪。

鸟儿们扇动起翅膀，蜂拥而起。奥菲利亚开枪了，"乓，乓，乓。"

米莉安的腿一阵痉挛，膝部忽然弯曲，整个人重重摔倒在地。

鲜血沿着大腿流下来。

一把红色雪铲重重打在她的背上——脸砸在瓷砖上——

她暂时抛开疼痛，试着站起来——死神还没有看到你，今天也不会——她举起从黄毛小子那儿捡来的手枪，对准了伊森。

伊森不顾一切地扑向米莉安，一头撞在她的下巴上。米莉安躲闪不及，首先咬到了自己的舌头，嘴巴里顿时一股血腥味儿。伊森身强体壮，米莉安自然无法和他抗衡，结果她被伊森扑倒在梳妆台上——可他很快就号叫着扭摆起来，因为一只隼找准了他的耳朵，正疯狂地又撕又咬。

米莉安有一个机会，只有一个。不为救任何人，只为了复仇。

她站起身，举起枪。受伤的腿几乎疼得她无法呼吸。

这时，一种奇怪的感觉开始在身体中蔓延。它温暖又深沉。快感与痛苦像一根新生藤蔓上同时开放的花。她的腿软绵绵的不听使唤，嘴巴里黏糊糊的，枪也从手中滑落下去。

所有的鸟也冷静下来，纷纷回到自己栖息的位置。它们窃窃私语了一番，随后便一个接一个扑棱着翅膀飞出窗外，在它们刚刚栖息的地方，几片羽毛在空中飘荡。

米莉安翻了个身。

奥菲利亚走过来，她的脸皮开肉绽，鲜血淋漓，活似刚刚从荆棘丛里爬出来。她的嘴唇被撕开一个大口子，眼睛下有处啄伤，正咕咕冒着血。她吞了口口水，说："感觉不错吧？我能说什么呢？我有我的天赋。"

说完她朝米莉安啐了一口。

"用不着这样吧。"米莉安呻吟着说。她在努力压制身体里的快感，双腿之间热乎乎的，"拜托。"

"你不是已经找到逃出地狱的路了吗，你这只小小鸟？那你还回来干什么？"

奥菲利亚冲她腰上踢了一脚。

快感消失了，只剩下无情的空虚。

她想站起来，但伊森反手拍了她一巴掌，然后跑向他的妻子——他那浑身哆嗦、流血不止的妻子。她坐在轮椅上，遍体鳞伤，一只耳朵几乎被扯下，惨状比奥菲利亚有过之而无不及，鸟把她的胸口糟蹋得不成样子了。

　　"我要你血债血偿，"伊森颤抖着说，他抚摸着妻子的脸颊，十指瞬间被染成红色，"但首先我要让你看看我们没有撒谎。我要让你看看你究竟失败在什么地方，也好让你死个明白。"

57　破坏浪潮

　　米莉安跪在基地的空地上，双手被束线带绑在背后。风暴基本上已经过去，但风还没有完全止息，帐篷被吹得呼呼作响。太阳从一团灰色的云层后面露出头来，仿佛是特意来看米莉安的热闹。它讨厌米莉安，向来如此。现在这一幕，应该是太阳喜闻乐见的。

　　末日风暴组织的残兵败将们重新聚集起来。他们中许多都为鸟所伤，不过现在鸟儿们已经不知去向，在米莉安失去对它们的控制之前，它们倒实实在在地开了一次洋荤。米莉安为何突然失去对鸟儿们的控制呢？这就得问奥菲利亚了。是她斩断了米莉安和众鸟的联系——正所谓一物降一物，她把米莉安的天线给折断了。

　　臭婊子。

　　米莉安向潮湿的土地上吐了一口。她很意外吐出来的口水不是红色。

　　无关紧要了。血都从她腿上的伤口流出去了。也许子弹击中了动脉。她有气无力地耷拉着脑袋，轻轻晃动。她头晕眼花，思绪纷乱难以收拾，像喝醉了一样。若想思考，首先得让大脑穿透一层厚厚的毛衣。

　　一大群人盯着她，许多人还在流血，随便拿破布捂着伤处。一个身材魁梧的女人用手帕捂着一只眼睛，那眼睛已经废了。她身边有个瘦得皮包骨头的家伙，脑袋上被戳了个窟窿，他想止住血，可血仍不停地往外冒，他只好一个劲儿地眨眼睛，免得被血糊住。每个人走路都一瘸一拐，两只脚小心翼翼地朝前迈。数不清的羽毛在风中飞舞。

人群分开，伊森走进场中心。奥菲利亚推着凯伦紧随其后。伊森举手打了个响指，仿佛在召唤一条狗。米莉安的心——或胸口里的那个东西——猛地一缩，就像一颗晶莹的葡萄瞬间变成了葡萄干。

艾赛亚匆匆跟上，拉住了伊森的手。

他们一度像石人一样站在那里一动不动，只是拿眼睛看着。

过了一会儿，艾赛亚说："对不起。"

米莉安点点头，"我知道，孩子。"

"别担心，"伊森说，"我们会好好待他，他想要什么，我们都给他。棒冰，游戏机，坐直升机穿越大峡谷。他知道我们是家人。现在他跟你亲近是因为受了你的蒙蔽，迟早有一天他会看清你是个什么货色。"

他哼了一声，继续说道："随便了，你听听这个。"

他拿出一台应急广播，不用电池但需要上发条的那种，而后转动调频旋钮，经过一阵断断续续的音乐、说话和静电音，终于在一个播放新闻的电台停了下来：

"——有人称此为国内恐怖主义，但也有人认为这只是一次孤立的事件。今天发生在皮玛郡法院的惨案简直就是俄克拉荷马爆炸案的重演。我们知道那次针对艾尔弗雷德·P·默拉联邦大楼的袭击，是蒂莫西·麦克维和特里·尼克尔斯两人因为不满政府对韦科惨案和红宝石山脊事件的处置结果而发起的报复行动——"

新闻播放了好一会儿，目前还没有统计出具体的伤亡数字，但官方估计死亡人数将会超过一百，而伤者则可能是死亡人数的三倍以上，但废墟中找到了越来越多的幸存者。他们提供了一些现场的信息。有人提到了枪手。一位专家参与节目，讨论了炸弹所放的位置——"他们很可能将爆炸装置藏在了管道中，并沿着管道移动到了大楼西南角——"

不，该死的，操，操，操——

她输了，她什么都未能阻止。

伊森关掉了广播。

"你让我们蒙受了巨大的损失，"伊森对她说，"你伤害了我们，但我们坚持了下来。现在是算总账的时候了。"他从腰后拔出一把黑色的手枪，"和这孩子说再见吧，他似乎挺喜欢你的。"

男孩向前靠近了一点。

米莉安看着艾赛亚，急切地问："艾赛亚，加比去哪儿了？她该保护你的呀，她没事吧？"

男孩点头说道："一个好心人把我带到这里的。"

"可她在哪儿呢？你们怎么分开了？"

"那个好心人只有一只眼睛。"

说完艾赛亚后退一步，拉住伊森的手。

伊森举起了枪。

可他突然僵住了。他的胳膊脱了臼，绷紧的脖子里青筋暴露，双眼凸出。米莉安不敢相信：他不是这么死的，不是死在这里；可她马上就明白过来：艾赛亚和她一样拥有神奇的力量，他能改变很多事——

伊森的头向后仰去。他身上的血管一根根显现出来，就像一群蛇从水下浮上水面。他的眼白部分忽然变成红色，血从鼻孔中喷涌而出。奥菲利亚尖叫一声，急忙把凯伦推开——

耳边忽然传来一阵轰鸣，犹如野兽睡醒，恶魔尖叫。膝盖下面的大地抖动起来，她绝望地想：完了，地狱之门要在我身下打开了。她怀疑是不是有炸弹爆炸了，或者她难道真的死在今天？说不定她已经死了，面朝下，死在沙漠里，而今这一切不过是秃鹫啄食她的脑浆时所产生的幻觉。

人们惊叫着四散逃窜。伊森满脸是血，双目圆睁，已经像被火车碾过的硬币一样死翘翘了。他的身体扑通一声倒了下来。

艾赛亚说："现在你知道我能干什么了。对不起。"

他哭着搂住她。米莉安也禁不住流下了泪。可紧接着她身子一软，倒在了自己的血泊中。

就在这时她才恍然大悟，哪里有野兽，更没有恶魔，地狱之门没有打开，炸弹也没有爆炸。制造那轰鸣声的是一辆卡车。黑色的军用卡车。大雨之后车身上亮晶晶的。它排山倒海般驶过来，车顶上的灯亮得刺眼——几个身穿黑色制服的人跳下车，他们全副武装；一开始她还纳闷：这些家伙是什么人？可她很快就反应过来。他们是暗影之狼：内兹、奥克塔维奥和其他人。一时间枪声大作，喊声四起。米莉安无处可逃，只是拼命把头抵在地上，对着泥土尖叫。

有人在她旁边蹲下身，一双大手把她扶了起来。她朦胧的双眼看到入侵者正低头注视着她——那个幽灵，错觉，头脑中挥之不去的幻象。

"米莉安，振作起来，我们得走了。"

这声音？不对，他不是入侵者。

一个独眼的绅士。

是路易斯。

第七部分

风暴之后

魔鬼的沙滩

伊芙琳·布莱克坐在一张蓝色的沙滩椅上，正抽着一支长长的维珍妮牌女士香烟。"来一支？"她用另一只手递过薄荷绿色的烟盒，问道。

米莉安坐的也是沙滩椅，红色的。

"不了。"她说，连自己都感到意外。

"哦。"她妈妈收回烟盒，继续吞云吐雾。

海水冲上来，又退回去，太阳躲在成片的乌云后面。

她妈妈一身沙滩装扮。吉米·巴菲特鹦鹉头T恤，人字拖，光腿上露出醒目的静脉曲张。她的手上有几处雀斑，浑身一股椰子助晒油的味道。

"你是她吗？"米莉安问，"或者，你是他吗？是那东西？反正就是入侵者，谁知道他妈的是什么玩意儿。"

"别说脏话。"她妈妈说。

哈，看来是她。

伊芙琳·布莱克耸了耸肩，"我不知道，可我就在这里啊，你也在这里。太阳照常升起，我也有烟抽。"她哼了几句《玛格丽塔小镇》，并用歌词明明白白告诉了米莉安她身处何地。

"我在地狱，"她说，"完了，这是我的终极惩罚。我和我妈妈的鬼魂。她在抽烟，而我没有。我还不得不听她唱吉米·巴菲特的歌。如果我没搞错的话，这歌是撒旦的最爱。"她用手掌根揉了揉眼睛。

"这不是地狱。你没死，我也没死。"

"嗯哼，在我的世界，你基本上已经死了。"

"你如果这么说，"她妈妈拖着长腔说，"这不是你的世界。"随后她吐出一口烟。呼。米莉安闻到了烟味。不可思议，她居然想吐，再没那种百爪挠心般对尼古丁的渴望。

也许地狱还不算太糟。

她向后仰躺着，椅子发出吱吱呀呀的声响。微风拂面，空气中透着咸咸的味道。

"那，现在干什么呢？"伊芙琳问。

"不知道。干坐着。或者我可以去游泳，看看在我淹死之前能游多远。人淹死之后会怎样呢？嗯？"

"你没死。"

"对，我没死。酒还难喝呢。"

"你没死，可你也不算真正活着。但你很快就会活过来的。所以，还是那句话，现在干什么？"

"呃，好吧。我不跟你抬杠了。我也不知道现在该干什么。我继续做我自己，继续干我该干的事。不是因为我想，而是因为，就像你经常挂在嘴边的那句话，该是什么就是什么。生活很操蛋，惹不起咱躲得起。"

椅子旁边的沙地上放着一个带有典型20世纪70年代风格的烟灰缸，伊芙琳在里面熄掉了烟。"这就是你的打算？还是老样子？到处管闲事？救不该救的人？可怜的佩内洛普被绑在铁轨上了？米莉安啊米莉安，你什么时候为自己活一次？"

"我一直都在为自己活啊。我可比谁都自私。"

"那是你说的，可也许你想错了。也许你并不自私，甚至有点无私。"伊芙琳扭过头，压低太阳眼镜，"也许你仍能改变自己，也许还有别的出路。"

"你知道什么？随便啦，根本没别的路可走。你给我滚开。"

"你完全可以对我好一点。你差点让我死在那艘船上。"

"从根本上说，我确实把你害死了，所以……"一声充满歉意的叹息，"你说得没错，我原本可以对你好一点的。对不起，只是——"她靠在扶手上，面向妈妈，"有可能知道如何帮我解除诅咒的那个女人，已经死了，死于一场我无力阻止的爆炸。"

玛丽，死了。

为什么？

米莉安知道原因。那女人痛恨她自己，就像米莉安有时也会痛恨自己一样。米莉安在她的日记本用完时曾一度计划自杀，只是她的自杀计划被那个名叫哈里特的杀手给打断了。

她闭上眼说："所以，我的希望？现在已经不可能了。"

"以前的你什么时候被不可能阻止过？"

米莉安耸耸肩，"有道理。"她忽然浑身一凛，"你不是他，也不是那东西，或入侵者，对吗？"

"你在说什么呀？"

"我是说，入侵者想要的结果和你说的正好相反。至少我是这么认为的。入侵者是我诅咒的一部分。他不想从我的头脑中离开。他想留下，想让我保持原来的样子。"

"呃，你说的这个入侵者听起来像是个……"伊芙琳凑过来，压低声音，一字一顿地说，"……浑蛋。"

米莉安笑起来，"一点不假。"

　　"不管怎么样吧，米莉安，我还是那句话，做你该做的。为你自己，不是为他们。你为他们付出的时间已经够多了。我爱你。你也是时候爱一下自己了。"

　　"我的时间还——"

　　绰绰有余，她想说，可伊芙琳已经不见了。只剩下水，一浪高过一浪地冲上岸，把无数沙子带回海中。远处，乌云背后，比太阳更遥远的地方，雷声滚滚，闪电亲吻着地平线。

58 好心的独眼龙

哔——哔——哔——

光突然涌进来。声音，空气。世界像一双鼓掌的手，她在中间，直立，双手抓紧床单，长长地、强烈地喘息。

他就在这儿。路易斯。他正捧着她的一只手。他的脸刮得干干净净，和他在基地时一样。可他的两只眼睛都好好的，这就说不通了，不符合事实啊。这时她忽然意识到，这仍然是梦，是幻觉，但他的一只眼睛明显不对劲，于是她想：那是义眼。他装了义眼。他拖得够久了。

她猛地坐起来，一把抱住他。

她疯狂地吻他，不怎么漂亮地吻——脸蹭脸，牙磕牙，不讲浪漫地吻，肆无忌惮地吻。她觉得自己应该注意一下，毕竟她的呼吸中说不定尚有死尸的味道，而她的嘴唇干得犹如粗削的木板。再者说了，他可是有未婚妻的人啊，叫萨曼莎，然而此时此刻，这是一个庄严、真实、毫不含糊的吻。

有人清了清嗓子。

她睁开眼睛。

房间里还有别的人，两个医生——加比、艾赛亚。艾赛亚眉开眼笑，加比也在笑，只是笑容看不出欢乐——哀伤的笑。

米莉安连忙松开，路易斯也一样。

"啊！"他说。

"哦！"她回答。

一个医生上前一步。小个子，大脑门儿。头两边冒出的白发就像鸵鸟生气时竖起的羽毛。他扶了扶眼镜，说："欢迎重返人间，布莱克小姐。"

她喘了口气，"哦，谢谢。"

一名护士从旁边绕过来，递给她一杯水。她刺溜刺溜地喝起来。

大家全都盯着她。医生说："咱们谈谈吧。"随后扫一眼房间里的其他人，"能让我们单独待会儿吗？"

众人鱼贯而出。路易斯最后捏了她一把，加比轻轻挥挥手，她脸上的忧伤不言而喻。

"我不……"她开口说，但她的嗓音粗糙沙哑。

"我是弗拉哈迪医生。你现在在图森，这里是大学的医疗中心。你已经药物性昏迷三个星期了。"

她眨眨眼睛，"哦。"

弗拉哈迪拉来一张椅子，坐下，并向前探着身子，好像他们两个是一对儿闺密或别的什么。"我们这么做是因为你的大脑受了伤。而且据我所知，是重复受伤。过去你应该受过一系列的脑震荡，从情形看，它们直接导致了外伤性脑损伤。所以为了保住你的大脑——同时我们也处理了你大腿上和胸口的枪伤——我们用异丙酚让你进入了昏迷状态。"他笑了笑，仿佛这是件很有趣的事。妈的，也许确实滑稽，"你真是惨到家了。"

她耸耸肩，"是啊，我知道。"

随后他脸一沉，一本正经地说："我不知道你究竟遇到了什么，但你的一处枪伤已经做过缝合，用的是……"他皱起眉头，仿佛接下来的话连他自己都不敢相信，"有机物质，叶子、草之类。我们在你身体里还发现了……一片羽毛。"他轻轻"啊"了一声，伸手从白大褂里掏出一个玻璃小瓶，瓶里只装了一片黑色的羽毛。他晃了晃瓶子。

"给我的纪念品？用不着吧。"

"这个嘛，其他人都得了件T恤。从现在起，布莱克小姐，你得当心着点，尤其这个。"他用手指轻轻戳了戳她前额的中心，米莉安盯着他的手指，变成了斗鸡眼，"你的大脑可经不起更多的折腾了。你得搞清楚，你的脑袋不是色盅。"

"那可不一定。"

"嗯，不管怎样，多加小心就是了。如果可以的话就戴个头盔。"

哈。好主意。

"有人想见你，不过你需要休息。"

"我想见他们。"

"现在不行，等等吧。也许明天。"

"哼，我现在就要见。"

"你这病人真是不听话。刚刚是谁救了你的命啊？"不等米莉安回答，他就接着说，"是我吧？那我说你需要休息你就得听。喝点水，吃点医院的果子冻。如果有什么需要就按按钮。"

她按了下按钮。

一位护士探出脑袋。

"我就试试灵不灵。"米莉安说。

弗拉哈迪直皱眉头。

59　猛禽围场的饲养时间

　　她狼吞虎咽的样子就像一个疯婆子。三天了，她没吃过一顿正经饱饭。医院提供的病人餐用颜色像屎一样的塑料托盘装着，每一顿的量连只肥一点的麻雀都喂不饱。但是现在，现在他们给她松绑了，她可以到楼下的餐厅吃饭啦。而更令她意外的是，那竟是个自助餐厅。面前的碟子里摆满了各式各样的早餐，但看着都不怎么样。

　　米莉安不在乎。如果这时能用一把铁铲把那些水嫩的鸡蛋、像纸一样薄的培根和肥大的土豆块送进嘴里，她会毫不犹豫地用上铁铲，可惜现在她不得不交替着用叉子和勺子。

　　"你吃饭的样子还和我认识的那个米莉安一模一样。"坐在对面的路易斯说，他正小口喝着一杯咖啡。

　　"要来点吗？"说着她把碟子朝他挪了挪。她把一整块苏打饼塞到嘴里，腮帮鼓得像小仓鼠一样。

　　他轻笑两声说："虎口夺食？我不要命了吗？"

　　"那就是你的损失了，"她把碟子又拉了回去，"不过也不算损失，这东西难吃死了。但在难吃的东西里面算是最好吃的了。我不挑食，好吃歹吃都他妈一样，我就是……"她往嘴里塞了更多食物，"饿坏了。"

他看她的表情就像一个人看着鲨鱼吞吃山羊。终于，碟子里什么也不剩了。

"好了，"她一边擦嘴，一边深吸一口气，"嘿！你还好吗？"

"可以说是醉生梦死吧。"

尽管他这么说，但米莉安知道这不是真的。幽灵掠过他的脸——关于基地中发生的种种事件的幽灵。她推断路易斯大概不愿和她谈这些。对那天的事他讳莫如深。但米莉安不在乎，她必须得知道。

"我想不明白，"向前探身时，她疼得皱眉蹙额，"你，在基地救我。这是怎么回事？"

他眼眸深处闪过一道光。"你的朋友，加比？"他说，他的语气让米莉安不得不怀疑他知道了她们之间的那种事。"她长时间没有你的消息，又不知道该找谁说或怎么找你，所以她就去找我了。她说她前不久才从你的手机上抄下我的号码。"

"真卑鄙。"

"幸亏她记下了，要不然你可能就没命了，我们可能也没命了。我去弗吉尼亚她姐姐家找她。听邻居说，我和萨曼莎刚走，就有人闯进了我们的公寓，把那里搞得乱七八糟。我觉得不妙，就决定先找到你再说。我们闯进基地，我原本甚至打算开着卡车直接撞进去的。把那里夷为平地。可那孩子有别的办法。"

"那孩子，艾赛亚。"

"嗯嗯。带他去基地就是他的主意。他说他想去，而且他自己就能解决这件事。我也不知道他是怎么做到的……"路易斯清了清嗓子，这一切都让他浑身不自在。跟米莉安有关的所有事都像玫瑰上的刺，当你伸手去抚摸它们的时候，免不了会被刺得皮开肉绽，"为了不让他们认出我，我特意刮了胡子，剪短了头发，甚至还去装了一个义眼。"

"再也看不到性感的眼罩了。"她假装惋惜地撇撇嘴。

"看来我的海盗生涯结束了，伙计。总之我们去了，但两眼一抹黑，谁都不知道究竟会出什么事。加比虽然对我说过一些，但具体情况她同样一无所知。我觉得这就是在给你提个醒，以后有什么事要写下来，告诉别人，不要什么事都藏在自己心里。"

她耸耸肩。

"应该说，就在他们炸掉法院并害死那么多人的同时，我和那孩子正在基地里寻找你的下落。随后你就露面了，你和你的朋友们。"

明明是那些鸟，可他好像说不出口。

"谢谢，"她说，"谢谢你来救我。"

"只要你需要，我赴汤蹈火在所不辞。"

"不，"她急忙说，"不用，你也不该这样。你和萨曼莎在一起，对吗？"

他点点头。

"留住她，结婚，生一堆孩子，找个舒服的地方快乐过日子。"

"她……呃……她也在这儿。"

"在这儿？在哪儿？藏在桌子底下吗？"

"在市里，图森。我带她来的。"

"她知道多少？"

"知道一些，但不是全部。还有，那些超自然的事儿……"他清清喉咙，"她也不知道。"

"哦，这样啊，太好了。"

"也许你可以见见她。"

"可以，可以。应该出不了什么岔子了。"

"呃，如果你不想——"

"不，不，我没意见。我们可以见一见。把她带来吧，让她见证我的脑残荣耀。我看上去就像猫吐出来的一样恶心，她看了之后就该放心了，我不会再对你们的关系构成威胁。"

"好。"

"超级棒。"

"好得不得了。"

点头，微笑。点头，微笑。

60　混乱

　　夜已深，她却辗转难眠，所以干脆爬起来看电视。所有的新闻仍在围着法院大楼爆炸案转。米莉安明知道自己不该看，可她挡不住本能的诱惑。当你侥幸躲过了一场灾难，你会伸长脖子关注这场灾难的每一个细节，不管你有意或无意。她的整个人生都是类似的轮回。然而对于这场爆炸案她深感愧疚，所以强迫自己不停地换频道。

　　受伤人数不断增加，但死亡人数暂时得到了控制。89人死亡，300人受伤，包括不少重伤者，有些人甚至就住在这家医院。

　　电视上不断播放现场视频，画面堪比灾难大片。评论员详细解说，他们用马克笔在画面上画来画去，仿佛那是一场足球比赛——这里是他们怀疑放置炸弹的位置，这里是枪手们进入大楼的位置。

　　这时，屏幕中出现了两个人脸。

　　雨果和约格。那两个老保安。他们垂头丧气，就像《大青蛙布偶秀》里死气沉沉的布偶。

　　他们还活着。

　　至少这是个好消息。

忽然，有人敲门。

她把电视调成静音。

另一张熟悉的面孔出现——汤米·格罗斯基探员。

"又见面了，"他咧嘴笑着说，"你好，米莉安。"

"探员。"

他从背后拿出一束鲜花，"送给你的。"

"你从屁股里掏出来的？"

他高兴地耸耸肩，好像在说：嘿，说不定真是。他把花放好——花已经插在了一个小花瓶里——然后坐下，"你感觉怎么样？"

"还没死。不过大脑现在像漏了气的足球。我没能救下那些人。我想摆脱诅咒的希望，也随着皮玛郡法院大楼的爆炸灰飞烟灭了。"她关掉电视，"所以，情况正常，全乱套了。"

格罗斯基扭头看着黑乎乎的电视屏幕，"你在看新闻，对不对？"

"对。美好时光。我发现没有一个人提过末日风暴。你知道他们吗？"

"我们知道。但发生在那里的事情，我们现在还很难解释。等我们彻底调查清楚了，就会公之于众。"

"你们？"

"调查局啊。我们争取到了联邦管辖权。本地的警察才没意见呢，因为谁都不想接这块烫手的山芋。"

"哦，那祝你好运。"

"你介意我问你一些情况吗？"

"是以官方身份吗？"

"差不多吧。我在帮朋友们的忙，同时也是帮你。他们跟不上你的节奏，不过我觉得我已经慢慢跟上了。"

她叹了口气，"现在吗？"

"拜托你了。"

"那你问吧，大个子。"

他欣然开始，手里拿着笔记本，虽然并没有写下多少东西。他问出了什么事，可她撒了谎，说她大部分都不记得，说她遭到了绑架，原因莫名其妙，然后就发生了很多怪事。风暴降临，群鸟聚集，她勉强逃出来，但中了枪。

"那么多都不记得了？"他半信半疑地问。

"脑损伤，你自己看病历。我这里不中用了。"

"这么说，你也不知道那些鸟是怎么回事了？"

她耸耸肩，"自然奇观吧。风暴总能让动物出现一些匪夷所思的行为。"

"你曾试图阻止法院爆炸案。"

她又一次耸肩。

他说："可惜没有成功。"

继续耸肩，但她的火气已经上来了，就像一个塞了木塞的瓶子，木塞即将弹出，"谁知道呢。"

"你以为自己一事无成。"他说。

"感觉是那样。"

"他们会变本加厉的，你明白吗？"

"什么？"

"爆炸案啊。皮玛郡只是一个开始。米莉安，他们在伊森和凯伦的房子下面发现了一个地窖。那里面囤积了大量制造炸弹的材料、军火、塑料炸弹、枪械、刀具，还有各种计划的资料。他们打算袭击更多的法院，更多的政府建筑，杀害更多的政治人物。"这表明玛丽对他们的帮助不仅限于这一次计划，而是更加长远。这不是自杀，而是一个信息：人类是毒药，人类不堪一击，一次爆炸就能夺去那么多人的性命。

格罗斯基继续说道："还有更吓人的，从我们查获的他们的电子邮件推断，他们将来很可能会把总统列为袭击目标。这个目标也许他们永远都无法实现，可将来的事谁又说得准呢？他们在密谋什么，而且是大事情。其他组织已经行动起来了，但目前还迟迟没有出现一个临界点。没有其他袭击事件，其他疯子暂时收敛了。可如果末日风暴成功策划更多袭击，那我们就很难办了。蛇一旦出洞，让它再回去可不容易。"

"我……我不——"

"你在这里确实起到了一些积极的作用。只不过和你期望的有所不同罢了。"

"哦，"她吞了口口水，"酷。"

"是啊，酷。不管怎样，"他哼哧着站起来，"好好欣赏这些花吧，但愿你不对花粉过敏。还是那句话，什么时候想跟我们合作了——"

"你如果真需要我帮忙，就给我打电话。"她截断他的话说。

他惊讶地睁大了眼睛。乌——拉——拉。

"可我不知道你的号码。"

"我也不知道，但我觉得这应该不成问题。"

61 只剩下水

黎明到来，该回家了。虽然家并不是她向往的地方，但她总不能一直赖在医院。她收拾起少得可怜的个人物品——有人不得不送她一双鞋（听护士们背后议论说，那双鞋是从一个死掉的女人身上脱下来的，嘘），因为她是光着脚被送进医院的。她穿着亚利桑那大学T恤，还有一条干净漂亮得足以让人怀疑主人不是她的牛仔裤。当然，这些衣服也是医院送的。

当她准备出去时，电话响了。

她拿起电话。

听。

她说："哦，好的，谢谢。"

眨一眨眼。泪水涌上来，流出去。电闪，雷鸣。把听筒放回机座时，她拼命把泪水眨回去。

她像僵尸一样沿着走廊一直走，难以置信的是，她竟然找到了出去的路。

62 当然

　　他们用轮椅把她推了出去。他们说这是医院的规定。她再三推辞，可他们硬要坚持，否则就不放她走。他们说这是为了保险起见，她解释说自己没有保险，总之费了不少口水之后，她还是坐到了轮椅上。

　　这时她想到了凯伦。脑袋上挨了一枪却大难不死的凯伦。现在呢？她怎么样了？还有奥菲利亚。真该问问格罗斯基的。妈的。

　　经过滑动门。来到外面。毒辣的亚利桑那州的太阳正在发威。阳光跨越树木的枝叶，跨越停车场，只为惩罚她。她从轮椅中站起身。脸上一阵抽搐。腿疼、胸口疼，脑袋里像塞满了浸透焦油的棉花。

　　蹒跚着向前走了几步，接下来干什么呢？

　　仿佛有人收到了她的信号一样：

　　一辆厢型车开了过来。

　　一辆屌爆了的巫师厢型车。

　　他妈的，那正是她的巫师车。

　　看到加比从车上下来，米莉安吹了声口哨。还有艾赛亚，从车后面跳下来。这一次，他穿了一件印有神奇女侠的T恤。加比拉着他的手，米莉安不由得心想：要是你知道这孩子的能耐，恐怕就再也不敢碰他了。难怪伊森想得到这孩子，只要碰一碰，他就能让你像微波炉的香肠一样原地爆掉啊。

"嘿。"米莉安说。她想尽量让自己的声音听起来开心一点，可惜她失败了。

加比走上前来，在她脸颊上吻了吻，"我给你带了件礼物。"说着她用拇指指了指那辆已经没有巫师的厢型车。

"你大可不必这么做。况且你知不知道它是我偷来的？"

"知道，不过其实它并不算我送你的礼物。是一位FBI探员送的。他说他想为你做点什么。所以，他找到这辆车，又替你补了些文件。"

格罗斯基，真贴心。

"嘿，小朋友。"米莉安对艾赛亚说。

"嘿，小姐。"艾赛亚回答。

加比说："车已经加满了油。"

"好极了。咱们走吧，想去哪儿就去哪儿。也许可以去佛罗里达？"

"不。"加比说。

"啊？"

"我不能……"她浑身僵硬，似乎还在发抖，双手攥成小小的拳头。她不习惯面对这样的场面，而米莉安也很快就明白过来是怎么回事。但她没有说破，她要等加比冷静之后再亲口告诉她。这是好意，虽然有点残酷。"我不能再跟着你了，我打算收养艾赛亚。我已经说服我姐姐和姐夫做他的养父母——我知道，我知道。我看出你的反应了。我知道这不是一件小事。可你的生活我无法理解，而他是个特别的孩子……况且我们实在经历了太多。"

"我相信。"愤怒的情绪汹涌而来，无理而又热烈，就像用打火机烤一枚安全别针。经历最多的人是我。我才值得拥有你，最起码也应该给我一个机会，让我妥善地把你送走，而不是反过来。但她必须把这些愚蠢可怕的念头通通装进一个麻袋丢到河里去，"我能理解。"

她没有撒谎。

"车子是你的。去佛罗里达也好，别的地方也好。我们已经买好了回去的票，灰狗巴士。"

"走吧。没关系。你们……走吧。"

加比靠过来要与她吻别。米莉安的脸颊迎了上去。

她走到艾赛亚跟前，蹲下身。"你听到这位大姐姐的话了吗？你是个特别的孩子。"一个仅靠触碰就能置人于死地的孩子。

"嗯，听到了。"

"嘿，听着。你的那种能力，并不能代表你，知道吗？"

他眨了眨眼睛，想了想，问道："真的吗？"

"真的。"

"那你也是一样的吧？"他问。

她耸耸肩，因为她并不相信。照我说的做，别照我做的做。

她在艾赛亚额头上轻轻一吻，又顺手拍了拍他的屁股。"谢谢你救了我的命，"她说，"现在赶紧走吧，嗖。"滚吧，你自由了。米莉安扭头问加比："要我开车送你们去车站吗？"

"其实没多远，走路就可以。"

"哦。"几秒钟过去了，漫长得犹如几分钟，几小时，几天，几星期，直至时间的无涯，"那就再见了。"

她跳上巫师车，目的地：佛罗里达。

63　宾夕法尼亚

"你母亲去世了。"

这是她接到的那个电话里说的。从一个医院打到另一个医院的电话。事情发生在几天前，找她颇费了番周折，但他们最终找到了。于是她来了，来到她计划的葬礼，来到她宾夕法尼亚州老家离萨斯奎汉纳河不远的一个殡仪馆。湿润的春日，凉爽又充满生气，春雨飘飘洒洒。她想，这总比在佛罗里达举办葬礼强。因为她曾在书上看到过，葬礼就应该在这种阴雨天。

眼前是经典的葬礼场面。黑色的雨伞，其间偶尔出现红色的点缀。他们把棺材缓缓放入墓穴。米莉安看到附近有只鸟：一只大肚子乌鸦站在一棵常青树低垂的枝上。

在一段时间里，她和鸟儿成了伙伴。它们翩翩飞舞。雨点落在黑色的羽毛上，它们扶摇而上，越飞越高。附近还有更多的乌鸦，它们呱呱叫个不停。可随后她又回到了地面，此时葬礼已经结束。出席葬礼的宾客陆续离开，墓地前只剩下她一个人，呆呆伫立，望着一顶小帐篷下的墓穴。

有人发动了挖土机，那是要来填平墓穴的。

感觉很奇怪，她只参加过为数不多的几次葬礼。她见识过数不清的死亡，但她很少关心死亡之后的事，也很少目睹死者入土的过程。

她和母亲告了别。

随后她来到附近的一家酒吧，喝得酩酊大醉，并趁着酒劲儿痛痛快快哭了一场。

64 鞋盒遗产

　　她妈妈在佛罗里达州的房子仍保留着原来的样子。米莉安考虑把它租出去，或者过段时间把它卖掉，但她鬼使神差地在那里住了一晚，接着又住了一周，一个月。她的舅舅杰克——同样出席了葬礼，当天夜里同样出现在那家酒吧——努力装出伤心难过的样子，但她告诉他说，他占的那栋房子，妈妈的老屋，现在是她的了。他说扯淡，并告诉米莉安，"她一块钱把房子卖给我了。"米莉安说律师告诉她的情况可不是这样。即便有那么一说，但无法提供证明文件也是白搭。

　　她含混不清地说道："如果你想请律师打官司，随你的便。"

　　他说："算你狠，杀人犯。"他知道这样说会激怒她，而她则集中了全身的意念才管住自己没有一拳打到他的喉咙里。从这之后，她再也没有这个舅舅的消息。

　　有一天，有人来敲门，米莉安以为是某个邻居——他们都是些上了年纪而且特别友善的人，友善得甚至让人生气。他们经常送些菜啊汤啊沙拉之类的，可这天站在门口的那个男人却自称律师。

　　我去。

她立刻告诉他："我舅舅杰克是个一等一的智障，他那狗嘴里是吐不出象牙的，他说的话，你连个标点符号都不要相信——"

可这位律师却说他的委托人是玛丽·史迪奇。

于是，米莉安把他请进了屋里。

律师男的衣服松松垮垮，好像很热的样子。不过他肯定很热，因为佛罗里达简直就是撒旦。律师浑身是汗，无精打采，不停地用一块早已发黄的白手帕擦拭汗津津的额头。

他解释说玛丽·史迪奇前不久修改了她的遗嘱，而她已经被确认死于皮玛郡的那起爆炸。

她的遗嘱中提到了米莉安。

"啊？"她说。在她看来这是毫无道理的事。

律师说他是照章办事，并交给米莉安一个鞋盒子。米莉安在盒子里发现一瓶龙舌兰，两个玻璃杯，还有一小张卷起来的纸。律师离开后，米莉安解开卷纸上的橡胶带，打开一看，是封短信：

你是一个比我更出色的女人。如果你还活着，我相信你会活着，在此我告诉你一个秘密。你想摆脱你的诅咒，我有办法。你得反其道而行之。不管发生过什么，做过什么，反着来就行。使你变成现在这个样子的东西，真想摆脱它？那么，亲爱的米莉安，你必须得让自己怀孕。

祝你好运，亲爱的。

——玛丽

米莉安愣了好一会儿。

随后她喝了一大通龙舌兰，用打火机点着了字条。她在鞋盒子里还发现了别的东西，就在玻璃杯底下。

一张纸牌，上面画着一只蜘蛛。

不懂是什么意思，但她把它也烧了，以防万一。

65 丁零零

后来，不，是几个月后的那个电话，是这样的：

他：你干吗老躲着我？

她：哪有。

他：你不想见萨曼莎？

她：哪有。

他：反正我们要进城。

她：嘁！说得好像你知道我在哪儿似的。我可以在阿拉斯加的诺姆，也可以在蒙大拿某个鸟不生蛋的地方，在月球上都有可能。

他：你就在劳德代尔堡附近。

她：等等，你现在也成半仙儿了？

他：加比告诉我的，连这个号码都是她给的。

除了加比还能有谁？他们两个肯定通过电话。大爷的。

她：你的意思是，我必须得见见萨曼莎？

他：我可是救过你的命哦。

她：以前我也救过你的啊。

他：我救了你两次咧。

何止两次啊，她想，当然，她也不止救过他一次，可这个时候谁会去计较数量呢？

她说好吧。

她答应去见萨曼莎。

66 早餐是坏事的稀释剂

　　劳德代尔堡的这家早餐店就位于河畔的斯特拉纳汉故居附近。店很小，名字却很大，用的是西班牙语，叫"总统先生"。她在外面等待。她想抽烟，不是因为烟瘾犯了，更多是因为无聊。无聊死了，她站在那里，双手放在哪里都觉得不舒服，窘得像笼子里的鸟儿。

　　终于，路易斯的车到了——红色皮卡，崭新锃亮。一个女人从车上下来，她很漂亮。米莉安见过照片。虽然漂亮，但并不算惊艳，更称不上美人。大概就是漂亮到能让人感到厌倦的程度吧。

　　萨曼莎大步走向她，紧张得显而易见。米莉安的头发和几个月前简直一百八十度大转弯——如今她的头发几乎全部染成了粉色，只挑染了几缕黑色。她的黑衬衣和牛仔裤都是故意做旧的那种风格，因此她知道自己站在街上肯定很引人注目。但萨曼莎似乎并没有感到讶异，她径直伸出了手。

　　这表示她多半不知道米莉安的特殊本领。路易斯看在眼中，他想尽力掩饰自己的紧张，可偏偏显得更加紧张，甚至有些气恼。米莉安喜欢看他害怕的样子。那好，该怎么着怎么着吧。

　　米莉安也伸出手——

67 干得漂亮，杀人犯

九个月后，萨曼莎的新娘披纱漂浮在她身旁。一双手紧紧掐着她的脖子，她不由自主地张开嘴，吐出一连串气泡。这双手想把她掐死。她奋力挣扎，双手去抓陶瓷浴缸的边缘，好把自己从水里拉出来。可她什么也抓不住，水依旧不停地往嘴里灌——

无法呼吸，不停喝水。咕咚，咕咚，咕咚。

再试一次。双手一起伸出水面，齐心协力。它们抓住了行凶者的胳膊，于是她立刻像体育课上抓住绳索的小孩子一样拼命向上爬。

爬，爬！她有多大力便用多大力。

向上，出水，长吸一口气。水从眼睛里流出来，头发湿答答地垂在前面。

那双手把她猛地掼向墙壁。

路易斯斜眼瞪着她，咬牙切齿。

他一把将她按回水中，这一次，她的手再也抓不到任何东西。她大口喘息，却只是放进去越来越多的水，直到填满她的肺。

死神在逼近。

68 哎哟，我去

——和萨曼莎的手握在一起。

萨曼莎握手很有力度。她晃动着米莉安的胳膊，热情，太热情了。

"很高兴见到你。"萨曼莎说。微笑，夸张的微笑，强装出来的微笑。

"我也很高兴见到你。"米莉安说，她也努力做出微笑的样子。

冷酷、多牙的收割者的微笑。

"走吧？"路易斯说。

专有名词中英对照表

Nona ---诺娜（女神）

Decima --得客玛（女神）

Morta ---墨尔塔（女神）

Miriam --米莉安（女主）

Louis ---路易斯（男主）

Trespasser -----------------------------入侵者（臆想出的人物）

Slim Jim ---------------------------------瘦吉姆（速食品牌）

Mary Stitch ------------------------------玛丽·史迪奇（女名）

Mary Scissors ----------------------------玛丽剪刀（绰号）

Ford ---------------------------------------福特（汽车品牌）

Subaru -------------------------------------斯巴鲁（汽车品牌）

Outback ------------------------------------傲虎（斯巴鲁车型）

Gracie Baker ----------------------------格雷西·贝克（女名）

Abe --亚伯（男名）

Ashley Gaynes------------------------阿什利·盖恩斯（男名）

Tibet --西藏（中国）

Zoroastrian --------------------------------索罗亚斯德教教徒

Towers of Silence ---------------------------------------无声塔

Evelyn Black -----------------------------伊芙琳·布莱克（女名）

Colorado ----------------------------------科罗拉多（美国州名）

Arizona ------------------------------------亚利桑那（美国州名）

Uncle Jack ---杰克舅舅

Remington —————————————————————————雷明顿（步枪品牌）

Krispy Kreme ————————————————————卡卡圈坊（餐饮品牌）

Steven McArdle ——————————————史蒂文·麦卡德尔（男名）

MasterCard —————————————————————万事达信用卡

Caldecott ———————————————————————考尔德克特（姓氏）

San Carlos Apache reservation——————圣卡洛斯印第安保护区

Chevron ————————————————————雪佛龙（美国能源品牌）

Marlboro ————————————————————万宝路（香烟品牌）

Camel ————————————————————————骆驼（香烟品牌）

American Spirit ——————————————美国精神（香烟品牌）

Miami ———————————————————————迈阿密（美国城市）

Florida ——————————————————————佛罗里达（美国州名）

Great Spirit —————————————————————————————大神

Geronimo Running Squirrel —————————杰罗尼莫奔跑的松鼠（戏称）

Chief Two-Bears Wampumdick ——————两头熊瓦蓬迪克酋长（戏称）

Wade Chee ————————————————————————韦德·齐（男名）

Gabby ———————————————————————————————加比（女名）

Samantha ——————————————————————萨曼莎（女名）

Sugar —————————————————————————————休格（女名）

Dora ——————————————————————————————多拉（女名）

Mary Stitch ————————————————————玛丽·史迪奇（女名）

Colorado ——————————————————————科罗拉多（美国州名）

Beth-Anne ———————————————————————贝丝·安妮（女名）

Weldon Stitch ————————————————威尔顿·史迪奇（男名）

Collbran ——————————————————————科尔布伦（美国城市）

Aberlour ——————————————————————阿伯劳尔（英国城市）

Santa Fe ——————————————————————圣塔菲（美国城市）

Los Surenos —————————————————洛斯苏黎诺斯（公园）

Agent Grosky —————————————————格罗斯基探员

Phoenix ——————————————————凤凰城（美国城市）

Juan ————————————————————胡安（男名）

Scottsdale —————————————————斯科茨代尔（美国城市）

Glock ———————————————————格洛克（手枪品牌）

Little Miss Judgeytits ————————————吹毛求疵小姐（蔑称）

Triple visions ———————————————三重视野（机构名称）

Buzz —————————————————————巴兹（男名）

Skizz —————————————————————精分（绰号）

Honda ———————————————————本田（汽车品牌）

Caddy ————————————————————凯迪拉克（汽车品牌）

Atalaya Mountain ———————————————阿塔拉亚山

Jerry Carnacky ———————————————杰里·卡内基（男名）

Jerry Carnage —————————————————屠夫杰里（绰号）

Easyriders—————————————————《逍遥骑士》（杂志）

Delmar ———————————————————德尔玛（男名）

Johnny Tratez ————————————约翰尼·特拉特兹（男名）

Louisville slugger ——————————————路易斯维尔棒球棒

Pima County Superior Court ————————————皮玛郡高等法院

Tucson ———————————————————图森（美国城市）

Ms. Pac-Man —————————————————吃豆小姐（游戏）

Ode to Joy —————————————————《欢乐颂》（音乐）

Fort Lauderdale ————————————劳德代尔堡（美国城市）

Lucky Strike —————————————————好彩（香烟品牌）

Isaiah ————————————————————艾赛亚（男名）

Doritos ————————————————————多力多滋（食品）

Berber ——————————————————————柏柏尔地毯

Kyle ————————————————————————凯尔（男名）

Chevy Aveo ——————————————雪佛兰乐骋（汽车品牌）

Ace of Base ——————————————————爱斯基地（乐团）

I saw the sign ——————————《我看见了标志》（专辑）

Hugo ——————————————————————雨果（男名）

Jorge ——————————————————————约格（男名）

Lela Quintero ——————————莱拉·金特罗（女名）

Cluck Bucket ————————————咕咕桶（杜撰的店名）

Stetson ————————————————斯泰森（服饰品牌）

Darren ——————————————————————达伦（男名）

Parkinson ——————————————帕金森症（疾病）

Register of Wills ————————————————遗嘱登记

Clerk of Orphans'Court ——————————孤儿法院书记员

Janice ——————————————————珍妮丝（女名）

Key West ——————————————基韦斯特岛（美国地名）

Blue Moon ——————————————————蓝月亮（啤酒）

Thelma and Louise ——————————《末路狂花》（电影）

Motel 6 ——————————————————————6号汽车旅馆

Ethan Key ——————————————————伊森·基（男名）

Gabrielle ————————————————加布里埃尔（女名）

Bible ——————————————————————————《圣经》

Aesop's Fables ——————————————————《伊索寓言》

Crime and Punishment ——————————————《罪与罚》

A Tale of Two Cities ————————————————《双城记》

Grave Gulch Road ——————————————坟墓峡谷路

The Wild West ————————————————《狂野西部》

Cartel --贩毒/犯罪集团

Coyote --草原狼/蛇头

The Coming Storm ------------------------------------末日风暴

APPEAL TO HEAVEN ------------------------------向天堂请愿

DON'T TREAD ON ME ----------------------------不容践踏

Gatorade --佳得乐（饮料品牌）

Jonestown ------------------------------琼斯镇（圭亚那地名）

Kool-Aid -------------------------------酷爱（饮料品牌）

Flavor Aid ----------------------------风味（饮料品牌）

Pledge of Allegiance --------------------------------忠诚宣誓

Ofelia -------------------------------------奥菲利亚（女名）

Karen -------------------------------------凯伦（女名）

Jade --杰德（男名）

Tohono O'odham------------------------- 托赫诺奥哈姆族

Taw-haw-naw ------------------------------托赫诺（族）

David -------------------------------------戴维（男名）

Prada ---------------------------------普拉达（时尚品牌）

Nogales --------------------------------诺加利斯（美国地名）

Las Cruces -----------------------------拉斯克鲁塞斯（美国地名）

ICE（Immigration and Customs Enforcement）--移民和海关执法局

Shadow Wolves ------------------------暗影之狼（机构代称）

Navajo -------------------------------纳瓦霍人（印第安部落）

Sioux --------------------------------苏族人（印第安部落）

Archduke Ferdinand --------------------------斐迪南大公

Cardon Children's Hospital ---------------------卡登儿童医院

Darren Rubens -----------------------达伦·鲁宾斯（男名）

Dosie Rubens ----------------------多茜·鲁宾斯（女名）

Coleman camping lantern ————————————科尔曼露营灯

Chattanooga ————————————查特怒加市（美国城市）

Monster Energy ————————————怪物能量饮料（品牌）

Westgate Heights ————————————韦斯特盖特高地（美国地名）

Trumbull Village ————————————特兰伯尔村（美国地名）

Albuquerque ————————————阿尔伯克基（美国城市）

New Mexico ————————————新墨西哥州（美国州名）

Hermes Vela ————————————赫尔墨斯·维拉（男名）

Utah Street ————————————犹他街（街道）

Sinaloa ————————————锡那罗亚州（墨西哥州名）

Melora ————————————麦罗拉（女名）

Conoco ————————————康诺克石油公司

Chorizo ————————————西班牙辣香肠

Green Lantern ————————————绿灯侠（漫画人物）

John Stewart ————————————约翰·斯图尔特（男名）

Barry Allen ————————————巴里·艾伦（男名）

Hal Jordan ————————————哈尔·乔丹（男名）

Virginia ————————————弗吉尼亚（美国州名）

Greyhound Station ————————————灰狗汽车站

Gallup ————————————盖洛普（美国城市）

M&M's ————————————玛氏巧克力

Reno ————————————里诺（美国城市）

Rock Dove Ranch ————————————岩鸽牧场（地名）

Dan Hodan ————————————丹·霍登（男名）

Danika Dreams ————————————达妮卡·德雷姆斯（女名）

Molly Ringwald ————————————莫莉·林沃德（女名）

Vancouver ————————————温哥华（加拿大城市）

Seattle —————————————————————西雅图（美国城市）

Tap-Tap ——————————————————————啪啪（绰号）

Jay-Jay ——————————————————————杰杰（绰号）

Atake ——————————————————————飞碟客（夜总会）

Wren ——————————————————————雷恩（女名）

Latina ——————————————————————拉蒂娜（女名）

Tic Tacs ——————————————————————嘀嗒糖（糖果）

Hopi ——————————————————————霍皮人（印第安部族）

Tupperware ————————————————特百惠（容器品牌）

SWAT ——————————————————————霹雳小组

Cochise County ————————————————科奇斯县（美国地名）

Saints Go Marching In————————————《圣者进行曲》（乐曲）

Scylla ——————————————————————斯库拉（女海妖）

Charybdis ——————————————————————卡律布迪斯（女妖）

Creosote ——————————————————————石炭酸（灌木）

Dana Nez ——————————————————————德纳·内兹（女名）

Donnie Begay ————————————————唐尼·比盖（男名）

Ken Kescoli ————————————————肯·凯斯考利（男名）

Jim Lopez ——————————————————————吉姆·洛佩斯（男名）

Octavio Kino ————————————————奥克塔维奥·基诺（男名）

Hal Curtis ——————————————————————哈尔·柯蒂斯（男名）

Waco ——————————————————————韦科（美国地名）

Ruby Ridge ————————————————红宝石山脊（美国地名）

Grand Canyon ————————————————大峡谷（美国地名）

Oklahoma City ————————————————俄克拉荷马市（美国城市）

Timothy McVeigh ————————————————蒂莫西·麦克维（男名）

Terry Nichols ————————————————特里·尼克尔斯（男名）

Alfred P. Murrah Federal Building ----艾尔弗雷德·P·默拉联邦大楼

Virginia Slim ---------------------------维珍妮牌女士香烟

Jimmy Buffett -----------------------------吉米·巴菲特

Margaritaville ---------------------《玛格丽塔小镇》（歌曲）

Penelope -----------------------------佩内洛普（女名）

Harriet --------------------------------哈里特（女名）

Doctor Flaherty ---------------------------弗拉哈迪医生

The Muppet Show --------------------《大青蛙布偶秀》（节目）

Wonder Woman ----------------------神奇女侠（超级英雄）

Greyhound -----------------------------美国灰狗长途巴士

Susquehanna River ------------------萨斯奎汉纳河（美国河流）

Nome ------------------------------诺姆（美国城市）

Montana ----------------------------蒙大拿（美国州名）

Stranahan House --------------------斯特拉纳汉故居（美国）

El Presidente ------------------------总统先生（早餐店）